我們周圍的仙境

【序】

接近自然之心

史蒂芬・威廉森
韓麗 譯

能爲奧帕爾・懷特利的中文版書寫序，我深感榮幸。當我在一九九三年開辦奧帕爾・懷特利紀念館時，從來沒想到，某天華文區的讀者會閱讀她的作品。

代表全世界的奧帕爾迷，我要向那些使她的作品得以以中文出版的人們表示感謝。

這個版本的特別之處，在於奧帕爾的兩部作品——《小奧帕爾日記》和《我們周圍的仙境》，第一次同時出現在一部書中。歐洲和美國的許多著名人物都對她的作品有很高的評價。如果她還在世，一定會爲其作品能以中文出版而感到高興和自豪。教育兒童熱愛與保護大自然是她的夢想，同時，她一向對亞洲充滿興趣。

這部書由兩本奧帕爾的重要作品組成。它們大不相同，各有特色：一本是《小奧帕爾的日記》，記載了一個七歲小女孩因爲熱愛森林和動物，而得不到理解的孤獨童年；另一本書，《我們周圍的仙境》的作者還是那個小女孩——但寫這本書時已是十年後，她已成爲一位有才氣的年輕女子。她不再獨自玩耍，而是當上了老師，帶著孩子們觀察自然，給許許多多的人做關於大自然的演講。

獨特的自然觀

與其他自然作家不同，奧帕爾是用一個成長於野外的小女孩的角度，向我們展示了自然。她不只是研究自然，她已融入自然，成爲自然的一部分。野外就是她的教室。她有一種能夠將神性與科學結合起來的天賦。沒有任何其他人能將兩者結合得如此水乳交融。

奧帕爾的獨特之處在於，她是伐木工人的孩子。她的家人在森林裏工作，她瞭解勞動者的生活。當樹木被伐光後，奧帕爾的家庭就要跟隨伐木營區，沿著鐵路從一個地方遷到另一個地方。一個營區大概有五十到二百人，她與家人住在一個只有兩間房的小房子裏。奧帕爾在十多個這樣的伐木區裏生活過。

奧帕爾來自美國太平洋北海岸的俄勒岡州，這是美國最美麗的地區之一。這兒雨量充沛，樹木都長得高大茂盛。這裏還有眾多河流和白雪皚皚的山脈，被奧帕爾稱爲仙境。

奧帕爾喜歡的活動之一，就是到森林中給動物們餵食。她可能躲在一棵樹後或乾脆爬上去，在那裏一邊看課本，一邊等動物來找食物。

仙境是什麼？

奧帕爾常提到樹林裏的精靈和「小公民們」。在她年幼時，精靈的故事很流行。最著名的要算彼得・潘和廷克貝爾的經典故事。您可能想知道精靈是什麼樣的，以及在哪裡可以找到被奧帕爾稱爲「仙境」的地方。

世界各地都有關於精靈的民間故事。在古老的歐洲，精靈通常都是人形，住的地方被稱爲仙境。精靈們生活在原野和森林中，他們大多數都只有幾英寸高，但高些的也有。古希臘、印度、埃及和歐洲的民間故事裏都有他們的蹤影。多數精靈對人類都很友善，但如果你對他們不好，他們有的就會惡作劇或爲你帶來災禍。

奧帕爾筆下的精靈，實際上是真實的動物或樹木，而不是古老的民間故事裏虛無的東西。對她來說，精靈即「精神」，它存在於所有生靈之中。奧帕爾稱所有的生靈爲「精靈」，它們具有將我們彼此聯繫起來的生命力。你我都有精靈的靈魂。

有些讀者在小奧帕爾的作品中發現了道家學說——在她描寫季節更替的時候。它可能是七歲大的奧帕爾一九〇四年十一月初的作品。

棕色的葉片隨風凋落的日子現在來臨了。它們從樹上落下，飄散在地上。我聽見它們在空中低語，講述著作為樹葉第一次來到世上的那天所發生的事。今天，我知道了它們在從樹上生長出來之前，是怎樣融合在土地和空氣中的。現在，它們又回歸其中。冬季灰濛濛的日子裏，它們都將待在那裏。它們並沒有死亡。

奧帕爾常使用「上帝」這個詞，而她畢生都信奉著祂。但不管是在日記中，還是在《我們周圍的仙境》中，她都不曾指明祂是基督教的上帝還是穆斯林的天主。事實上，信仰何種宗教對她的書沒有任何影響，只是爲她帶來了更多的讚譽。

從五歲開始寫作

奧帕爾・懷特利出生於一八九七年，五歲起記日記，被視作天才兒童。到十三歲時，她已開始就自然和地理問題做講演，在自然科學中融入了思想上的說教。當她一九一六年進入俄勒岡大學時，每個人都認爲她將成爲偉大的科學家、作家和教師。一些報紙文章稱她爲天才兒童。

如果閱讀過她那兩本書，你就會覺得她應當前途無限。然而，事實並非如此。奧帕爾在俄勒岡大學的求學生涯並不成功，她僅在那裏待了一年半。她太出名了，因此別人對她總是期待過多。在當時，她就像如今的奧林匹克之星。

在大學期間，她創作了一個名爲《我們採木區的兄弟們》的短篇小說。這個故事講述了一位勤勞工作的伐木工在工作中遇難，但來自大城市的資產階級商人卻不懂尊重他的獻身的故事。它透露出了奧帕爾在大學中的孤獨感和所處的困境。她來自伐木區，尊重伐木工人的辛苦工作，但來自一些大城市的學生們，卻瞧不起來自鄉下的貧困學生。

奧帕爾進學校後不久，她的母親就患上乳癌。因此，除了上學以外，奧帕爾還得工作以幫助家庭。她的母親伊麗莎白・懷特利去世後，留下四個年幼的孩子。十九歲時，奧帕爾追隨自己爲孩子寫書介紹大自然的夢想，離開家鄉。

對自己身世的探索

一九二〇年，奧帕爾的童年日記成爲全球暢銷書，這時，她開始產生奇異的念頭。懷特利夫婦不是她的親生父母的想法開始困擾她。她還說，他們對她十分殘忍，強迫她去工作。奧帕爾在童年的日記中寫道：她的親生父母已經不在人世。那時，她還不知道他們的名字，於是稱他們爲天使父親和天使母親。

奧帕爾開始相信，她真正的父親是一位亨利・D・奧爾良的法國王子。人們對她的故事產生了懷疑，她的書的銷量開始下滑。但很長時間以來，她都認爲自己是孤兒，是一九〇一年亨利王子去世時，被懷特利夫婦收養下來的。那位王子是著名的科學家和探險家，曾去過印度、越南、西藏和中國的長江沿岸。

伊麗莎白・懷特利和奧帕爾的關係從來就不太親密，她不能理解奧帕爾對自然的熱愛，然而，她確實給了女兒很好的家庭教育。她曾接受過教師培訓，但從未在學校教書。

懷特利夫人很情緒化，並且十分嚴厲。奧帕爾常常因爲未做家務而被她打屁股。懷特利夫人生活並不順心，她希望孩子們能夠有更好的生活環境，而不是住在採木區。她盡力去做一位好母親，但對自己的生活又十分厭惡。

奧帕爾打小就相信她是被收養的。當惱火時，懷特利夫人有時會對小奧帕爾說她不是她親生的，也這樣對鄰居說過，這就是爲什麼奧帕爾開始相信她不姓懷特利。如果一位母親對孩子這樣說，任何一個孩子都會相信的。

愛德華・懷特利是個伐木工人，多數時間都待在森林中的營地裏，很少在家。也許，他更能成爲男孩子的好父親，但撫養四個女兒對他來說是困難的。懷特利夫婦的婚姻並不幸福，但爲了孩子，他們並沒有分開。

奧帕爾從其他成年人那裏獲取友誼和指導，比如說賽迪・麥吉本和亨利叔叔。那些成年人，她的老師和鄰居們，總是意識不到他們在年輕人的生活中是多麼的重要。奧帕爾的關於賽迪・麥吉本的故事，是所有寫長者對年輕人影響的文學作品中最好的之一。

賽迪・麥吉本是位樸素的鄰居，她給奧帕爾紙筆並鼓勵她寫作。如果不是她，我們現在就沒有這些美妙的書可讀了。麥吉本在一九〇八年生第三個孩子時去世，她也許從來都沒意識到她對小奧帕爾的影響。

亨利叔叔是《我們周圍的仙境》中的英雄。他給她買很多書，並教會她有關自然的知識和詩歌。他是位淘金工人，曾周遊美國，給奧帕爾帶回岩石標本，作爲她的自然收藏品。他還精通詩歌，奧帕爾就引用過他教的詩。亨利叔叔在一九一四年去世，那年奧帕爾十六歲。

生活開始走下坡

爲了證明她的法國貴族血統，奧帕爾來到了歐陸和印度。

一九二六年，奧帕爾到了印度一個很少有外人、尤其是女人進入的地方。一位來自俄勒岡的人士在一次流浪中見到了奧帕爾——她正騎在象背上！

奧帕爾一直以來都對亞洲很著迷。她在兒時的日記中提到過和服，還有一張她的母親身著亞洲服裝的照片。因爲暗黑色的眼睛和橄欖色的皮膚，印度的英國官員們深信她帶有一半的歐洲血統和一半的印度血統。她真正的血統和故事可能永遠都將是個謎。

二次大戰後，奧帕爾的朋友們開始認爲她不能照顧自己。他們對她的貴族出身深信不疑，但也認爲她遇到了一些麻煩。一九四八年，她被送進英國的精神病院，被診斷患有精神分裂症。她在這裏一直待到一九九二年去世爲止，享年九十五歲。她再沒另外寫書，或回到兒時深愛的森林中。

作品重獲新生

奧帕爾・懷特利的命運，是文學史上最悲慘的之一。她是兒童被虐待和精神病的受害者。近八十年來，她創作的關於自然和兒童的美妙作品被塵封，幾乎被人遺忘。如今一切都變了，人們對精神疾病有了新的理解，她的作品重新受到歡迎。

今天，她的家鄉重新記起她。鎮上的圖書館裏有她的雕塑；在一個以她命名的小公園中的建築物牆上，有關於她的美麗的壁畫。俄勒岡大學將她的全部日記放到網路上。

我已經遇到不少人，他們既熱愛大自然，又熱愛著奧帕爾・懷特利的作品。現在，華文地區的讀者們也將欣賞到這些作品！奧帕爾希望通過她的書教育兒童的夢想變成了現實。

奧帕爾葬在倫敦的High Gate公墓，墓碑上使用了她自己取的名字和兒時的名字：弗朗索瓦茲・瑪麗・德・布林東・奧爾良，奧帕爾・懷特利。在她旁邊，安息著其他著名作家或領袖，如查爾斯・狄更斯、克里斯蒂娜・羅塞蒂和卡爾・馬克思。

・作者簡介・

史蒂芬・威廉森就職於俄勒岡大學教育部先進科技中心，是美國俄勒岡州小屋林鎮奧帕爾・懷特利紀念館的創建人。

Contents

Contents

Contents

第一部　小奧帕爾的日記

我太難過了，莎士比亞那麼善良，那麼善解人意。我知道那些小溪邊的柳樹永遠也不會忘記他的靈魂。我也會常常在樹葉上給他寫一些話，因爲我覺得他的靈魂肯定不會走遠。有一些粉藍色的花朵在他躺下睡覺的地方開了出來。

第一章　新家

今天，人們從我們的駐地離開。他們要搬去爺爺住的牧場。我坐在我們的臺階上，我在畫圖。我喜歡這裏——我們住的這個房子，就在一片樹林旁邊。

很多小人都住在樹林旁邊。我真的曾經跟他們說過話。

我在第一天去探險的時候，就發現了旁邊的這個樹林，那是在我們到這兒來的第二天。

我們坐在一輛四輪馬車上，從另一個美麗山坡上的伐木營地到這兒來。兩匹馬在我們前面，他們一路上都走在我們前面。

我們剛來的時候，和其他一些人一起住在一個還沒修好的牧場房子裏，後來，我們又住進了帳篷。

下雨的時候，雨滴常常會落進帳篷裏，它們滴滴答答落在火爐上，也落在地上和桌子上。它們的確把床弄濕了很大一片，不過，那也不大要緊，因爲我們會把床單掛在火爐旁邊，它很快就會變乾的。

不久之後，我們從帳篷裏搬到了這個木棚子。裏面被分開了。一個房間是我們睡覺的地方，另一個房間是我們吃早餐和晚餐的地方。

房子後面住著一些可愛的小木鼠。他們裏面最可愛的是湯馬斯·宙斯。

柴房旁邊有一條小溪，它一邊流，一邊不停地唱歌。它那些快樂的歌，真的唱到了我的心裏。在房子底下住著一些老鼠，我給他們吃麵包渣。臺階下面則住著一隻癩蛤蟆。他和我是朋友。我給他起了名字，我叫他盧西恩·維吉爾。

在牧場房子和我們住的房子之間，是一條唱歌的小河，柳樹就長在那兒。我們已經談過話了。

我總是在柳樹旁弄濕腳趾頭，我覺得它們也感覺到了這種喜悅，因爲這種好感覺，常常會從柳樹那兒出發，去和公路見面。那剛好就在牧場房子前。在這裏，路被分開了，分成三條路，各自走了。

一條路去了好心人賽迪•麥克基肯的房子。它沒到她的房子之前從不停下，不過，通常我都會停下來。這條路自己最終會走到不遠處的磨房鎮。

它有的時候會爬過一個小山丘，那是賽迪不在家的時候，我就會和我的狗，勇敢的霍雷修斯（**我用羅馬傳說中的一位英雄來給他取的名字**），一塊兒爬到小山丘頂上，從高處朝下看著磨房鎮，再轉過身，回家。

常常我們都會在賽迪的房子前停一下，它就在樹林旁邊的碾磨廠旁邊。那個碾磨廠總是發出很大的噪音。它能同時做兩件事情，一邊發出了噪音，一邊看著木頭變成木板。在碾磨廠附近也住著一些人，多數是男人。其中有一個繫灰領帶的好人，他對老鼠挺和藹。

另一條路，正好和我去學校上學的路是同一條，而且，當它走到那個看不見東西的女孩的房子時，它簡直走得好極了。當它到她的房子時，總是要拐一個彎，然後再朝那座藍色的小山上走去。走著走著，它的方向越來越靠近那條從藍色小山上下來的唱歌小河。有很多條小溪唱著歌，流進這條河裏。

這些小溪，和我是朋友。

就在馬路邊，離小溪們很遠的地方，有一些牧場房子。我還不認識住在裏面的人，不過，我已經認識了一些他們的牛、馬和豬，他們真的是很友好的小人兒。

牧場周圍是田地，樹曾經長在現在長著穀子的地方，當割草機割下穀子的時候，它們也割下了長在田裏的矢車菊。我總是跟在後面，把這些花撿起來，用其中的一些做了一個花環。

在那個花環做好之後，我把它掛在威廉•莎士比亞的脖子上。可他並沒有感謝我。

當我們走在田裏的小路上時，我和他說起了那個和他同名的人。他應該是聽明白了。

他是一匹非常美麗的灰馬，他的路簡直就是溫柔之路。他也和我一樣，有對田野那邊的山脈的愛好——因爲那些山脈上，有很多高大的冷杉樹。

第三條路通向伐木營地的上面。它從牧場房子開始走，不一會兒就朝一條河走去。很久以前，這條路曾非常渴望能穿過那條河。一些聰明的人明白了它的意思，就在河上修了一座橋。於是，這條路走上了橋，繼續在住著說話的冷杉樹的山和山之間往前走。

在它的旁邊，有條鐵軌。它的出現不像路的出現那麼讓人愉快，而且，它的嗓子只能發出「吱吱喳喳」的聲音。不過，這條鐵路有很華麗的軌道，它們不斷向遠方連綿伸展，像一條從晚上的月亮出來的銀色緞帶。

我在這些軌道上散步，聽見一陣極輕的引擎聲之後，就趕緊走了出來。除了星期天，每天在這條軌道上，都會來來往往過好多輛運木頭的火車。它去伐木場裏，帶回一車一車的原木和板材。這些是要被運到磨房鎮去的。引擎越大，運到鎮上的木頭也就能越大。

湯馬斯·宙斯在我的太陽帽裏已經等了很久了。他也想出來探險。勇敢的霍雷修斯和另一隻叫伊塞亞舒的狗眼睛裏裝滿了渴望。我聽見彼得·魯賓斯在豬圈裏大叫。

現在，我們要去探險了。

第二章　溫暖而灼熱的一天

今天，是溫暖而灼熱的一天：早上溫暖，中午灼熱。

中午之前和之後，我都在用水壺給田裏的雇工送水。我用水泵把水打起來，再裝進壺裏。我必須在放水出來之前，先把它們都灌進水泵裏。人們喜歡壺裏的水。

當我在田裏用壺給雇工送水的時候，我的寵物烏鴉拉爾斯・波森納，從媽媽的縫紉籃裏拿走了頂針，媽媽現在再也找不到它了。

她讓我到房子裏，到院子裏，到所有的地方去找它。

我知道拉爾斯・波森納有收集閃光的、顏色鮮豔的東西的愛好，就像我也愛好這類收集一樣；因此，我朝他在老橡樹上的秘密藏匿點跑去。

我在那兒找到了媽媽的頂針，不過，當我把頂針拿回去的時候，她堅持說是我的烏鴉偷走了頂針，也就相當於是我拿走的，因爲烏鴉是我的朋友，因此，我被打了屁股，用的是就長在我們後臺階旁的榛樹枝。可我的心裏卻強烈地覺得，她應該爲我幫她找到了頂針而感謝我。

後來，我用黏土做了一根管子，我把它放進烤箱裏烤。媽媽發現了我的黏土管子，把它扔到了窗戶外面。當我出去取它的時候，它已經壞了。我覺得特別難過，就去找麥克爾・拉菲爾聊這件事。它是長在穀倉後面的那棵最高的冷杉樹。

我迅速地溜進穀倉，爬上了穀倉屋頂最矮的地方。我又朝上面走了一段，在那兒用了很長時間看著世界。一個人竟能在一個穀倉的屋頂，看到如此美好而寬闊的世界。

後來，看著看著，看出了四條直路和四條彎路。我做了一個小小的祈禱，我總是在從穀倉跳進麥克爾・拉菲爾的臂膀之前，做一個小小的祈禱，因爲，那實在是一個長距離的跳躍，如果我沒能正好跳進它的手臂裏，我的腿或者脖子就會壞掉。那將意味著我會很長時間都不能動。

現在的我覺得，那將是可能發生的最可怕的事情，因爲我是那麼好動。因此，我總是做一個小祈禱，用最小心的辦法做那個跳躍。

今天，我跳了，而且非常準確地正好著陸在那棵冷杉樹上。當一個人遇到麻煩的時候，依偎在麥克爾・拉菲爾身上實在是太舒服了。它是那麼大的一棵樹，它還有善於理解的靈魂。

我和它說了一會兒話，又聽了一會兒它的聲音之後，從它的手臂裏滑下來，不小心滑到了穀倉的牲畜欄裏。

我從一條錯誤的枝幹上滑進了一條不對的路。我落進了豬圈，落在了母豬阿芙羅狄蒂（**我用希臘神話裏的愛與美的女神來給她取的名字**）頭上。她發出一聲奇怪的哼哼，和她覺得舒服的時候發出的哼哼一點也不一樣。

我覺得我應該做點什麼來討好她，因爲我直接從麥克爾・拉菲爾的手臂上滑進了她的家，而沒有事先跟她禮貌地打招呼。

我想到了一個討好她的好辦法——我打算把豬圈柵欄上不牢固的地方推倒，這樣就能帶她出去散個步。於是我走進柴房，找到一截晾衣繩，然後取出亨利叔叔送我的那條最好的藍色頭帶，紮在那條晾衣繩上，爲豬媽媽做了一條韁繩。

藍髮帶點綴在阿芙羅狄蒂的耳朵上，讓她看上去好極了。媽媽在我們散步的時候看見了我們，她把藍髮帶從豬的頭上拿下來，掛在樹幹上，而我，被她塞在了床下面。

過了很久，她才把我從床底下放出來，又打了我的屁股。她把我塞在床底下，是因爲那會兒她沒時間打我屁股。這會兒她有空了。

打完屁股，她讓我到柴房去給嬰兒拿牛奶。

我走得很慢，穿過櫟樹叢，邊走邊找毛蟲。找到了九隻。

路過豬圈時，幹雜活的男孩正在把我推倒的柵欄裝回去。他的脾氣相當溫和，正在用很快的速度說著祈禱的詞。我沒有繼續靠近他，而是迅速地藏在麥克爾・拉菲爾身後，從柵欄之間的縫隙偷看。

阿芙羅狄蒂已經重新回到了她的房子裏，現在正在打盹兒。於是我踮著腳尖，朝穀倉旁的雨水桶走去。在雨水桶裏，我給我的幾隻寵物蝙蝠養了好多蚊子。他們當中，亞里斯多德吃的蚊子比柏拉圖和普林尼都多。

在去房子的路上，我遇見了普利茅斯岩石雌雞克萊芒蒂娜和她的家庭。她現在只有十二個雞寶寶。爺爺說，有一隻在出生後死去了，原因是我給他洗了太多的澡。

我走到房子前面的時候，一隻貓，黑的，坐在門口的臺階上。我對那隻大黑貓似乎總沒什麼好感。昨天，我看見她殺死了蜂鳥媽媽。他在她飛往一朵旱金蓮的時候，用他的爪子打了她。我根本就從沒跟這個黑傢伙說過話。

就在我正準備去敲後門要牛奶的時候，聽見一個聲音從前面的走廊那兒傳過來。那是來自一個有同情心的人的聲音。我急忙繞回到前面的走廊去。

是賽迪，還有她手上的一個籃子。

她給了我一個微笑。我走過去，依偎在她藍色的縫著交叉格子的圍裙上。

賽迪臉上的雀斑多得就像銀河裏的星星，而且，她真的老得有點嚇人了——四十多歲了。

她的手全都是棕色的，聲音嘶啞得像七月路邊的水坑裏乾裂的泥巴，可是，她有一個仁慈同情的靈魂。她總是在她的食品櫃裏，爲我的那些隨時都可能受傷的小寵物們準備著繃帶；在我不回家吃飯的時候，她的甜餅乾罐子裏總是有曲奇餅。她還允許我在她的後院裏給蚯蚓設了一塊特區。

我拿了牛奶要回家了，她一直走在我身邊。

當她走到小路邊的時候，她從她的籃子裏拿出一些包裝紙給我，說我可以在上面畫畫。然後，她在我的臉上親了一下，說再見，轉身朝她的家走去。

我朝我們住的房子走，媽媽責怪我沒能更快地把牛奶取回來，她要我繼續餵小孩兒吃牛奶。寶寶的瓶子是一個白蘭地酒瓶，不過，在被安上一個奶嘴之後，它已經變成了一個奶瓶。

我坐在門口的臺階上，在賽迪給我的包裝紙上畫畫。寶寶在床上睡覺。媽媽和其他的人去了牧場房子。他們走的時候，媽媽叫我坐在門口看著，不要讓什麼東西來把寶寶弄走了。

臺階旁邊是勇敢的霍雷修斯。我的腳邊是麥克爾・拉菲爾。我聽見一陣歌聲——樹們唱的催眠曲。我的後背覺得有一點點的疼，不過，我特別高興聽見上帝的美好世界的曙光音樂。我真的很慶幸我能活在這裏。

第三章　拉里和吉恩的寶貝

對我來說，出去探險是最愉快的事情，不過，我現在並不想去做一次探險旅行。我只是坐在門口的臺階上，手托著下巴，也沒什麼心情畫畫。我只是希望這種奇怪的眩暈感覺不要再有了。

勇敢的霍雷修斯走過來，停在臺階上，搖著他的尾巴，這是表示他想繼續去探險旅行。

拉爾斯・波森納從一棵橡樹上飛下來，棲息在勇敢的霍雷修斯的背上。他叫了兩聲，也是表示他想繼續去探險。

湯馬斯・宙斯從房子下面出來，爬上我的膝蓋，我輕輕地拍了他一下，他就皺起了他的鼻子。

彼得・保羅・魯賓斯在豬圈裏又發出了尖叫。每次他想要去探險的時候，總是會發出那種叫聲。

勇敢的霍雷修斯一直等啊等啊，可是，我身上的那些奇怪的感覺還是沒走開。不久，我開始感覺極度的糟糕，非常不舒服，不過慢慢的，我開始覺得好一點。

後來，我的感覺完全正常了，媽媽也走了，去拜訪一個朋友，我可以自由地做一次探險旅行了。

勇敢的霍雷修斯，拉爾斯・波森納，湯馬斯・宙斯和彼得・保羅・魯賓斯在我寫這些字的時候，一直在等我。現在，我們就要開始走上那條通往藍色山丘的路了。

有的時候，我和胡蜂一塊兒分享我的麵包和果醬。胡蜂的家在路邊的灌木叢裏，離花園二十棵樹多一點的距離。

今天，我爬上他們家附近的那個老籬笆，手裏拿著一片半塗著果醬的麵包，半片是給他們的，剩下的是我自己的。可是，他們忽然全都想馬上吃，因此看起來，我應該把所有的麵包都攤在手上。

我把麵包掰成小碎片，他們在老籬笆上，享受了一場上等的高貴盛宴。

我想要我的果醬和麵包，不過，胡蜂是多有趣的精靈呀，是世界上第一個製造紙的人，而小胡蜂寶寶是那麼豐滿的小不點。一想到這些，就覺得能和這些胡蜂精靈分享麵包和果醬，是好大的愉快。

當我餵完他們回來，我聽見一聲非常巨大的噪音。羅布·瑞迪爾正在那邊的瀑布邊上，急促地叫著上帝。他一直不停地企求上帝，能擋住我們後院的那條奔流。而如果上帝答應了他的請求，我們住的這個房子將會淹到水底下去。

現在，羅布·瑞迪爾一定非常生氣，要不然，他不會對慈祥的上帝如此沒好氣地祈禱。

我又回到我們住的房子，媽媽正在從一盆發酵好的麵粉裏捏出餅乾來。她把一盤將會成爲餅乾的小麵團，放在烤箱後面的木頭盒子裏，把一塊最乾淨的毛巾布蓋在麵團上，之後，她去收衣服了。

我從工具抽屜裏找來一個套管，把那些大的餅乾麵團切成一個個小的圓團。媽媽發現了我，她把套管放回工具抽屜，把我塞在了床下面。現在，我是在床底下寫字。

後來，過了好長時間，媽媽叫我從床底下出來，她讓我穿上外套，把她巨大的頭巾裹在我頭上。她又用迴紋針別好我的外套，再給了我一個蓋著蓋子的豬油桶。她叫我立刻直接去爺爺的房子要牛奶，再直接回家來。

走出家門，經過醫院的時候，我走過去取我的寵物老鼠費里克斯·門德爾松。

我想在新鮮的空氣裏走一走，應該對他的健康有好處。我從外套上取下一根迴紋針，把頭巾的一個角封起來，這樣，就在我的頭髮附近，給費里克斯·門德爾松佈置了一個舒服的位置。

我叫這個老鼠費里克斯·門德爾松，是因爲有的時候，他能奏出非常美妙的音樂。

後來，我去了玉米地裏。一片玉米地是個非常好的地方，有的時候，我們用長在爺爺院子裏的像絲一樣光滑的玉米穗，給我們的玩具娃娃做頭髮。

我在田裏走著Z字形，找東西。我一共遇見了兩個老鼠朋友，一隻肥胖的老蟾蜍，和兩個趴在玉米穗裏面的毛蟲。

最後，在小路上，我看見一個男人和一個女人從田地裏穿過，男的抱著一個孩子。

很快我就碰見了他們。是拉里、吉恩和他們的小寶寶。他們讓我拍小寶寶的手，撫摩她光滑的頭髮。

因爲我真的很愛小孩。我長大了以後，想要一對雙胞胎和另外八個孩子，我想到處去爲孩子們寫野外的書。

在拉里和吉恩繼續上路之後，我不停地朝他們揮手再見，我想起第一次見到他們倆的時候，他正在對她念一段詩。那時候，他們站在小路邊的一個老樹樁旁，樹葉在說悄悄話，吉恩在哭，拉里輕輕拍著她的肩膀說：

小姑娘
別哭
我會回來
娶妳的
不用多久以後

而他真的這麼做了。

天使從天堂裏看見他們的幸福，於是很快地，在他們結婚之後不久，賜給了他們一個孩子，一個非常漂亮的孩子。

一個孩子就已經是這麼棒的事情，那麼，兩個孩子一定能使人得到兩倍的祝福和快樂。而費里克斯・門德爾松現在還是那麼小的一個人，甚至拉里和吉恩的寶寶都長得比他大了。

那天，在聽見他對她念那首詩之後，在他們旁邊的小路上，我第一次遇見了費里克斯・門德爾松。

他只是一隻很小很小的老鼠，但每個星期，都會比前一個星期長大一些。我每個星期都會在一排灰色的石頭裏再放一顆，記錄他的成長。現在，在天使給拉里和吉恩帶來寶寶之後的石頭，已經比從他們結婚到寶寶到來的那排多了十九顆。

我總覺得親愛的費里克斯老鼠和拉里與吉恩可愛的小孩子之間，一定會產生友誼。因爲在拉里向吉恩讀出那首詩的那個老樹椿旁，正好是費里克斯的房子。

現在，他在我的頭髮裏依偎得更緊了。

我那麼那麼愛他。我告訴他，今天晚上，他都可以這樣睡在我的身邊。

當我們向前走了一小點路時，我又忍不住再轉過身，朝拉里和吉恩揮手說再見。

我朝他們揮手告別之後，我覺得我想回到我第一次看見他們、聽見那首詩的小路上去。

那是多麼可愛的一條小路啊，我叫它「我們的小巷」。

當然，它並不屬於我們中的任何一個人，它屬於那個住在巨大房子裏的巨大的人，不過，它似乎更像是我們的小巷，因爲，那個大人並不認識長在這裏的這些草和花，在這裏築巢的鳥，還有沿著籬笆跑的蜥蜴，以及在車輪碾出的轍印上爬的毛蟲和甲殼蟲。他從不停下腳步和路邊的樹說話。

所有這些樹都是我的朋友。我用我給他們取的名字叫他們。我叫他們休•坎佩特、聖路易斯、好國王愛德華一世，最高的那個是查里曼大帝，總是被小花朵環抱的是威廉•華茲華斯，還有拜倫、濟慈和雪萊。

當我去取牛奶的時候，我總是特別喜歡走到這條路來，和這些樹朋友說話。今天晚上，我停下來一個個地對他們說祝福的話。當我走到小巷的盡頭，翻過大門，才猛然想起，我最好快一點直接去取牛奶。

走過穀倉的時候，我又看見一隻老鼠在角落裏來回跑，一隻優美的蝙蝠朝穀倉的門飛過來。

我拿了牛奶，天幾乎黑了，所以我又回到小巷裏，沿著木桿道走。就要到家的時候，我忽然想起來媽媽當時急著要這些牛奶，我才又開始著急起來。

我想，今天晚上我不會再多寫什麼了。我坐在一個木頭盒子上寫了上面的字，媽媽在我拿了牛奶回家、打了我的屁股之後，把我放在這兒。

現在，我覺得我應該從臥室的窗戶爬出去，去和星星說話。它們總是在笑，總是很友善。這本來就是一個很美好的世界。

第四章　保羅・魯賓斯

今天早上，在我去學校的路上走到一半的時候，也就是當我走到小巷盡頭時，我得到了一個驚喜：我的寶貝寵物豬在等我。

我在他的鼻子上快樂地拍了三下，還叫了十次他的名字。看見他我特別高興。因爲我去學校的時間本來就晚了，所以剛才，我根本就沒有足夠的時間，在豬圈和他們進行早上的第一次聊天。可是，現在他在那兒等我，在小巷盡頭。

他的名字叫彼得・保羅・魯賓斯。取這個名字，是因爲我第一天看見他，是在六月二十九日。他是一隻很小的、能發出一種像紅色絲帶撕裂般的尖叫聲的胖小豬，喜歡去一切我要去的地方。有次，他叫著提出抗議，可我並沒有發現他要什麼。後來的一天，他的鼻子潰爛了，不斷地發出尖叫。當然，我拼命地跑過去幫他。後來，只要他一有機會，就會走到廚房門前來，發出和那次鼻子爛了的時候同樣的叫聲。似乎他覺得，只有這種叫聲，才能立刻把我帶到他在的地方。

這個早上，當我出發去學校的時候，他又發出那種叫聲，而且還跟在了我後面，追著我，「呼嚕呼嚕」地喘氣，接著，他又叫喚起來——一塊堵在心裏頭的什麼東西，從我的喉嚨裏冒上來，讓我不可能逼他轉過身子，回到豬圈裏去。看來，我只能讓他和我一塊兒到學校去。

我們到達的時候，學校早開始上課了。

我先進去，一個新老師過來告訴我，我又遲到了。她再往外看，看見了我親愛的彼得・保羅・魯賓斯，便問我那隻豬是哪兒來的。我只能開始跟她說關於小豬的事情，從我第一天遇見他開始講。

她一直一直看著我，很長時間，我的手指不停地在我的裙子上打著褶，一邊折了九個，一邊折了三個。我已經開始數這些褶皺了，可老師還是看著我。我問她，爲什麼要看我那麼長的時間。她說：「妳讓我目瞪口呆。」

我從沒聽見過這個詞。它是我的一個新詞，不怎麼好聽，不過，我以後會用它的。現在，當我長時間地盯著一個東西看的時候，我就會寫下「目瞪口呆」這個詞。

後來，她又繼續看了我一會兒，才走回黑板前的講臺。

她教所有六年級的課。

我走到我的座位坐下，不過，我只坐了前半截椅子，因爲這樣，我才能看見我親愛的彼得・保羅・魯賓斯。

現在，他還乖乖地等在教室外的臺階上，長時間地朝門裏面望著。不過，很快他就直接走了進來。

他能和我一塊兒在學校裏，讓我覺得無限地開心，可老師並不這麼想。現在我正在考慮，爲什麼這些老師都不希望彼得來學校。

爲什麼？他站在門外朝裏望的樣子，是一幅多麼美的畫面啊。

還有他發出的哼哼聲，多麼美妙。他站在那兒說著：「我來你們的學校了，妳要把我放在哪一個班裏？」

他就像我第一天來學校時一樣，用清晰的咕嚕聲說了和我說過的一樣的話。

孩子們全部在座位上轉動起來。我肯定他們會很高興接受彼得到學校來，也很喜歡他說話的可愛方式。不過，我猜我們的老師根本沒有聽懂小豬的話，她只是飛快地舉著一根木棍子朝他衝過去。我上去阻攔，結果，她把我們都趕了出去。

不過，回家簡直就是我們最快樂的時光。我們繼續進行探險旅行。

但我們還沒走多遠，就開始有餓的感覺了。我揭開一個豬油筒的蓋子，裏面有我的學校午餐。我把所有的麵包和黃油分成兩份，一份給了彼得。

他對我表示了感謝，不過，他繼續發出「咕嚕咕嚕」的聲音，表示想要更多。很快，所有的食物就被消滅光了，我們繼續上路。

我們走進森林。我挖起一些整個冬天都會有綠葉子的植物。

我們看見了很多美麗的東西。我幾乎向彼得解釋一切我們看見的事物。我告訴他，爲什麼我要挖這麼多這樣的植物。我特別想讓他明白，我馬上會把他們重新種下去。

當我挖第四十五棵之後，天也快黑了。勇敢的霍雷修斯和拉爾斯・波森納來找我們。

挖好第四十五棵之後，我們一塊兒走上了去大教堂的路，因爲今天是吉勞拉蒙・薩溫那羅拉教士的誕辰。在大教堂裏，我種下這些小植物，種了四十五棵。接著，我們禱告，然後回家。

第五章　它是

阿芙羅狄蒂有了一條自己的藍色緞帶，她總是戴著它，和我一塊兒在小巷裏散步，或者去大教堂做禮拜。在前天的下午，那個繫灰領帶的、對老鼠很好的男人，拿錢給賽迪，讓她去磨房鎭的時候，幫忙買一條緞帶來。昨天，從學校回家的路上，我看見賽迪了。看見她的雀斑和眼裏的笑容真是好。她讓我閉上眼睛，把那條給阿芙羅狄蒂的新藍色緞帶放在我的手心裏。

我覺得快樂極了。我把我所有的感謝都給了他們。我也知道我所有的動物朋友都會高興的，他們全都會因爲想起阿芙羅狄蒂得到了她日夜期望的藍色緞帶的事情，而興奮得亂叫。

我馬上懷著急切的心情朝豬圈走去。我想，賽迪一定是看出了我眼裏的急切，她說，她也會隨後趕到豬圈去，不過，現在她正要去林伯格夫人的家。她和我吻別，臉頰兩下，鼻子一下。

我飛快地跑到豬圈去，把藍緞帶拿給阿芙羅狄蒂看。我輕輕拍著她的鼻子，一直摸著她的耳朵。我告訴了她所有發生的事情。

我把緞帶舉到她眼前，讓她能更清楚地看見帶子上天空一樣的藍色。她發出「咕嚕咕嚕」感謝的聲音，她想馬上出去散步。

之前我在豬圈那個朽爛的地方做過記號，不過，現在記號不見了。我仔細地靠近豬圈查看起來，不時推一推它，不過，沒有任何一個地方有一點點鬆動。

以前它不是這樣的，我想幹雜活的那個小夥子，對這個豬圈的圍欄做的工作實在是太認真了，讓我沒辦法推開它，不能帶阿芙羅狄蒂出去散步，結果，她只能整天待在裏面。

不能帶著戴上新緞帶的阿芙羅狄蒂在我們的小巷裏散步，讓我覺得很難過。我只好找來好多蕨菜，給她做了一個特別好的床，讓她能覺得我們正在外面長著蕨菜的地方散步呢。

我給她做好了這個蕨菜床。在爲她做了更多的事情之後，我去把其他的人都找來了：勇敢的霍雷修斯，湯馬斯・宙斯，盧西恩・維吉爾，費里克斯・門德爾松，路易二世和拉爾斯・波森納，都坐在我的背上來了。

等大家到齊之後，我爬進豬圈，把藍緞帶繫在阿芙羅狄蒂的脖子上，這樣，大家都能看見上面天空一樣的藍色。我唱了一首感恩歌，大家一塊兒禱告。

我用樹枝在阿芙羅狄蒂的背上輕輕刮著，這是她喜歡我爲她做的事，這也可以稍稍彌補她不能出去散步的遺憾。

現在，老師正直楞楞地看著我說：「奧帕爾，把那東西拿走。」我照做了。

今天的休息時間，其他的孩子都在外面玩，我卻坐在我的桌子旁，在這兒寫字。我不能像往常的休息時間裏做的那樣去和樹們說話，我不能像往常一樣到路那邊的小河去。我在我的座位上坐著，老師說，整個休息時間我都必須坐在這裏。

這發生在今天早上的一些閱讀課之後——這些課之後，老師會向所有的學生提問題。她首先一口氣問了吉米八個問題。她問他，什麼是馬，什麼是驢，什麼是松鼠，什麼是發動機，什麼是路，什麼是蛇，什麼是儲藏室和什麼是老鼠。吉米全都回答上了，用他自己的方式。

接著，她問了大丹一些問題，大丹慢慢站起來，慢慢開口，說：「我……不知道……」——就像他一貫以來的回答一樣，說完就坐下了。

老師沒辦法，轉過來問羅拉，羅拉一口氣都答上來了，老師給了她一個好分數和一個笑容，羅拉把她漂亮的紅頭髮輕輕往後一甩，還了一個笑容給老師。

接著，老師叫了我的名字，我站起來得真夠快的。我心裏著實在想，她要是能給我像她給羅拉那樣的一個笑容就好了。

老師一下給了我八個問題，她問我：「什麼是豬，什麼是老鼠，什麼是小鹿，什麼是鴨子，什麼是火雞，什麼是魚，什麼是小馬以及什麼是黑鳥？」

我開始回答，用很快的速度：「豬是Cochon，老鼠是Mulot，小鹿是Daine，鴨子是Canard，火雞是Dindon，魚是Poisson，小馬是Poulain，黑鳥是Merle。」每說完一個，老師都邊搖頭邊說：「它不是。」而我也肯定地回答：「它是。」

我全都說完之後，她說：「妳全都說錯了。妳根本就沒說出來它們是什麼。那些字全都不是妳說的那樣。」

她這麼說的同時，我一直在不停地重複：「他們是，他們是，他們是。」

老師說：「奧帕爾，妳坐下。」

我坐下。

不過，坐下的時候我說：「豬是Cochon，老鼠是Mulot，小鹿是Daine，鴨子是Canard，火雞是Dindon，魚是Poisson，小馬是Poulain，黑鳥是Merle。」

老師生氣了，說：「奧帕爾，妳……妳坐下一個休息時間，和明天，明天的明天，明天的明天的明天，所有的休息時間都不能出去玩，只能坐在座位上。」然後，她嚴肅地看著所有的學生，說我被禁止在休息時間出去玩的事情，將是我們學校所有學生的一個反面教材。

現在他們在外面玩，這真是個長長的休息時間，可是我真的知道我沒有錯。我知道，因爲天使爸爸總是這麼叫他們，而他總是知道事情是怎麼樣的。可是這附近的人，沒有一個人用天使爸爸叫他們的名字來叫這些東西。

有的時候，我覺得這個世界和我生活的世界不是同一個，有的時候，我真的會覺得寂寞。

這真的是一個很長的休息時間。我在這兒坐著的時候，聽見窗戶外面，幾乎就在我桌子邊上，一些大女孩在說話。孩子們在玩「黑人」，更小的那些孩子在玩「標記」。

而我在想，現在，要是能去和好國王愛德華一世，或者可愛的埃莉諾王后，或者彼得・保羅・魯賓斯，或者勇敢的霍雷修斯，或者湯馬斯・宙斯……說說話該多好。

我這麼想啊想，幾乎想了一整個休息時間。

我還一直在聽窗戶外面的女孩說話。

大一點的姑娘在說她們的希望。馬莎說，她想要一條緞帶，我不知道她爲什麼還想再要一條，因爲她今天早上剛剛帶來了一條新的，是卡馬尼花的顏色。

羅拉說，她想要一條白絲裙，一條領子和袖子周圍都有皺褶的白絲裙。她說，她的人生將在她穿上那件白絲裙之後變得完整，她說，穿上它之後，她將變成一位美妙絕倫的小姐。她還說，到那時候，所有的孩子都會圍繞在她周圍，爲她歌唱。她將會在這些簇擁著她歌唱的人中間，伸展她的雙臂，像磨房鎭教堂裏的牧師那樣，把她的祝福賜予所有的人們。

老師剛剛從門外進來了。她說：「奧帕爾，妳應該吃妳的午餐了，不過，在妳的桌子上吃。」

我的確覺得餓了，現在已經不是短短的課間休息時間，而是中午時間了。不過，它其實是一個更長的休息時間。

我又忍不住想，中午的時間裏，我能到河邊做多少有意思的事情啊。

現在，我沿路搜集著種子，也在田裏找。我把找來的種子一個挨一個地放整齊，然後開始做「比較遊戲」。我近距離地觀察它們。

我這麼看啊看，想看出它們之間，誰和誰在什麼地方長得不一樣。它們有的大，有的小。有的甚至身體龐大。有的上面有皺紋，有的有小翅膀。裏面的很多，我都在從學校回家的路上看見過，在那條路上，我還看見過四隻松鼠和兩隻花栗鼠。

在快要走到路和路的交叉口的時候，我看見一個流浪漢正沿著鐵軌走過來。這個流浪漢揹著一大堆東西，一步步踩在鐵軌的枕木上，走得又慢又疲倦。

當我越來越靠近鐵軌的時候，我覺得他現在肯定非常餓，幾乎所有的流浪漢都常常會給我這樣的感覺。我一邊想著，一邊揭開我的晚餐盒的蓋子。這裏只剩下半片麵包和一點點黃油了。

我只剩這麼一點點了。我本來是想把這些節省下來的吃的，和我的那幾個好朋友一塊兒分享的。

我看看這些吃的，再看看在鐵道上朝我走來的流浪漢。我覺得他現在一定非常餓了，就飛快地跑過去追上他。

他很高興，兩口就吃光了。

和他說了再見後，我走了一條近路回到我們的小巷。

我在一些榛子樹叢邊停下來，看一隻毛蟲做他的窩。做窩的時候，他並不來回移動，而是把自己捲在一片葉子裏，幾乎藏在了裏面。他在自己的周圍揮舞著白色的絲。

我想，毛蟲的一生一定很有意思。我覺得總有一天，我會願意去做一隻毛蟲，然後再建一個我自己的絲搖籃。

毛蟲做搖籃的絲，是從她的嘴裏出來的。不過，我還沒見過蜘蛛是怎麼從嘴裏吐絲來做網的。我只是聽說蜘蛛的絲是從背上的一個地方湧出來的。

我回到我們住的房子，做了媽媽要我做的事情。接著，開始填我的木頭盒子。

剛好有十根木棍在盒子上，我朝門外望了一眼，媽媽正在和艾爾希說話。

我覺得挺對不起媽媽的。我聽見她說，她丟掉了一分鐘。我不知道這是什麼意思，但真的想幫她把它們找回來。

我去食品櫃裏找，它們不在那兒。我又去烹調桌的抽屜裏找，沒有。朝縫紉機的抽屜裏看，也沒有。鑽到床底下，還是沒看見它們。於是，我開始在房子的每一個角落找，所有的地方都去過了，還是沒看見它們。

我怎麼也想不出來，媽媽丟失的十分鐘到底到什麼地方去了。我還想繼續去更多的地方找的時候，媽媽對我說，別擋著她的路，到一邊去。我乖乖地走開了。

那就讓我去找精靈吧。

我走進了附近的樹林，藏在樹後面，小跑一陣到大原木那裏。

順著原木走到蕨菜那兒，踮著腳尖穿過好多蕨菜。我摸著他們，感覺著他們溫柔的動作。

我走到一個巨大的樹根那兒，藏在樹洞裏面。我在等，等那些會從這個大樹經過的精靈到來。

在我等著的時候，我在想那封信，那天我用很多彩色鉛筆寫的、向精靈們請求更多彩色鉛筆的信，現在，我很需要繼續寫它。

我想我應該到老原木旁邊的苔蘚盒子去，應該去看看精靈們是否找到了我的信。

我去了，信沒有了，我一下子覺得特別高興，太高興了。並且，彩色鉛筆——它們來了，有一隻藍色的，一隻綠色的和一隻黃色的，還有一隻紫色的，一隻棕色的和一隻黃色的。我看了它們很久，這真是太棒了。

當我盯著它們看的時候，真有人靠近老樹根了。那是我親愛的朋友：彼得•保羅•魯本斯。

我拍了他四下，給他看了所有的彩色鉛筆。然後，我決定開始一次森林裏的遠行。

彼得和我一塊兒，勇敢的霍雷修斯也在後面遠一點的地方跟著。一路上，我的心裏全是快樂的感覺，我還在想，要是那個繫灰領帶的、對老鼠很好的男人在就好了，如果他能看見精靈們是多麼快就回了我的信，而且還帶來了彩色鉛筆，該多好。

當我們靠近遠處那片樹林旁的碾磨場時，已經快到黃昏了。伐木工在他們回家的路上，他們邊走邊吹著口哨。前面兩個肩並著肩，後面還有三個。還有一個走在最後面——是那個繫灰領帶的男人。

勇敢的霍雷修斯一陣快跑去見他，我也跟著跑過去。我要他猜，這次精靈們給我帶來了什麼。

他猜是給威廉•莎士比亞下個星期每天所準備的糖塊。我說這個答案不對。他又猜了一些，不過都沒有猜對，於是，我把所有的彩色鉛筆給他看了。

他很驚訝，說自己很吃驚，精靈們怎麼能這麼快就把這些送來了。

他真的很高興，像他一貫的那樣；他和我，我們都知道這些樹林裏常常都有很多精靈走過。而且，每當我需要更多寫字的彩色鉛筆，我就會給他們寫信。我把信寫在樹葉上，再把它放進老圓木盡頭的苔蘚盒子裏，他們就一定會把彩色鉛筆帶來，也放在苔蘚盒子裏。之後，我總是能在裏面找到它們，這簡直是快樂無比的事情。

沒人知道那個苔蘚盒子，除了一個人，就是繫灰色領帶的男人。他知道我給精靈們寫的樹葉上的信，也知道我把它們放在哪裡。

在我告訴他，我給精靈寫了一封請求一些彩色鉛筆的信之後，他找來一棵小蕨，用這個蕨許了一個願，希望精靈能把我想要的彩色鉛筆帶來。然後，我們把這棵小蕨種在老圓木旁，沒過多久，我就在圓木裏發現了彩色鉛筆。我真的很高興。

第六章　馬鈴薯

今天，爺爺在田裏挖馬鈴薯。幹雜活的小夥子也在挖。我跟在後面，不過，我的工作是把他們從泥巴裏翻出來的馬鈴薯撿起來。

我把它們撿起來，堆成一堆。它們有的長得很胖，有的卻比較瘦小。不過，它們全部穿著棕色的裙子。它們堆在一起的時候，我就會停下來，去看它們。

我朝它們走去，靠近一點，久久地看它們。

馬鈴薯真是有意思的傢伙。我覺得它們一定看見了很多發生在地底下的事情。它們有那麼多眼睛。我看著它們，開始數每一個馬鈴薯上面到底有多少眼睛，而得到的數字，真是讓人驚訝。

有的時候，我可能會對一些馬鈴薯堆做地理演講，可能會告訴它們，另一些關於動物托兒所和裏面的毛蟲的事情。毛蟲會在絲般的搖籃裏睡一個好覺，有時在棉毛裏面。

我還會告訴其他更多的馬鈴薯，我在森林旁邊爲動物開的醫院，所有曾經或者現在住在裏面的人的故事，以及祈禱和歌唱是怎麼幫助他們有了好感覺的。

對另外的那些馬鈴薯，我講了我的朋友。講這些的時候，威廉•莎士比亞正和我在一起。

我講拉爾斯•波森納有多麼熱愛收集東西，他是怎麼把它們全都藏在我們房子旁的橡樹裏的。還有關於伊麗莎白•巴雷特•羅伯特和她留下的詩歌。

我還講了剛剛戴上新緞帶的阿芙羅狄蒂，還有她是多麼喜歡巧克力奶油。我還特別對最頂上的那個馬鈴薯，講了那個彼得戴著去大教堂做禱告的小鈴鐺，還告訴它旁邊的那個馬鈴薯，路易二世是一個多麼溫柔的老鼠，他是多麼喜歡坐在我的袖子裏。

在撿馬鈴薯的全部時光裏，我都在和它們說話。

我也在想它們在地裏成長的所有時光，所有它們聽見的事情。

大地的聲音是快樂的聲音，大地的歌聲經過植物從地下出來。在它們開花的日子，或者在花朵來臨之前的這些日子裏，它們一定把大地的歌告訴了風。於是，風在它的旅行中，悄悄告訴了一些地球小公民，還讓他們接著把歌教給其他的公民。這樣，所有的公民都學會了大地的歌。

等我長大了，我一定要爲孩子們寫下現在我聽見的所有的歌。

我還想過，長在這裏的這些馬鈴薯，一定知道星星的歌。晚上的時候，我一直在觀察，我看見星星一直朝下面親切地望著馬鈴薯們。

我也曾在這些馬鈴薯隊伍裏走過，我看見過它們葉子上的譜子，我也聽見過風問它們，星星的歌怎麼唱，那些用撒在它們葉子上的瞬息閃爍的星光記錄的歌怎麼唱。

當風從田野裏走過的時候，大地的聲音在和它說話，我跟著它降落到那些馬鈴薯的隊伍裏。我的確能感覺到它就在附近存在著。它在穿行的時候，在我的睡衣上激起了波浪。湯馬斯・查特頓・丘比特・宙斯把我的手抱得更緊了，勇敢的霍雷修斯跟在後面。

有的時候，我會走很久，去聽黑夜的聲音。勇敢的霍雷修斯總是會把我的睡衣咬在嘴巴裏，使勁往下拽。

他那麼使勁地拽，似乎是想把我拽回我們住的房子。

拽了一通之後，他開始刨樹皮，每次他覺得到了回家的時候，就會做這樣的動作。

有的時候，我聽見他發出這樣的聲音就會開始回家，他在後面跟著我。有的時候，我卻會繼續往前走，他也會跟著我。常常都是他和我一塊兒到這塊長著馬鈴薯的田地裏，所以他知道幾乎所有我告訴馬鈴薯的詩。

今天下午，我馬鈴薯堆裏的馬鈴薯已經達到一個相當不錯的數量之後，我開始想聖佛朗西斯離開的日子是哪天，還有，簡・米利特出生在什麼時候。

我想給他們每人找出和他們在地球上生活的年數一樣多的馬鈴薯。我給聖佛朗西斯撿了四十四個，因爲他的年齡差不多就是四十四歲。

我給簡・米利特選了六十個馬鈴薯，他正好是六十歲。

所有這些馬鈴薯，我都把它們放成兩排。一排有四十四個，另一排有六十個。

我看見全部的它們，我想，它們簡直就是一個唱詩班。

我們應該爲什麼唱歌？首先我唱「三聖頌」，我一共唱了三遍。我開始希望唱詩班裏的人能更多。

想起來，明天是法國國王菲利浦三世的誕辰，因爲他在地球上生活的日子是四十年，所以，我又排了一排四十個馬鈴薯。這樣，我又有了一個機會，和更多的人一塊兒再唱一次讚美詩，我唱了三遍。

再接下去的一天，就是路易斯・菲利浦的誕辰和阿爾弗雷德・坦尼森離開的日子。我應該找更多的馬鈴薯來唱讚美詩。我爲法國國王撿了七十六個，八十三個給阿爾弗雷德。

所有的馬鈴薯都穿著棕色的長袍，好一個龐大的唱詩班，於是，我唱了一首「萬福瑪利亞」。

我正準備繼續再唱一首，因爲我想起來明天的明天，是菲利浦・悉尼爵士的忌日，我又往唱詩班裏放了三十一個馬鈴薯，不過，找來它們費了好長的時間，因爲附近的馬鈴薯都已經在唱詩班裏了。

勇敢的霍雷修斯走在我旁邊，他看見我奮勁地往唱詩班裏搬馬鈴薯，所以他也搬了一些，一次搬一個，就像我在抱柴火的時候，他也會用嘴叼住一根柴棍那樣。他是最能幫忙的狗。

不過，今天我必須注意看著他，因爲，我必須隨時注意他沒有把更多的馬鈴薯放進已經排好了的唱詩班裏。第一次他就是這樣，搬了一個馬鈴薯，直接就扔進了阿爾弗雷德的唱詩班裏。然後把搬來的第二個馬鈴薯放進了簡・米利特的唱詩班。

在他又要往法國國王的唱詩班扔下一個馬鈴薯的時候，我飛快地跑過去，在菲利浦・悉尼爵士的唱詩班旁，用腳輕輕地拍著地。他明白了，現在該把馬鈴薯放在這裏，於是，我們接著一塊兒幹了下去。

在菲利浦・悉尼爵士的唱詩班有了第三十一個馬鈴薯之後，我們開始禱告。

我唱了一遍讚美詩，而勇敢的霍雷修斯開始叫，我重來一次，他又開始狂吠。禱告結束後，我開始唱「萬福瑪利亞」，不過，我沒法唱完它，因爲，勇敢的霍雷修斯在我唱到一半之前又開始吠叫，我沒管他，繼續唱，可他走到我面前，使勁地狂叫了三次。

我只是想把它唱完，卻到底沒唱完。我沒唱完，是因爲幹雜活的小夥子從我身後走了過來。他搖了三下我的肩膀，告訴我動作快一點，趕快把那些馬鈴薯撿起來。

我照他說的做了，而且非常快。撿起這些馬鈴薯並不會花太長時間，不過之後，又會有更多的馬鈴薯等著要撿。勇敢的霍雷修斯仍然跟著我，他把他撿起來的馬鈴薯放進我的馬鈴薯堆裏，他真的是最能幫忙的好狗。

當黃昏就要到來的時候，幹雜活的小夥子離開了田地；當黑夜到來的時候，我和勇敢的霍雷修斯也離開了。回到我們住的房子的時候，所有的其他人都去了艾爾希的房子。我拿著牛奶和麵包，到後面的臺階去吃。勇敢的霍雷修斯在我旁邊吃他的晚餐，他比我吃得快，所以，我又把我的一些給了他。然後，我們一塊兒看著星星出來。

第七章　饑餓的流浪漢

今天是「秋天到來」日，我聽見在路上開會的男人這麼說。我從路上的集會裏迅速地離開，之所以要跑這麼快，是因爲當我去參加集會時，我忽然想起來，早上媽媽對我說，有很多活必須在晚上之前幹完。

我回到我們的房子，媽媽和小寶寶都去艾爾希家了。我開始幹活，餵了雞，還有很多柴火要搬進來，還有寶寶的衣服要洗，還要把爐子裏的灰掃乾淨。做完這四件事情，我四處轉了一圈，看看還有什麼需要做的事。

我忽然想起來，今天爸爸早上去上班的時候，說他沒時間切火腿。我知道，早上他因爲太忙沒有做完的事情，一般也不可能在他下班回家的時候繼續做完。事實上也的確是這樣，因爲他實在是太累了。

今天，我想我幫忙切火腿的時候終於來了。

我到柴房去取火腿，我覺得最好應該早一點開始，要不然，就不能在晚上之前把它們切完。

我把木頭高高地疊起來，這樣我就能站在上面，踮起腳尖，搆到上面放著火腿的麵粉袋。不過，我沒辦法把那個麵粉袋拿下來。

我推啊推啊，可它就是下不來。我不知道該怎麼辦了，不過很快，我集中我的注意力好好想了想，想到了一個辦法。我拿來了一把剪刀，剪掉了麵粉袋的底部，火腿很快就滑下來了，落在柴堆頂上。我腳下滑了一下，也掉在了上面。

我站起來，把它拖到剁肉板上。從烹飪台抽屜裏拿來一把刀，開始工作。

刀好像沒法像在爸爸手裏的時候那樣運動。我想讓它動得快一點，可它就是動不快。我靠近它仔細看，它看起來似乎是需要一些打磨了。

我曾見過爸爸在唱歌的小溪邊的一塊磨石上磨過它，我想，就這麼照做吧。我往那個石頭輪子裏灌了大量的水，大部分的水都溢出來了，還有的在滴滴答答往下滴。我拿起刀，朝石頭槽走去，努力想把它往鋒利的方向打磨，像我看見爸爸做的那樣。可我似乎不能在那個槽裏很快地滑動，甚至刀子幾乎都動不了。我用了很大勁，努力了很長時間。

當我覺得刀看上去似乎好了一些之後，我重新拿著它回去工作。

我繞著那塊火腿走了三圈，觀察什麼地方最適合開始下刀。

我覺得看上去，外面最厚最大的地方，應該是最合適的位置。我開始了，刀子往裏去一點點，我就得休息一下，再往深去一點，我又得休息一下。

這麼繼續下去，不一會兒，一片薄薄的火腿下來了，從壯碩的那一大塊肉上落到了柴火棍子上。我把它撿起來，仔細看它——我的天啊，我感覺到一股強烈的驕傲情緒，從我的腳趾頭一直升到我的頭髮絲裏。

我把它切得那麼好，周圍有花邊裝飾著，中間有很多小洞，就像艾爾希鋪在她最好的桌子上的那塊編織桌布一樣。

我記得爸爸從沒切過一塊像這樣的火腿。他切的火腿片，從來就沒有花邊，也沒有裝飾的洞。我把這片火腿用釘子釘在門邊之後，接著開始切下第二片。

這一片切得沒那麼寬，不過更長一點，周圍垂下很多小線，像珍妮•斯特朗睡帽邊上的小細線。我還沒決定把它掛在哪兒好，正在考慮的時候，聽見了一陣沉重的腳步聲。

我一下子慌得在原地轉著圈，因爲柴房門口出現了一個流浪漢。

他長得不像有的流浪漢那麼溫和文雅。他的鬍子長得簡直就是流浪樣式。他的突然出現，就足夠證明他完全沒有一點整潔的觀念。

他就站在那兒，看著火腿，一直看著，後來乾脆直接走進了柴房，他問我，媽媽在不在家。我說：「不在，她在艾爾希的家。」於是他說：「我想我會帶走這塊火腿的。」

我幾乎屏住了呼吸，因爲，我想起了爸爸打算用這個火腿做每天的早餐、晚餐和午餐。我只能坐在這一大塊肉塊上，還把我的藍色圍裙伸展開來鋪在上面。這樣，我用我自己和圍裙把大火腿遮了起來，這樣他就看不見它了。然後，我開始祈求上帝保護好爸爸媽媽的早餐、午餐和晚餐。

流浪漢奇怪地看著我，又走近了一點。

我繼續祈禱。仁慈的上帝很快回答了我的祈禱。勇敢的霍雷修斯不知從什麼地方跑了過來，停在柴房的門口，他只往裏看了一眼，就一陣咆哮，朝那個流浪漢撲過去，不顧一切抓他粗糙的短褲。

我猜，也許他的牙齒已經碰到了流浪漢的腳踝，因爲流浪漢發出了一聲小小的疼痛的尖叫，還搖晃著他的腿。之後，他飛快地跑出去，而勇敢的霍雷修斯追在後面。

我重新回到火腿的工作上。

媽媽回來了，馬上就給了我一頓打，還把我關在了現在的這個床底下。現在，我特別想知道那頓打是爲什麼挨的。

我餵了雞，我把柴火抱進了屋子，我洗了寶寶的衣服，也把灰打掃乾淨了。我還做了另外的更多的事情——我切了兩塊有花邊裝飾的火腿。

我還想到了流浪漢們——他們怎麼那麼不同。他們很多都是沿著鐵路來的，要去上面河邊的營地。他們都在背上揹著一捲被子，還帶著他們的毯子。

他們都走在這條路上，不過，有一些很快就又順著鐵軌下來了。有的從不在什麼地方住得長一點，有的會在去上面的營地的路上，在我們這裏停一下，吃一點點東西。有的會走到我們的前門口，有的從後門來。他們敲門，有的用他們的指關節使勁地打，有的敲得很有禮貌。

上個星期，就有一次這樣的敲門。睡夢剛剛到寶寶身上，在我給她唱了催眠曲之後。我朝門那兒走去，去看是誰來了。是一個男人，他說，他正要去上面的營地找工作。

他是一個有一張乾淨而憂傷的臉的男人，眼睛看上去很善良。背上是一次很重的包袱。我立刻拿來了我裝著晚飯的碗，裏面是麵包和牛奶，我把碗給他，他餓壞了，吃得很快，像勇敢的霍雷修斯在我們從一次很長的探險旅行回來後吃他的晚飯一樣快。

後來，當男人吃掉了所有的麵包和牛奶，他到柴房裏劈了一些柴，把它們堆成漂亮的一堆。接著繼續朝營地走去。他走的時候對我說：「主的祝福與妳同在，孩子。」

我也告訴他：「我們在森林裏有一個大教堂。今天晚上，我們在那兒禱告的時候，我們會爲你祈禱，祈禱你能找到工作。」

後來在晚上的禱告中，我們的確這樣做了，彼得還在空檔的時候「咕嚕咕嚕」地讚美了太陽神。而現在，我們每天都要爲那個男人祈禱，那個饑餓的，但眼神卻無比善良的男人。

有些日子很長，有的時候又很短。那些我必須待在房子裏的日子是最長的。

現在是早晨，我在考慮去探險。

我要去遠方。我要去聽唱歌。彼得和勇敢的霍雷修斯，拉爾斯•波森納和湯馬斯會和我一塊兒去。

在我已經把木頭放進木頭盒子裏的時候，媽媽對著我大叫。她說，她從艾爾希那兒回來之後，會把我關在房子裏。

在她去艾爾希家的時候，我還是在做準備。我拿了機器抽屜裏所有的迴紋針，拿了媽媽針線籃裏的所有的小布片。我用這些布，在內衣底下除了屁股要坐下的地方外，縫了好多個口袋。

我把路易斯二世放進剛縫好的那個口袋裏，把盧西恩放在另一個裏面，又把費利克斯放進了另一個。

他鑽出來偷偷看了一眼，馬上又把頭埋了下去。他很喜歡在我內衣下面的口袋裏睡覺。我又把莫札特放進口袋裏，然後，媽媽來的時候，我輕輕地走進房子。

她走之前，把要我做的事情仔細說了一遍。她要我燒火，不要讓火滅了，還要照看寶寶，給她餵奶，還要時刻照看她。然後她出門，把門反鎖，朝奶奶的房子走去，再去參加公路集會。

我從窗戶裏看著她走遠，往火爐裏添了好些柴火，然後開始到處查看起來。

這個屋子裏，根本就沒有像天使爸爸和天使媽媽所擁有的一排又一排的書。這兒總共只有三本書，一本是烹飪書，一本是醫療書，還有一本是日曆。它們都躺在碗櫃頂上，幾乎就要挨上屋頂了，而且，書皮上也沒有什麼有趣的名字。

鬧鐘還在它每天都在的壁爐頂上的架子上。晚上，它會被放在爸爸媽媽的床頭，一整個晚上，它都帶著它設定好的鬧鈴站在床邊的椅子上，這樣，爸爸就會在早上很早的時候被它吵醒。

那個鐘的樣子挺有意思。改天，等壁爐裏沒有火的時候，我要去把它拆開來看看裏面是什麼樣子。只有在壁爐裏沒有火的時候，我才能爬到壁爐上，才能搆到那個架子，才能站在壁爐頂上。

看了那個鐘半天之後，我開始看窗戶外面。有一串小牛的腳印在我們的前門外。這些腳印是昨天我和伊麗莎白去散步的時候留下的。那時候，我讓她在門口等我，因爲我要去廚房給她拿一些糖果。

她很喜歡甜的東西，我想，她將來一定會長成一個甜美的牛。她的叫聲現在也越來越悅耳了，她的足跡裏還有詩。

她的確留下了非常美妙的一些腳印。這些腳印在小路上變乾之後，我會把它們挖起來，保存下來。它們裏面有很多詩。而且，每當我把她的腳印拿出來看的時候，我都會想到這是伊麗莎白走過的路。

我從前面的窗戶看出去，又從後面的窗戶看出去。威廉・莎士比亞和其他的人在拉木頭。羅布・瑞迪爾想讓他們走得再快一些。所有的馬，在拉木頭的時候其實都非常用力。

有的時候，他們看上去很累很累，當他們幹完活回到牲畜欄，我都會去摸他們的頭，因爲媽媽累的時候，就總喜歡摸她自己的頭。

第八章　去探險吧

在我看馬的時候，寶寶醒了。我過去唱歌哄她睡覺。

我給她念英國詩人威廉・華茲華斯的詩，寶寶繼續睡過去以後，我想起來，媽媽走的時候，說她想給家具上一些清漆，讓它們有光澤一點。因此，她走了以後，我開始用凡士林給家具上光。凡士林能帶來和清漆差不多一樣的光芒，我想媽媽回來應該會很高興的。

所有的家具都被重新打扮了一番，我又朝窗戶外面看了看。雨點開始從天上落下來。它們來得很溫柔，我非常渴望能出去和它們在一起。我特別喜歡讓雨點打在我頭上，我喜歡不停地在雨裏面跑啊跑啊，舉起我的手去和它們相遇。

雨越多，太陽就會來得越快。陽光在天空裏的天藍色裏穿梭，當它們走了，陰暗就接著來了。我看著小溪裏的雨滴往前繼續走啊走啊，想著我長大了一定要寫一本書，叫《雨滴的旅行》。

我看著雨滴，我是多麼想出去，去一些可愛的地方。我還繼續想了很多。

我從木頭盒子裏拿了些木頭出來，我把它們立起來當成樹林。我們在它們中間走路，盧西恩和我。然後，我把拖把沾滿水，讓它往外淌水，在廚房的地板上淌成一條小河。接著，我們開始沿著小河散步。我們的步子邁得很小很小，小得能讓時間變得長一點。

費里克斯棲息在我的肩膀上。路易斯二世在我的手心裏，而莫札特在我圍裙的口袋裏。我又弄了很多水到地板上，假裝它是一條更深的河。

我們一直在樹林裏散步，我還從木頭盒子裏拿出更多的棍子，做了另一個樹林。當我們散步回來，我用奶酪做了兩個獅子，我把他們放在樹林的大門前。然後，接著在樹林裏散步。

我必須小心，不能走得太大步，因爲我把一根根木棍都挨得緊緊的，如果我的步子一大，這些棍子就會全部倒掉。

我往森林裏添更多樹的時候，寶寶醒了。我過去給她唱搖籃曲。我唱了好國王愛德華一世的歌。

當我重新回到廚房的時候，路易斯二世、莫札特和費里克斯都已經在森林裏了。他們站在那個站著獅子的門口，並且正一口口地吃著那兩個奶酪獅子。獅子的鼻子已經被這三隻老鼠啃得高低不平了，我才忽然覺得應該用石頭做這兩個獅子。

寶寶這時候又醒了過來，我唱聖歌給她聽。

現在，我坐在這兒寫字，寶寶睡著了，風從門底下爬進來，它說：「來啊，來啊，小佛朗西斯，來。」它在叫我去探險。它歌裏唱的那些東西，能在葉子底下找到。它在悄悄說冷杉樹的夢，它在傳誦著森林在灰色的日子裏唱的溫柔的歌。我聽見所有的聲音都在叫我，我都聽見了，可我……卻……不能去。

現在，落葉的季節已經到來了。它們從樹上落下來，在地上撲打著，跳著。等棕色的葉子跳躍的時候，它們在說一些小事情。它們在和風說話。

我聽見它們在說它們成爲葉子來到這個世界上的時候的事情。接著，說它們戴的那些頭巾，我見過，我總是在去學校的路上數它們。

今天，它們在說它們出生之前的這個春天。

它們不停地說啊說啊，我在聽在它們的耳語裏，它們是怎麼描述風和大地的。

它們說，它們在從樹上出生前，是大地和空氣的一部分，而現在，它們要回去了。在冬天灰色的日子裏，它們會重新回到地底下。不過它們沒有死。這是今天早上，我聽見的棕色樹葉說的話。

於是，我轉過身，完全轉過頭開始朝我住的房子走去，因爲那裏面有很多活必須做完。

我繞過房子，從後門進去。媽媽不在，我花了很長時間看了一圈，想選擇出一個最適合先做的事情。平底鍋裏有洗好了的盤子，我用毛巾把它們全擦乾，再把它們拿開。我需要爬上一個椅子，再站到一個盒子上，才能把這些盤子放到它們該放的地方。

我爬上去放它們，順便看看裏面都有些什麼。

我看見一塊「好愛人」牌的清潔劑。「好愛人」能給這些東西一個閃亮的樣子。今天早上，我讓刀子和叉子們亮了起來，接著，我想試著讓那個黑罐子和平底鍋也亮起來。不過，它並沒有把它們弄得漂亮起來，因此，我只能用凡士林給它們來一點閃亮。

然後，我把掃帚從它原來的地方拿出來，我要給地板做一個漂亮的清理。我上下來回穿梭著打掃地板，最後，連半點髒的東西都沒剩下。

我把打掃出來的灰塵，放進一個鞋盒蓋了裏，然後倒進壁爐。於是，地板終於乾淨得像媽媽要求的那樣。我把掃帚重新放回媽媽說它應該在的地方。

做完這些後，環顧四周，我看啊看啊。我想，我最好在整理所有東西的時候，也把窗戶清理了。

就在我剛剛把「好愛人」抹在窗戶上的時候，我想看看往外能看見什麼，結果看見了阿伽門儂（**這是希臘神話裏，特洛伊戰爭中希臘軍隊的統帥**）正在很慢很慢地走過。

他把脖子伸得很長很長，當他吞東西的時候，他的脖子看上去就像患了急性喉炎。一個永遠都需要治療的喉炎。於是，我放下「好愛人」，過去把所有的很多很多煤油灌進阿伽門儂的喉嚨裏，這是爲了能讓裏面的喉炎趕快走開，我想他會很快感覺非常舒服。可他並不喜歡吞煤油，我必須把他緊緊抱著，因爲他開始使勁地顫動，像那些火雞那樣劇烈地抖動。

把他弄好之後，我覺得最好還是把所有的人都檢查一遍，看是否還有什麼人出現了喉炎。瓶子裏還有一些煤油剩著，但周圍幾乎就沒什麼人，也沒一個有喉炎的情形，於是，我重新回去清理窗戶。

窗戶很快也按照媽媽一貫的方法弄乾淨了。我停止幹活，吃了一點麵包，喝了幾口牛奶，因爲已經過了正餐時間，可離晚飯時間還很遠。

接著，我繼續在爸爸放他的工具的柴房裏工作。他把那些工具放在一個大盒子裏。有的時候，他會忘了鎖箱子。那些日子，我對柴房裏的一切都很感興趣。而且那個工具盒子裏，有所有長著奇怪樣子的東西。我剛打開蓋子，媽媽就叫我了。

她又跑回家來，讓我到艾爾希家去拿她正在編織的那條椅罩，她忘在艾爾希家了。於是，我走上了去艾爾希家的路。

她家離我家並不遠，艾爾希結婚也沒多久，只有一個孩子。她對這個孩子非常疼愛。總之，艾爾希是一個很年輕的姑娘，媽媽說，這麼早結婚真是太年輕了。今天，當我到艾爾希家的時候，她正用膝蓋跪在地上，對她那個天使送給她的小男孩唱歌：

「飛快地騎馬小跑，飛快地騎馬小跑，這是一條紳士的馬道。」

一邊唱歌，一邊點著她的頭，愉快的光芒在她的眼睛裏跳舞。

我曾經想過，結婚一定是一件非常奇妙而幸福的事情。我在她高大的年輕丈夫眼睛裏，看見過一模一樣的愉快光芒。在他黃昏從樹林裏幹完活回來的時候，她總是有很多美好的詞語對他說，還會給他很多吻，這個時候，他眼睛裏的光芒總是很多。

我把媽媽的椅子罩拿回家的時候，在路上看見了一塊灰色的木板。我把它翻過來，在底下找到了五個小絲口袋。它們是白色的，一塊一塊的。我知道蜘蛛寶寶會在春天的時候從裏面出來。因爲去年我找到過這樣的口袋，今年春天就有小蜘蛛從裏面出來，他們是些非常不安的年輕人。

就在我幾乎已經決定把他們帶回動物托兒所的時候，我聽見媽媽的呼叫。我把板子重新放回我剛才來的時候的樣子。接著，我飛快地往家裏跑，媽媽也飛快地就把我叫進了柴房，她需要我幫她拿兩捆柴。

拿第一捆柴的時候，我動作很迅速，第二捆就不行了，我希望能一次拿儘量多的柴火，我一邊一根根撿它們，一邊久久地看著它們。

我並沒有很快把它們拿到廚房。我陷入了沉思，它們在被砍下來之前，都是一棵棵的樹，我在想，如果我是那些一小塊一小塊的木頭，在被從大樹上砍下來的時候會是什麼感覺。我覺得那一定會讓我感到傷心。我在體會木頭的情感，它們一定覺得很悲傷。

我的同情的眼淚，打濕了最上面的那根柴火，媽媽在我的背後打斷了我，她說：「停止妳的胡思亂想吧。」被她突然的這些話一驚，我手上的柴落了下去，我完全能體會到當那些木頭落到地上時它們的感覺，於是，一根根小心地把它們撿起來，把它們全部放進爐子背後的木頭盒子裏。

我把它們放在那兒，是因爲媽媽說，我必須把它們放在那兒。不過，每次我都會唱一首小歌，那是一首跟盒子裏的木頭說再見的歌。

當攪拌牛奶的動作結束，黃油出來的時候，媽媽從攪拌器裏拿出所有的黃油塊，把它們拍成一個大塊，再把這些大塊的黃油放進柴房裏的黃油盒子裏。

當她躺在床上休息的時候，她叫我去按摩她的頭。我喜歡幫媽媽按摩頭，因爲這可以幫助她趕走憂慮。常常我都會幫她按摩，因爲她也總是很希望我能這麼做。我也覺得能幫助別人會讓自己感覺愉快。

不久，當媽媽睡著之後，在我也寫完字之後，我就去聽聲音。

風在呼喊，它的呼喊聲是對我和那些小森林居民說的話。

它又叫了好多遍：「來啊，去探險吧。」它在飛快地往前衝著，我在它旁邊和它賽跑。勇敢的霍雷修斯也在跑。我們和風玩著遊戲。

風真的有很多事情要對我們說。它能穿過人們耳邊的頭髮，因此，它能在人們耳邊說悄悄話。

今天，它兩次鑽進我的頭髮，不過最妙的是，我能聽見它說的內容。它在悄悄說著掛在灌木上飄蕩的蛾的搖籃。

我跑到灌木附近去看一看，我看了很多灌木，有一些棕色的葉子在灌木上飄蕩，可我沒找到搖籃。

我又來到一個原木旁邊。它是一個小的美麗的原木，只有三隻小豬那麼長。我爬到它上面，這樣就能更好地看看周圍。

風真的在用一種很快的速度刮著，在周圍演奏著音樂。我在原木上跳舞。當風在森林裏彈奏豎琴的時候，在原木上跳舞的樂趣真的非常非常巨大。我踮著腳尖跳，朝周圍的所有跳舞的灌木居民揮手祝福。

今天，一棵巨大的松樹向我揮動了手臂，灌木的樹枝友好地拍打著我的臉頰。風又一次回到我的頭髮裏，它們牽著灌木居民的手指，把它們拉得更緊。

我轉過身想解開它們。當頭髮在和旁邊被風吹得彎下腰的灌木裏一些友好的樹枝跳探戈的時候，我的身體卻在原木上踮著腳跳舞。要知道當風還在繼續刮的時候，這是非常不容易的。

我開始解開我捲曲的頭髮，卻看見一個絲質搖籃掛在一根榛子樹的樹丫上。我想，就是因爲風把我的頭髮弄得亂七八糟，才讓我能看見那個搖籃。

它是奶油色的，淡褐色的葉子圍了它半圈。我把它放在我的耳朵邊聽。

它的聲音很小，基本上沒有調子，它是心的聲音。我聽的時候感覺到了它的心，那是一顆可愛的心。

我在那條通往那個看不見東西的女孩的房子的路上，飛快地跑著。我要讓她聽到這個心的聲音。她一定會非常喜歡去感覺這件事情。她能用感覺去看。

我經常把我剛找到的東西帶給她，她認識我的一些朋友。現在，彼得和我一起去看她。

之前，費里克斯和莫札特這兩個能在晚上吱吱地唱歌的老鼠，柏拉圖和普林尼這兩隻蝙蝠，還有其他一些人都去過。他們去拜訪她，她對他們的想法以及他們在一起相處的事，我都寫下來了。我也總是去那裏，因爲我和她是朋友。

有一天，我告訴她我和樹的談話後，她特別想知道那是什麼樣的聲音，因此現在，我幫助她去聽它們，還告訴她，怎麼使用比較法（**天使爸爸曾經教過我**）。可是她不能不斷地看，不斷地比較它們有什麼地方長的不一樣，因爲她根本看不見東西，因此，她只能學習怎麼用感覺去比較。

今天，她感覺了奶油色搖籃之後，我們開始比較了；接著，她問我樹們說了什麼。我領著她穿過她的花園，來到樹林。勇敢的霍雷修斯跟著我們。

我領她走在去冷杉樹好國王路易斯六世的路上。當我們來到它身旁的時候，我把它的指尖拿過來碰觸到她的臉。她喜歡這樣，接著，我們靠近它站著。我告訴她，夜晚的樹總是會把自己在想的事情告訴影子。她說，她不覺得自己會希望變成影子。

不過，馬上，她的腳尖躲閃了一下，她問我，在她的腳附近是什麼東西。我告訴她，是我修的一個屏障。她問我，爲什麼要把它修在這兒。我告訴了她它的用途，因爲路易斯六世喜歡它，所以我把屏障修在它的周圍，希望能保護它。

我還告訴她，路易斯六世死在去聖丹尼斯的路上。在我重新修復這個修道院的一角的時候，我解釋了做一個灰色的影子在世界上散步，觸摸人們的臉是多麼可愛的事情。影子的手指真的非常柔軟。

我們繼續朝前走。我領著這個看不見東西的姑娘去見了更多的樹。她非常高興能認識這些重要的樹人物。而我們在整個路程中，都在聽周圍的聲音。

我取下她頭髮上的所有髮夾，這樣，風就能把她的頭髮吹起來，在她的耳邊和她耳語。風有很多關於遠方大陸的故事，以及我們身邊住在森林和田野裏的小人兒們的故事。

快要天黑的時候，我帶著這個姑娘朝森林裏走了一點點，這裏已經全是黑暗了，到處都是影子。我領她朝一個前面路上的影子走去。影子用它柔軟的手指撫摸著她的臉頰。現在，她也喜歡上了影子，她的恐懼沒有了。

後來，我們轉身朝森林外面走。我們走得有點快，帶她回家，因爲現在已經是她的家人們全都回到家裏的時候了。她常常說：「當我的家人在那兒的時候，我也必須在那兒。」這和我不一樣。

在她家外面的臺階上，她跟我說了再見，還像往常一樣親吻了我的臉頰。然後，我轉向我家的方向，開始往回走。

雲做的船正在小山丘上航行，它們很著急。風也走得很急。滿地棕色的落葉，小的和大的，也匆匆忙忙的。我也得趕快了，於是加快了腳步。

我走到穀倉的時候，進去帶上了柏拉圖和普林尼，把他們放進我的圍裙口袋裏。穀倉特別黑，不過在角落裏有很友善的影子。

走出來的時候，想起了彼得，我一直覺得大教堂的禱告會對他的靈魂有好處，於是我重新走進穀倉，拿了他每次禱告都戴在脖子上的那個小鈴鐺，並戴在了他的脖子上。

彼得禱告的時候，曾經是沒有小鈴鐺戴的，不過自從那天，我對那個繫灰領帶的男人說「我真的很需要一個小鈴鐺，我想讓彼得能戴著去教堂」之後，小鈴鐺便有了。

彼得知道如果我給他戴上了小鈴鐺，他就要準備去教堂了。當他從走廊走到祭壇的時候，小鈴鐺總是發出清脆的響聲。

今天，和我們在一起的還有伊麗莎白。當我們經過醫院的時候，我去看了看湯馬斯。

在大教堂裏，風和樹一塊兒唱著晚禱歌。我安靜地做完一長段祈禱，爲我們所有的人祈求幸福的祈禱。彼得在間隙的時候，依然「咕嚕咕嚕」地讚美了太陽神。

不過，現在我聽見媽媽說：「我想知道奧帕爾在哪兒。」她忘了，是她把我塞進床底下的，只是那已是在很長時間之前了。所有這些美好而漫長的時光，都是從廚房桌子上的燈光傳到我這裏的：光線充足，我可以寫字，所以我很快樂。

而現在，我覺得我應該爬出去了，爬到床上睡覺去。

第九章　寵物豬的靈魂

我想知道勇敢的霍雷修斯在哪裡。他並沒有被我的呼喚叫來。現在，他已經失蹤兩天了。我還在繼續找他。

我從三條路找了三個方向，最後停在低矮的平房前面。

我不停地找啊找啊，走遍了每一條路，不停地喊著他的名字。過了河，進了森林，去了每一個我能想到的地方。

我豎起耳朵，夏天的聲音現在已經沒有了。勇敢的霍雷修斯也不在這兒了。我喊啊喊啊，再重新回到原來的地方，然後，去了那個看不見東西的女孩的家，繼續找，穿過一片又一片田野，仍然沒有看見我的勇敢的霍雷修斯。

繫灰領帶對老鼠很友善的男人也一直在不停地找，走了很遠的路。可是這兩天以來，他也沒有見過勇敢的霍雷修斯。

我想了很多他可能去的地方。每次我看見做零工的小夥子，他都在唱：「有一隻小狗，名字叫流浪漢，如果他死了，他就永——遠——地——去——了。」最後結束的部分，他幾乎是嚎啕著拖了很長時間。

我沒理會那個男孩說的話，只是繼續找，不斷祈禱。我一定要找到勇敢的霍雷修斯。

我現在已從四條不同的路出去，再從四條不同的路回來。我一直走到長著柳樹的會唱歌的小溪邊。寂寞的感覺到處都是。

我呼喚著，不停地呼喚著。仍然沒有任何回答。

今天早上，我在路上遇到了勞拉的爸爸，我問他是否看見過我的勇敢的霍雷修斯，他說沒見過，還問我都去過什麼地方找了。我一一告訴他我找過的地方的名稱。他大笑起來——所有的人都會笑我稱呼這些地方的方式。

賽迪微笑著，溫柔地撫摩著我的捲髮說：「名字就是他們在妳心中的樣子。」

賽迪有一顆善良的心。她繼續望向窗外尋找著勇敢的霍雷修斯，她向我保證，她會問每一個經過她屋子的人是否見過他。

我的所有朋友都爲勇敢的霍雷修斯感到難過，拉爾斯・波森納完全不知道該幹什麼了。彼得已經跟著我去找了三次，當我停下腳步開始祈禱，他總會跟著發出「呼嚕呼嚕」的聲音。

今天下午，他本來會跟我一塊兒出去找，可是，豬圈現在被修得特別牢，我沒法用錘子把它拆開，因此，我只能一個人上路。

他不停地哼哼著要求和我一塊兒去，我覺得更難過了。我真的很想他能跟我一塊兒去尋找勇敢的霍雷修斯。今天我必須繼續去找，因此，我走回來，在他的鼻子上拍了四下，說了再見，還說找到了勇敢的霍雷修斯，我們會一塊兒立即到他這兒來。

我又出發了。可沒走幾步，媽媽就叫我回去照看寶寶。我重新回到房子，往常總是在寶寶睡著之後，我也會躺下睡覺，不過，現在我一點也沒有睡意。我開始寫字。等媽媽帶著寶寶去艾爾希家時，我重新開始尋找我的勇敢的霍雷修斯。

當我再次失望地返回以後，我爬上一個灰色的老籬笆，從它上面走到了門柱上坐下。我就這麼坐在那兒，直到我看見牧羊人把羊從藍色山丘上趕下來。

等他在我的視線裏越來越近，我走到路上去迎接他和他的羊。當我走到他面前的時候，我看見在他的旁邊，是我的勇敢的霍雷修斯。我真是太高興了，全身都是快樂的感覺。

勇敢的霍雷修斯用他的尾巴表示著他的快樂——接著，他用溫柔的眼光看著羊群，我順著他的目光看過去，看到好多神態各異的、可愛的羊。我在羊群中間穿過的時候，給他們每一個人說了美好的祝福的話。這裏面還有些我還沒來得及給他們起名字。

我們一塊往前走，牧羊人又問了我一次，我都叫他的羊什麼名字，我一個一個又重新告訴了他一遍。他跟著我一個個地念。可是，他說這些名字的方式和我說的一點都不一樣，至少是有一些不一樣。他還問我從哪兒找來的這些名字。我告訴他，是從天使爸爸和天使媽媽寫的兩本書裏選的。

快要走到小巷的時候，我說：「再見，很高興你和你的夥伴能來。」他把我的捲髮往後攏了攏，說：「再見，小傢伙。」

勇敢的霍雷修斯和我立刻飛快地朝豬圈跑去。走到一半的時候，轉過身朝後看，看見牧羊人站在那裏依然在看著我們。滿懷喜悅到達豬圈，我爲我們的團聚做了長長的感恩祈禱。

我忽然覺得心裏特別奇怪。今天是屠宰日。他們要宰的肥豬裏有彼得。

在我做完早晨的活兒之後，媽媽讓我一整天都在森林裏。勇敢的霍雷修斯和拉爾斯·波森納和我一起，一部分時候，他坐在我的肩膀上，後來，他又坐到了霍雷修斯的背上。費里克斯坐在我的圍裙口袋裏，伊麗莎白跟在後面。

沒走一會兒，我們就聽見一陣可怕的尖叫——和豬們要他們晚餐的時候的叫聲太不一樣了。我忽然覺得渾身發冷，立即知道了媽媽爲什麼沒一點責罵就讓我去森林裏玩。我飛快地跑回去要救我親愛的彼得，可是他已經死了。

他死的時候，頭枕在我的大腿上，我坐著，覺得我也死了。直到我的膝蓋完全被從親愛的彼得喉嚨裏流出來的鮮血浸濕之後，我才恢復了意識。

我換了衣服，把浸滿血的那些衣服放進雨水桶裏。我走進森林，去找彼得的靈魂。

我沒找到，不過我想，等春天來的時候，我也許會在盛開的百合的花蕾裏，或者是冷杉樹的樹頂上找到它。

我和勇敢的霍雷修斯在樹林裏的時候，總是感覺到它就在身旁。

等我從森林裏回來，媽媽叫我去磨碎香腸，而每當我轉動手柄的時候，都能聽見一些彼得痛苦的叫聲，那種每當他希望我能立刻出現在他面前時的叫聲。

第十章　灰影了

今天，寒冷的日子來了。從學校回家之後，我有好多柴火需要搬。去柴房的時候，我經過一個掛在晾衣繩上的新麵粉袋子。它正在風裏拍打著。這個袋子將會成爲我去學校的時候穿在裏面的內衣。

我在手裏抱滿了柴，滿得不能再滿了。我把它們都抱到壁爐背後的柴盒子裏。媽媽站在窗戶邊，憂心忡忡地看著那個掛在晾衣繩上的麵粉口袋，她說，她真希望自己能知道一個便捷的辦法，把口袋上的磨房主的商標拿掉。

她戴上她的圍巾出門了。臨走前，她告訴我照看在床上睡覺的寶寶。我一邊抱著柴進屋子，一邊想著把商標拿下來的方法。

屋子裏的木柴已經夠了之後，我又多拿了兩捆放在旁邊。

我坐在柴盒子上，坐了很長時間之後，一些念頭冒了出來。我從媽媽的針線籃裏拿了把剪子出來——把磨房主的商標從口袋上拿下來需要的時間，其實就只有那麼小小的一會兒。

完工之後，我把它折出好看的褶皺，外面做出了很多波浪。剪刀把那些波浪剪得很漂亮。剪刀很有用，我找到了它的很多用途。不過後來我才知道，媽媽對我找出的這些用途一點都不喜歡。

我對這些事情感到疑惑。我覺得我的心有一些疼痛的感覺。我真的想爲媽媽做些事情，可是這太難了。爲什麼？今天，我跑去找她，我說：「它下來了！它下來了！我把它弄下來了！」可她的臉上，一點高興的表情都沒有。

她只是一直在找淡褐色的灌木。她看見了第一個，摘走了它的兩個手臂，然後，在走回大門的路上，她都在用它們打我的屁股。我不覺得她能明白它們是什麼感覺——多麼奇怪的痛心的感覺。我覺得她也一定不會喜歡讓它們有這樣的感覺的。

直到我們走到門口，她讓我站在外面。她說我不能進她的房子。不過我知道我能去哪兒。我去和好國王愛德華一世說話。

我真的很喜歡在什麼事情讓我煩惱的時候，被這些樹的手臂抱著。從這裏，我能去尋找彼得的靈魂。

盧西恩坐在我左邊的口袋裏，莫札特在右邊的口袋裏，她是最害羞的老鼠，喜歡把她的鼻子藏起來。當我們一路走下去的時候，我四處尋找灰色的葉子，一共搜集到了四十二片灰葉子。

我們繼續朝旁邊的樹林走去，我今天沒找到關於彼得的靈魂的任何東西，不過，我已讓經過樹林的風告訴他，我已經開始尋找他的靈魂的旅程了。

之後，我朝大教堂走去。在路上，我遇見了伊麗莎白、勇敢的霍雷修斯和以賽亞叔叔。

我們一塊兒去大教堂，朝我爲了紀念約翰・彌爾頓所種的小樹走去，今天是他的誕辰。

我們祈禱，可是太寂寞了，沒有彼得在空檔的時候讚美太陽神。

禱告快要結束的時候，勇敢的霍雷修斯走到我身邊。把他的鼻子湊到我的手上，要我拍他。我拍了他兩下，一下給他，一下給彼得。

接著，我們開始朝長著柳樹的唱歌的小溪走去。

大家到齊以後，全都在我身邊整整齊齊地站著，站得筆直，看著我把灰色的葉子扔到水裏。

我把所有的四十二片葉子都扔了下去，因爲安東尼・馮・迪克是在一六四一年離開我們的，當時，他只有四十二歲。

當所有的葉子都在水面上的時候，我許了一個小小的心願。之後大家回家。天馬上就要黑了，廚房飯桌上的燈光透過窗戶，來到小路上和我們相遇。

早上我起床的時候，窗戶格子上有一些圖畫。後來，壁爐裏的火讓屋子暖和起來，窗戶上的畫就走了。它們走的時候，我覺得很遺憾，因爲我真的很喜歡看著它們。

吃早飯的時候，媽媽讓我把一個不知道是什麼，只知道上面放著幾個雞蛋的桶子，拿到牧場房子去。屋子外面真的很冷了，讓我的手指頭出現了很奇怪的感覺；還有鼻子，我覺得我根本就沒有鼻子。勇敢的霍雷修斯一直跟著我。我朝前走，看見泥坑裏的冰。之後，我開始停下來敲碎泥坑裏的冰。我把冰敲碎，想看看下面的水裏有什麼東西，可是下面全都是又髒又冷又硬的東西，上面黏著小晶塊。

我走到牧場房子的時候，奶奶走到門口，拿走了媽媽給她的桶子。我繼續朝學校走，我走得好遠啊，都走到抽水機那兒了。

我想去拉一下再按一下抽水機的手柄，這樣就能有水出來。我喜歡看水從抽水機裏出來。可是今天水沒有出來，抽水機的手柄也搖不動。爺爺說，它在晚上凍住了。我覺得它是得了喉炎。我覺得它應該需要一些煤油，而且今天晚上，我一定要來照顧它。

一整天，我都在學校上學。不過，只有一點點的時候是在看學校的書，其他大部分時間，我都在看天使爸爸和媽媽寫的書。我幾乎每天都會在學校學習這些書，我學習拼寫詞語，每當我坐在溫柔的澤西乳牛背上去草原的時候，我都會唱著歌拼這些詞。

晚上，我坐在牛槽裏，給從森林裏勞動回來的威廉•莎士比亞唱這些字母歌。我總覺得我的所有動物朋友都知道這些詞語的拼法，因此，我才總是唱這些歌給他們聽。

今天晚上我從學校回家的時候，我停下來看看抽水機，看它的喉嚨到底需要多少煤油。可它似乎並沒有什麼這方面的需要。今天早上在它喉嚨裏的東西已經全沒了。我又按了按它的手柄，水出來了。我看著它，我停下按手柄，水也就停了往外冒，我繼續按，水又繼續出來。

我看見一隻黑貓在穀倉旁邊。在這個很冷的晚上，我不停地撫摩牠的背的時候，竟然擦出了火花。

直到回家，我都一直在想火花的事情，終於明白了：貓是有火花的——寒冷夜晚的那些黑色的火花。寒冷的日子裏的火爐是有火花的，石頭是有火花的——如果你使勁撞擊那些黑燧石。幹雜活的小夥子說，有的工人也是有火花的。不過我想，他並不知道他自己在說什麼。

我走進我住的房子，輕輕地拍了拍寶寶，她發出抗議的聲音，但並沒有火花。

媽媽從後門進來，她並不知道爲什麼寶寶在叫，不過，她讓我去安慰安慰她，我照做了。媽媽又去了艾爾希的房子。她走了以後，我給寶寶唱了今天剛寫的一首新歌。

幾乎每天我都要寫一首歌，在媽媽不在家的時候唱，因爲，如果她聽見我唱這些歌，她會更使勁地打我的屁股。今天，我按她說的輕輕搖著床上的寶寶，一邊搖，一邊給她唱更多的新歌。

她聽著，小腳不停地在空氣裏踢著。我撓她的腳趾頭。她喜歡我撓她的腳趾頭。

這個寶寶喜歡很多事情，她喜歡坐在床上，媽媽讓我把她撐住，別讓她摔到床下去。這個寶寶喜歡用她的嘴巴弄出泡泡，還喜歡把她的腳伸進嘴裏。

她還喜歡發出奶奶和艾爾希對她發出的那種「喀噠喀噠」的聲音，就像是石頭相撞一樣。大多數時候，她一醒就喜歡被抱起來到處走，然後聽別人唱歌給她聽。

這個寶寶在我給了她她想要的東西的時候，會迅速露出滿意的表情，不過只是很短的一會兒，馬上，她就會有更多的需要，並且急切地希望能得到它們。

媽媽總是讓我去搖她，讓她在床上翻滾，幫她在地板上搖搖晃晃地走路。有的時候，我真是累得不行，於是坐到地板上，把她前前後後地搖著。媽媽和她一樣，都特別喜歡擁有她們想要的東西。

現在，我太高興了。我在樹林旁邊找到一棵小樹苗，它的果子是一種漿果。從前我也見過它。每次我看見一棵新的，我都會說：「很高興遇見你。」

當風過來在樹林旁邊散步，它們的小葉子總是會悄悄小聲說話，我覺得它們是在告訴我，它們在我來這兒之前就已經到了。我停下來多聽一會兒，它們悄悄說：「看，小弗朗斯，我們來了好長時間了。」我也能馬上就看出這一點，因為，它們的腳趾頭已經深紮入土中。

今天，我走到它們生長的地方，告訴它們，今天是珍妮•阿爾伯特的生日，那是在一五二八年。我用我的手指頭告訴它們這個年份，我覺得這樣，它們應該能記得更清楚。勇敢的霍雷修斯在我告訴它們這些的時候，一直站在旁邊。

我把一袋麵包掛在樹梢的尖上，我還掛了一些爆米花上去。它們看起來像開在樹梢上的雪花。我一直轉過頭看它們。我知道鳥兒們會感到高興，因此，我常常給他們帶來這些吃的。

每當我覺得餓的時候，我都能感覺到鳥兒們的餓，因此，我總是把食物掛在樹梢上給他們。每一個喜歡的都不一樣，戴著黑色帽子的灰色的那些小鳥喜歡板油，另一些又喜歡別的。

森林裏有一個小盒子，是我用來給野雞、松雞、松鼠，還有其他一些小鳥兒們和樹鼠儲存東西的地方。秋天的時候，彼得曾和我一塊兒來，為了在「養蜂人日」把種子和堅果放在盒子裏。

當今天我來到盒子旁邊的時候，我想起了他。我覺得彼得的靈魂就在不遠的地方，我覺得它就在森林裏。我開始去找它，爬上樹，不停地呼喚。

我在一片樹葉上留下了一個消息，把它綁在我能搆到的最高的那根樹枝上，小小的祈禱之後，把它留在了那裏——我真的很想他。

今天，在我把一個給彼得的口訊留在了那根樹枝上之後，我沿著小巷走下去，穿過田野，走過道路交會的地方。

到處都是灰色的：天上灰色的雲，上面灰色的影子，灰色的峽谷。灰色的聲音。一路上，所有的苔蘚都是這些灰色裏的一部分。費里克斯在我圍裙口袋裏，也是灰色裏的一個。

當我在路上走的時候，我又遇見了另一隻灰馬，它的灰色跟威廉・莎士比亞的灰色一模一樣。我轉過身，朝威廉可能在的樹林走去。

當羅布・瑞迪爾沒在看我的時候，我給了威廉一些蘋果屑，還給了他一些草。他喜歡在拉了很長一段路的木頭之後，美美地吃幾口草。我接著給他念了一些詩，他喜歡詩。

有的時候，我在他拉木頭的時候走在他身旁，念詩給他聽。在他累了的時候，拍拍他的頭和背。他在牧場上的一些星期天，我也總是去找他說話。

他也來看我，威廉和我是朋友。他的靈魂非常美麗，那個繫灰色領帶、對老鼠很友好的男人說，他是一匹美麗的老馬。

第十一章 寶貝

艾爾希有了一個新寶寶，所有的事情都圍著他轉。寶寶的臉上有一團粉色的顏料，他的棉被上，也有一個粉紅的彩虹一樣的弧線。天使在昨天晚上剛把他帶來，我去看了他好長時間，不過之前，我也做完了所有我要做的事情。

我去餵了雞，搬完了柴，去牧場屋子拿了一些肥皂回來，還給莎士比亞拿了些糖去，給醫院裏的人們送了些吃的，再回到牧場屋子拿牛奶。在做這些事情的空檔，我去了很多次艾爾希的房子。

這個寶寶是一個非常漂亮的寶寶。雖然臉蛋因爲昨天在寒冷的夜裏走了很長的路來這兒而通紅通紅的，但還是個漂亮的寶寶。不過我覺得，一定是天氣太冷讓天使弄錯了，他們停在了錯誤的房子。我很肯定這個寶寶是我向天使祈禱了很長時間，希望他爲住在森林那邊磨房旁的新來的那家人帶來的寶寶。

「親愛的我的愛」，她年輕的丈夫總是這麼叫她。他們是一對快樂的夫婦。可他們都結婚整整七個月了，還沒有孩子。每隔兩天，我都會認真地向天使祈禱，給他們帶來一個真正的寶寶。

幾乎一整天，我都覺得我最好去告訴艾爾希，這不是她的孩子，在她還沒太喜歡他之前。現在，她已經非常喜歡抱著他了。

整個早上和下午，我都想去告訴她，可一直拖延著，等到晚上的時候，我再也忍不住了，我覺得我必須立即告訴她。

我知道林伯格太太會一直和艾爾希住在一起，直到另一個女人回來。她是不會讓我再進去看寶寶的，因爲她應該已經注意到，十九次，對一個在寶寶出世的第一天裏去看他的人來說，已經是絕對足夠而且相當多的了。因此，我只是假裝走過去，在走廊裏取一個柴盒子，再繞到臥室的窗戶外面。

我站到柴盒子上敲著窗戶玻璃。艾爾希聽見了，轉過枕頭上的頭，朝我點頭示意我進去。我使勁推了推窗戶，推到我能擠進去那麼大的空，進去了，接著慢慢貼近床。

和寶寶在一起，讓艾爾希看上去那麼快樂。我在喉嚨裏咽了一口唾沫。她善良地微笑著看著我，我真不願意打攪她的寧靜。我只是站在那兒，不停在我的藍色印花圍裙上打著褶。

我使勁想著森林那邊那個沒有寶寶的房子裏的「親愛的我的愛」，這讓我再一次覺得自己不能再等下去。我說：「我知道，妳將會覺得很失望，艾爾希，可是我必須告訴妳——這個孩子不是妳的。這是個錯誤，他其實是屬於那個森林邊上很新很小的房子裏的『親愛的我的愛』的。他是我乞求天使帶給她的。」

就在我憋著氣，一鼓作氣說完這些話以後，外面傳來了林伯格太太沉重的腳步聲，艾爾希溫柔地對我說：「明天早上妳再來吧，我們好好地談談這個事情。」

我去找邁克爾・安吉洛・珊若爾・拉菲爾說話，因爲它明白所有讓我煩惱的煩人的事情。

就在我跟他說天使是怎麼犯了錯誤的時候，我聽見一個小聲音，是一個寶寶的聲音，是從穀倉那邊傳來的。

我走過去看，走近溫柔的澤西奶牛的槽旁邊，我以爲她在草原上，可她卻在這裏。在她旁邊有一隻小牛寶寶。我問牧場的人，小牛是什麼時候來的，他們說是昨天夜裏被帶來的。

我明白了，一定就是那個給艾爾希帶寶寶來的天使，昨天晚上在另一隻手裏給澤西奶牛抱來了孩子。今天晚上，我將從天使書裏給這個小傢伙選一個名字。

明天早上，我要早早地去艾爾希的房子。

今天早上，我溫柔有禮貌地敲了艾爾希家的門，艾爾希年輕的丈夫前來開了門。我告訴他，艾爾希讓我早上來這兒，沒等他回答，艾爾希在另一間屋子裏聽見了，她叫我到她的房間去。

寶寶就在她旁邊，被嚴嚴實實地裹在一塊毯子裏，讓他根本沒辦法看到窗戶外面，雨滴是怎麼飛快地落下來。

艾爾希年輕的丈夫滿臉愉快地看著毯子裏的寶寶，我開始害怕他也認爲這是他的寶寶。

艾爾希拉開他臉上裏的毯子，即使雨來了，這個毯子卻讓天氣比昨天還暖和，讓寶寶的臉蛋和昨天一樣紅。

艾爾希說：「看他的長頭髮。」我看著，可那其實還不足一英寸長，黑色的，還有他的眼睛，也很黑。

寶寶更喜歡把眼睛閉起來。我看著他的黑眼睛。

艾爾希又說：「現在，關於昨天我們談到的問題——下次，你再去『親愛的我的愛』的房子時，一定要好好看一看她和她丈夫的眼睛和頭髮，我不認爲這個寶寶有和他們倆一樣的眼睛和頭髮。也許，這裏就是他應該在的地方。」

「嗯，我絕對敢肯定這一點。」他的丈夫也說。

可我卻不這麼覺得。不過，很快媽媽就在屋子裏大聲地喊我去抱柴火，於是我回家了。

現在，她叫我照看寶寶，我在寫字。

等媽媽的寶寶睡著之後，我飛快地朝「親愛的我的愛」的家跑去。

一路上，雨滴落在我的身上，很多都在對我說：「小弗朗斯，我也想知道，我也想知道。」

到了「親愛的我的愛」的房子，她和他都在裏面。她的眼睛是淺藍色的，她的頭髮是很淺的米黃色。她的丈夫有藍色的眼睛和紅色的頭髮。

她讓我進屋，讓我坐在椅子上。我只坐了椅子的一個小角，覺得有什麼東西從喉嚨裏冒出來。她脫下我的頭巾，脫掉我的鞋，讓我的腳能快一點晾乾。

她把我抱上她的膝蓋，問我發生了什麼事。我告訴她所有的事情，告訴她，我向天使祈禱，快給他們帶來一個真的寶寶。而我是多麼傷心他們還沒有寶寶。

她的丈夫朝她微微一笑，她的臉頰上泛起一片玫瑰色的暈紅。我覺得，他們或許也覺得天使帶給艾爾希的孩子本應該是他們的，於是，我小心地向他們解釋我也是這麼認爲的，從昨天晚上到今天早上到剛才，我都一直這麼堅信，直到我看見他們的藍眼睛和他的紅頭髮，我才知道那個寶寶不是他們的，因爲，他有艾爾希丈夫的黑頭髮和黑眼睛。

天使很聰明，能給人們帶來和他們長得一樣的寶寶。給羊媽媽帶來小羊羔，給馬媽媽帶來小馬駒，給蝙蝠媽媽帶來雙胞胎小蝙蝠，給老鼠媽媽帶來小老鼠，給澤西奶牛帶來的寶寶和她一樣有奶油色和咖啡色的花紋……天使真的很聰明，能給人們帶來和他們很匹配的寶寶。

我說，如果是這樣，那麼，那個寶寶就不可能是他們的了，我還告訴他們不要難過也不要失望，因爲，我還會繼續爲他們祈禱，讓天使下個星期給他們帶來一個寶寶。

我說話的時候，她的年輕的丈夫走到窗戶那兒，久久地望著外面。我想，他一定是在想，或許還有另外兩三個天使和昨天的天使一塊兒來了，來給他們帶來寶寶。或許，他們的寶寶被裹在一個藍色或者粉紅色的被子裏。

我想，被子上藍色的花紋和紅色的頭髮在一起，應該比粉紅色的花紋和紅頭髮在一起好看。對，應該把這一點加到我的祈禱中。

時間過得很快，我的腳已經乾了。他們給我穿上鞋子，繫好鞋帶。他們沒有漏掉一個鞋眼，不像我那樣，有的時候一著急，就漏掉了好多鞋眼。他們還讓我留下來和他們一起吃晚飯，可我覺得，我應該馬上去告訴艾爾希，寶寶真的是她的，她一定會很渴望聽見這個。

我和他們說了再見，他們給了我兩個蘋果，一個給莎士比亞，一個給伊麗莎白。還給了湯馬斯一些奶酪，並陪我走了一段路。

我飛快地衝上艾爾希房子的臺階，她的丈大一開門，我就直接衝了進去，因為我想，她在我離開之後，心情一定很焦急。

我告訴她寶寶是她的之後，她果然露出了非常高興的笑容，那一定是一個極大的安慰，現在，她知道了那真的是她的寶寶。

我又轉過身告訴了她的丈夫，他說：「我知道他是我的。」接著，又滿懷幸福地看著裹在毯子裏的寶寶。

我覺得很愉快，看著他們和寶寶在一起，也覺得他們不能失去這個寶寶，因為他們三個那麼般配，這真是一件好事情。

天使真聰明，這真是個美妙的世界。

第十二章　麥克基肯

今天，從學校回家的路上，我遇見了賽迪・麥克基肯，看見她的雀斑真是高興。她還是穿著她藍色方格繡花圍裙。

我們遇見的時候，她先吻了我的兩個臉蛋，然後和我握手。不過，我不能用右手和她握，因爲路易斯二世在我右邊的袖子裏睡覺，我害怕會把他吵醒。我向賽迪解釋了這個原因，賽迪特別善解人意，她在我的鼻子上吻了一下，撫摸我的捲髮，然後用左手和我握手。

這時候，費里克斯從袖子裏探出鼻子，然後飛快地回到衣服底下，順著我的手臂爬到我的肩膀上。

他是一隻行動迅速的老鼠。賽迪看見了他在我袖子裏的行動，她問我，這兩個是不是我今天帶去學校的全部朋友，我就掀起裙子，給她看了坐在我內衣口袋裏的盧西恩。

賽迪問我，爲什麼沒像平時那樣把他放在我的外褂口袋裏。我告訴她，是因爲老師總是會在早晨我走進學校的時候檢查我的口袋，我才把我的朋友放在袖子和內衣口袋裏的。

賽迪什麼都能明白，她說，她想過要給我一個籃子來裝我的朋友們，她還說，會把這個問題告訴那個繫灰色領帶的男人。

我想，如果能把我的朋友裝在一個溫暖的籃子裏帶他們散步，一定會讓他們非常快樂和舒服，那一定會和坐在爸爸的大外套口袋裏一樣舒服。

我還應該在籃子裏做一些小口袋，這樣就能分出很多小房間。我會讓托兒所裏的小傢伙們輪流坐在籃子裏跟我到學校，我的座位旁邊有足夠的空位來放籃子。我簡直不能再多等一分鐘，就想馬上有那個籃子。

賽迪和我吻別，給了莎士比亞一塊糖，給了湯馬斯一塊奶酪，給了勇敢的霍雷修斯一根骨頭。她記得我所有朋友的愛好。之後，我們各自走上了回家的路。

回家之後，我先餵了雞，然後抱柴火。

羅布・瑞迪爾來我家借錘子。我後來再也沒去過那天我砸了他的手的地方，今天，媽媽讓我跟羅布說，我是多麼對不起砸了他的手。可我一點都不覺得對不起他，因此我不會說對不起，如果讓我再找到機會，我還要再砸他的手，誰讓他那麼使勁地用鞭子抽莎士比亞，就因爲他拉木頭的時候不是非常非常快。

我知道我的莎士比亞，我知道他是多麼努力去拉那些木頭，拉木頭他絕對是做得最好的。

羅布走了以後，媽媽拿梳子使勁地打我，然後把我趕到門外，我正好可以去好國王愛德華三世和它的王后住的地方。它們是茂盛的大樹，我們是朋友。媽媽把我趕出門外的時候，我常去它們那兒。今天，我和它們在一起待了很長時間，聊了關於今天的一些事情。

風也在說話，我想，風一定也知道，今天是愛德華三世和王后一三二八年結婚的紀念日，因此它才到這裏來，才在唱歌的小溪邊的柳樹間穿行。

我從王后的手臂裏爬下來，到小溪裏給媽媽採豆瓣菜，她很喜愛這種菜。

我跟國王和王后說了再見，也和長在它們旁邊的十二棵樹說了再見。它們是國王和王后的十二個孩子。而之前，這裏其實只有十棵小樹，我又新種了兩棵下去，一棵是布蘭奇寶寶，一個是威廉寶寶。

第十三章　莎士比亞

擦乾所有早餐用過的碗之後，媽媽讓我去找點樹皮用來暖壁爐。

出去找樹皮的時候，我觀察了很久樹皮底下或者上面的圓滾滾的波紋。這些波紋會長大，變成甲殼蟲。我看見過他們這麼變，我把他們連同樹皮一塊兒帶回去過，很長時間之後，他們就會變成甲殼蟲。我在托兒所裏養過他們。

找好了樹皮，我上學去。我在柳樹下停下來，我很愛用手指頭去摸柳樹，這樣，我就能明白柳樹的感覺。

我告訴它們每一個，西元八一四年的今天，是查理曼大帝離開世界的日子，而亨利七世則在一四五七年的今天出生。

每一片柳樹小葉子寶寶，都穿著一件絲編織的衣服，看上去很暖和。它們笑著友好地叫我：「小弗朗斯！」它們一定記得夏天的時候，我在它們的腳趾頭邊，用我的腳趾頭從這個唱歌的小溪裏吸收靈感的事情。

當我和它們說了一會兒話之後，我繼續往前走。一路上，我都不斷地停下來和其他的小柳樹說話。

到學校已經很晚了。老師讓我臉對著牆，站在教室角落裏上課。我一點都不在乎這個。

那面牆上有一個窗戶，我偶爾看一下我的書，大部分時候都在看著窗外，看見一些小小的植物同胞們正從土地裏探出頭來。我覺得，如果能是它們中的一個肯定很美好，它們會長大，會開出花，還有蜜蜂來看它們，秋天的時候還會生出種子孩子。

這真是一個有趣的世界，當老師讓一個學生對著牆站在角落裏讀書的時候，卻能看到窗戶外面那麼多的東西。

當老師讓我回到座位上拿我的數學題時，我把盧西恩放進我的桌子。我把我的書都集中在桌子裏的一個角落，這樣，才能爲我的動物朋友留出更大的空間。現在，這裏的空間足夠讓盧西恩單腳小跳一下。

不過，在我念數學題目的時候，他跳得稍微大了那麼一點，摔出了桌子。我不禁顫抖起來，完全不能集中注意力做數學題了。

一下課，我馬上回到我的座位，在桌子底下找他，可他不在那兒，我又看了一大圈，他已經跑到另外一排座位下面，正好在勞拉的椅子下面。我斜著坐在我的座位上，非常擔心他。

勞拉看見了他，溫柔地輕輕把他捧起來，放進她的外衣口袋裏，開始學習她的地理。她問老師，是否能去休息室喝點水，回來的時候，她從我的這排座位後面走上來，經過我的桌子的時候，把手伸進我的口袋裏，接著繼續往前走。

盧西恩又回到了我的口袋裏，我感到萬分開心。

有的時候，有一些奶油需要被攪成黃油。媽媽讓我無數次地上下搖動攪拌機的手柄，這樣能讓黃油出來。如果這裏只有一點奶油需要做成黃油，媽媽就會讓我單獨做，然後把它們放進一個玻璃瓶子裏。

有的時候，我做得太賣力了，手臂都搖疼了。今天就是這樣，我搖了很多下手柄，希望黃油能快一點出來，可是很長一段時間過去了，就在它馬上要出來的時候，蓋子掉了下來，它們全都搖到了地上。

媽媽又打了我，這讓我感到極度的傷心。我是在努力幫助她，而且黃油已經出來了。

我把到處灑滿黃油碎末的地板打掃乾淨以後，媽媽把我關在門外面，還說讓我離她遠一點。我照做了，穿過田野，沿著小巷往遠處走。

我朝路口那邊看啊看，有一匹馬走了過來，一個男人騎在上面。我喜歡騎馬，我喜歡站在馬背上，那麼做非常好玩。我能體會到馬每一次放一隻腳到地上後的感覺。

看著馬越走越遠，忽然覺得沿著這條路去探險應該不錯。莎士比亞應該也很想來。他這會兒正在小巷裏，我拍著他的鼻子，告訴他這個想法。我們一塊兒出發。

走到小巷盡頭，那裏有一扇門，我花了很長時間才打開它。插銷插得很緊，很難打開，我推啊推啊，終於把它弄出來了。我們進了門，繼續沿著路走，沒走多一會兒，就來到了一根樹樁前，我爬到它上面，再從它上面爬到莎士比亞的背上。

我們繼續走，走到十字路口的時候，我們走了那條去上面的營地的路。一直不停地走，直到走到那個很久以前小路想過河的地方，有人明白了路的意思，就在河上修了一座橋。我們過了橋，在橋上停了一停，給河唱了一首天使爸爸教我的歌。

唱完這首歌，我們看著河水把它自己濺在橋的腿上面，水現在流得比夏天的時候慢了很多。繼續往前，我讓莎士比亞停一停，好讓我告訴橋板，我等了好久想要像這樣過河了。不過這個時候，它們並沒有「吱吱」叫，等到我們一開始走，它們就叫起來。

過河以後，我們走得更慢了。這兒有好多東西要看。路兩邊全是樹。還有很多牧場房子，它們總是被修在路的後面，煙旋轉著從煙囪裏冒出來。

在路拐彎的地方有一棵人杉樹，是很人很大的一棵。它的手臂上有一串串的寄生枝，我停下來看它們，我覺得我能搆到它們。

我踮起腳站在莎士比亞的背上，我能碰到一個小枝，我抓住它，把它纏在手臂上，讓它帶我盪了一下，往前一下，往後兩下，真是舒服極了。

不過，當我準備再爬到莎士比亞的背上去的時候，他不在那兒了。我抓著樹枝往下看，他往前走了一小點。

我該怎麼辦呢，如果直接掉到地上，那兒的石頭太多了。我叫了莎士比亞四次，在每一次之間，我又加了鳥叫聲，這是告訴他我需要他。

他過來了，停在樹枝下面。我太高興了，我的手已經被樹枝掛得有了麻木的奇怪感覺。能重新安靜地坐在莎士比亞的背上，讓我覺得好舒服。

繼續往前走，我們看見一些修理工人在鐵軌上工作，他們彎著腰，眼睛專注地看著鐵軌。一個男人朝我們揮手，我也朝他揮手。

柵欄上有一隻鳥，前額頭上有一點點黃色又帶點黑色的月亮。他的背，就像草原上老了的草。他的歌聲是田野裏所有的聲音的集合。一整年裏，我們都能看見他和他的兄弟們。

我們走過下一個路口之後，我朝後不停地望著。一棵小灌木和一些高一點的樹還在朝我們點頭。

它是在問問題。我在莎士比亞的肩上拍了兩下，表示讓他轉過去。

他轉了，我們來到點頭的灌木面前，我湊近那個最高的，把我的耳朵湊過去，這樣，我能聽見他們說什麼。

它是想問今天是什麼日子。我告訴它，今天是憔悴的約翰離開的日子。

它聽著，但仍然沒有停止點頭。不過再沒有問問題，點頭是表示明白了。它知道了自己問題的答案讓我覺得很開心。我就很喜歡自己的問題得到了回答。

我們慢慢地開始繼續走，我不住地到處看著，看到的東西有兩隻藍色知更鳥、更多的草地雲雀和一些奶牛。

當我們離那些最高的樹越來越遠的時候，天空裏的光線從藍色變成了銀色。一個思想從路那頭過來和我們相遇。他們是山那邊來的思想，是峽谷裏的思想來到路邊和河見面。我能感覺到他們正在向我們靠近，很近很近，就在我們周圍。

我們又朝前走了一小段路，走得非常慢，我們聽著這些思想，他們是花季的思想，是那些馬上就要迎來他們的出生日的小生命的靈魂。

當我們往前走，我們聽見一些小聲音從路的很遠處走過來。它們聽起來，像是穿了鞋的馬在路上慌張地跑。這個聲音越來越近，我們停下來聽。

馬上就要到黃昏了，馬如果從路那邊跑過來，我們可能也沒辦法看得很清楚，不過，我們還是看見一個男人騎在馬上，馬跑得很急，在地上發出急促的拍打聲。快要到我們面前的時候，男人讓馬慢下來，在我們跟前停下來。

馬上的那個男人，正好是繫灰色領帶的那個。他看上去很高興我們能相遇。

他長舒了一口氣，就像賽迪在看到我沒有從樹上摔下來弄斷了骨頭之後所做的那樣，然後他開始說話：「精靈們……」

我說：「什麼？」

他說：「精靈們在苔蘚盒子上留了字條，讓我來找妳和莎士比亞，讓我在夜晚到來之前帶你們回家。」

樹葉上還有一個小小的蕨類植物在字條旁邊。他把它們給我。我們開始回家。

現在，我覺得那一定是上帝用他的仁慈，讓精靈在樹葉上留那個蕨字條給我。

莎士比亞和我都很高興有人來找到我們，因為星星還沒有出來，黑夜會在我們回家之前到來。不過，這個繫灰領帶的男人知道晚上回家的路。

第十四章　斯特朗

珍妮・斯特朗來看我們，她是早上坐運木頭的火車來的，帶著她的包。媽媽讓我到路口接她。那些包很重很難提，我的手有點累。

我們一路走，我一路看著珍妮。我對她很感興趣，灰色的捲髮在她的臉周圍，就是她希望它們看起來的那樣。爲了讓它們能變成現在這個樣子，她一定用了很多捲髮紙。

她從前就來看望過我們。今天早晨，她胖胖的臉頰是玫瑰色的，她的身體足夠豐滿，把灰色的裙子撐得滿滿的。那件裙子的領口有一圈波紋，就像威尼斯畫家提香在他的畫裏畫的戴手套的男人領口上的波紋一樣。珍妮領口上的那些波紋，看起來非常喜歡蜷在她的黑帽子下面。

那頂黑帽子上有一朵薔薇花，每當珍妮點頭的時候，粉紅的薔薇花也跟著點一下頭。做珍妮黑帽子上的一朵薔薇花一定很好玩。

我們走到大門的時候，珍妮小心地提起灰裙子的一角，露出腿上的藍色長襪，上面緊緊地綁著粉紅的絲帶。她進門去，我關上門，跟在後面。我沒法走快，因爲那些包實在很重。很快，珍妮就發現我不在她身邊了，於是停下來等我，等我走到她身邊。

唱歌的小溪邊的小路很潮濕，珍妮一直用很優美的步子走著。拉爾斯・波森納坐在勇敢的霍雷修斯背上來接我們，黑帽子上，粉紅的薔薇花一共點了十二次頭。

我們走到房子附近的時候，一隻雄雞在我們的房子前面昂首闊步，他就是那隻早上我掛了一片薄熏肉在他脖子上的雄雞，因為他的喉嚨裏有奇怪的動靜，我認為是他在向我要吃的。當珍妮看見他掛著一塊熏肉昂首挺胸走路的時候，她轉過頭輕輕地咳嗽了兩聲。

珍妮進屋，脫下帽子和斗篷，我把最好的一把搖椅為她推到屋子的中間。她坐下開始和媽媽說話。我照媽媽說的去搖床上的寶寶。

珍妮說話的時候使勁地搖著搖椅，有一次差一點就搖翻了。她深吸了一口氣。我支了一根木棍在搖椅下面，這樣有了一些幫助，不過，也徹底停止了她的搖晃。她繼續說話，我回到床邊繼續搖寶寶。

我一邊搖寶寶一邊看窗戶外面。我早上把一塊板油拴在了一棵灌木上。這會兒有一隻灰色的小鳥，戴著黑帽子，脖子也是黑的，他是一個毛茸茸的球，現在正在把自己放到板油上，但馬上又飛走了。只飛走了一小會兒，就又有好多和他一樣的小鳥來了，一塊兒往前飛。

不一會兒，媽媽的寶寶就睡著了。我翻過床，出發去幼稚園。珍妮問我去哪兒，我告訴了她，她說她想和我一塊兒去，我們便一塊兒出門，不過，我馬上又跑回去拿她的有薔薇花的黑帽子。

我把帽子遞給她的時候，她說，既然我為她拿來了，那她就戴上吧。我非常高興，因為我實在很喜歡看那朵粉紅的薔薇花點頭。

我們順著小路朝前走了一會兒，就轉到另一邊了，珍妮跟著我，慢慢地跨過一根小木頭，我停下來幫她。黑帽子上的薔薇花在路上一共點了十五次頭，我全都記下來了。

到了幼稚園，我先指給她看了好多秋天的時候，我在路邊採集的種子寶寶，還告訴她，我是怎麼在春天要來的時候種下它們的。她點頭，粉紅薔薇花也點頭。

說完種子的事情以後，我指給她看裏面有蜘蛛寶寶的絲口袋，還有天鵝絨毛蟲秋天的時候做的搖籃，向她解釋了蝴蝶和蛾在春天來的時候會從裏面出來。她很專心地看著它們，又點了很多下頭，粉紅薔薇花也點了很多下頭。

我又走到木鼠小人兒住的地方。我想給她看莫札特美妙的鼻子和小手，給她看費里克斯是隻多麼溫柔的老鼠。可珍妮卻似乎一點都不感興趣，轉過身回家了。

我不明白爲什麼她就這麼走了，我又多拍了費里克斯幾下，把他放進我的圍裙口袋裏。莫札特已經在我給他做的床上睡著了，於是，我給他和所有幼稚園裏的木鼠唱了一首搖籃曲。現在，他們的數量已經挺多了。

我穿過旁邊的樹林，到遠處的樹林裏，我要去看那個繫灰色領帶的男人。當他看見我走近那棵大樹的時候，他用他特有的溫柔說：「那個小傢伙是誰？湯馬斯嗎？」

「是的，」我說，「他特別喜歡你昨天給他的那塊奶酪，他是最可愛的樹鼠。我們一塊兒來是想要告訴你，我們家裏來了個叫珍妮・斯特朗的人，她對粉紅色特別偏愛，她的黑色帽子上有一朵粉紅的薔薇花，她還用粉紅的絲帶綁她的長襪。」

然後我問他，如果湯馬斯戴一條粉紅色的絲帶和我一塊兒去大教堂是否合適，因爲我已經想過了，粉紅絲帶對莎士比亞、費里克斯和拉爾斯・波森納還有勇敢的霍雷修斯都很合適。

繫灰色領帶的男人和我想的一樣。他對我說，去給精靈寫一封信，說說這個想法。我在一片灰葉子上寫了這封信，把這片葉子放進那根老木頭旁邊的苔蘚盒子裏。

只有繫灰色領帶的男人知道那個盒子，而且他也相信精靈。我們聊起我在信上寫的內容和我需要他們帶來的東西。而且，當精靈們把我要的東西帶來的時候，我都要拿給這個男人看，每次他都會很高興。

從附近的森林裏回來，我停在一些巨大的冷杉樹面前祈禱。如果一個人一直盯著巨大的、長啊長啊就要長到天上去的樹看的話，他常常都會有開始祈禱的渴望。

正要繼續祈禱，聽見媽媽叫我的聲音。我回到家門口，她馬上讓我站到了柴房的角落裏，把門緊緊關上，開始問我，怎麼把珍妮嚇成那樣，還有很多非常難聽的話，我覺得難受極了，特別想有一個舒服的墊子能讓我坐下。我也很想知道珍妮到底害怕什麼？有的時候，大人真的好奇怪。

我回到屋子裏的時候，珍妮的所有恐慌已經消失了，可媽媽還是讓我馬上到床底下去，我又在下面寫字。珍妮坐在火堆旁的搖椅上，腳放在一個肥皂盒子上，微微哼著什麼，還一邊很快地織著一條飾帶。

現在，珍妮和媽媽去艾爾希家看新出生的寶寶。媽媽讓我哄寶寶睡覺，我哄了，把她放在搖椅上唱歌給她聽。唱著唱著，寶寶慢慢睡著了。

今天晚上，我們的飯桌上有很多好吃的，因為珍妮來了。不過每一樣東西，我都要給我的動物朋友留出一份。我們一塊兒分享，這樣我們都會高興。

今天的分量足夠所有的人大吃一頓，平時可不是這樣。

坐在飯桌旁邊的時候，有一小段時間，我覺得很舒服，因為那時候我在想，老鼠看見我給他們留的玉米時，肯定會特別高興；勇敢的霍雷修斯看見那根大骨頭時，嘴巴裏一定會有好感覺；如果我能在媽媽把珍妮盤子裏的殘渣給那隻大灰貓之前，把它們給鳥兒們的話，他們一定也會覺得非常高興的。

我看著那些小人兒吃東西。現在，我已經不在桌子旁邊了，實際上，我只在那兒待了一小會兒，現在我在床底下。媽媽把我從桌子旁邊趕下來了——似乎已經過了很長時間——因為當珍妮問我是否喜歡她的裙子的時候，我回答：「是的，妳領口的波紋和提香畫的那個帶手套的男人領口的波紋一模一樣。」

珍妮疑惑地看著我，對媽媽說：「多調皮的一個孩子！」於是，媽媽直接讓我爬到床底下，待在那兒不能出來。所以，現在我在這兒。

我覺得珍妮肯定沒有看過那幅畫上的那個男人，我還以爲告訴她，她的波紋和他的很像會是一件好事，因爲他們倆都是漂亮的人。

我在想人們的事情，他們很不容易理解，而我能做的，只是小小的祈禱一下。可是，天啊，我突然覺得極其饑餓，飯桌上的美餐還沒結束，我咽了咽口水——要忍住不吃我給動物朋友留的那些吃的也是件難事，不過，一想到他們明天早上吃早餐的時候會很高興，我就又可以繼續忍耐了。

第十五章　孤獨

今天是孤獨的一天，每一秒鐘我都在渴望天使爸爸和媽媽。在學校裏整整一天，我都在上學路上採的灰色的樹葉上給他們寫信。

我在葉子上寫我對他們的思念，還有我和莎士比亞一塊兒在小巷裏散步時說的話，和那首我在牛槽裏給他念的詩。

我又用更多的葉子，告訴他們我給莎士比亞讀了他們寫的書，他聽懂了。

在另一些葉子上，我告訴他們，湯馬斯痛苦的鼻子現在已經在賽迪的祈禱和照料下好起來了，最大的那隻雄雞的頭疼也好多了，阿芙羅狄蒂的胃病也被賽迪的蓖麻油治好了。然後，我寫了在好多好多日子的黃昏，我都按天使爸爸說的，在他離開這裏去遠方時的色彩中，尋找他的吻。

我又用了更多的葉子，告訴他們，現在彼得已經不在我身邊了，不過，我總是帶著他去大教堂時掛在脖子上的那個小鈴鐺。

所有的葉子都寫滿了，我歇了一小會兒，沒有馬上繼續寫。我想，我心裏的那些快樂的歌，今天一點也不明亮，以致我心中全是寂寞孤單的感覺。不過，我還是在想，怎麼才能為我周圍的朋友帶來幸福和歡樂，這其實也是幫助自己減輕寂寞感覺的好辦法。

天使媽媽曾經說過：「讓大地快樂，小傢伙——那是保留妳心裏快樂的歌聲的好辦法，它不應該消失。」因此，我努力把它留下，因為它曾幫助我度過了從前的寒冷日子。

我還記得天使媽媽說過：「當一個人一直在心裏唱著快樂的歌，就能讓其他人的心唱起歌來。」因此我使勁吞下所有的孤獨的感覺，我開始想，我要怎麼在回家的路上給媽媽採些豆瓣菜，她真的很喜歡那種菜。她也很渴望能上歌唱課，我正在存硬幣想幫她實現願望。

繫灰色領帶的男人給我的所有硬幣，我都存起來了，把它們放在柴房裏勇敢的霍雷修斯晚上睡覺的角落。現在，硬幣應該足夠讓她去上一節歌唱課的了，已經有十九個硬幣了。等我長大了，我要讓她有錢去上許許多多的歌唱課。

接著，我開始計劃明天怎麼帶伊麗莎白去看那個看不見東西的女孩。他們互相喜歡，看不見東西的女孩有善良的靈魂，我所有的朋友都很感謝她給他們的愛撫，還有她說的話。

有的時候，他們一大夥會跟我一塊兒去看她，那是在她的家人不在家的時候。湯馬斯在我的手臂上，口袋裏是其他小傢伙，勇敢的霍雷修斯跟在後面。

她總是溫柔地撫弄我的頭髮，親吻我，她說，每次我們來的時候，她的身旁就是整個天堂王國。我覺得她一定是搞錯了，因爲天堂王國在天上，在所有的星星上面。

她每次都要問各種聲音是什麼，我都會幫助她感覺正在生長的色彩、樹和葉子的思想。我還告訴她，植物筆直地長出地面是上帝的意思。她總是想知道更多，問更多的問題。

明天，我和伊麗莎白會去看她。

而今天，我想起這件事的時候，我又在多幾片的葉子上給天使爸爸和媽媽留了口訊，告訴他們關於這個看不見東西的女孩的事情。

還寫了關於大教堂的事情。

然後，放學的時間就到了。

我走在田野旁邊的路上，昨天那個牧羊人也走過這條路。我爬過籬笆，到處看了一圈，今天他不在這兒。我繼續往前走，走到唱歌的小溪，爲媽媽採豆瓣菜，然後回家。家裏一個人都沒有。我把豆瓣菜放在媽媽的烹調桌上，然後，又抱了很多柴到屋裏來。

等雞吃完晚飯，我走到旁邊的樹林裏，把我寫在灰葉子上的那些信拴在大樹上，這樣，它們就能走到天使爸爸和媽媽住的天堂裏去。或者，天使來這片樹林散步的時候會看見這些信，會把它們帶回去。於是，每拴一封信，我都會輕輕地祈禱一下。

我朝周圍看了看，這片樹林在冬天寒冷的日子來的時候都會變成灰色。它們用柔軟的指頭，碰觸每一個從中間經過的人的臉。冬天，那些老的灰葉子長出好多花邊，特別美。

當我一路走過去的時候，看見很多灰石頭，一些灰石頭上有灰色或綠色的斑紋，有的在周圍一圈都有波浪形的紋路。灰色石頭上的灰色波紋是地衣，我的天使爸爸是這麼說的。

地衣小人兒用灰色的聲調說話。我覺得冬天一來，它們說的話就更多。在十二月，我聽見它們的聲音比六月和七月聽見的多很多，天使爸爸告訴過我聽地衣聲音的辦法。幾乎所有的大人都不能聽見它們。

我看見它們就從旁邊走過，有的時候非常著急，而就在這個時候，地衣小人兒正在說話，它們在說自己關於冬天的快樂想法。我把我的耳朵貼近石頭，仔細聽，因此我聽見了它們說的。

然後，我用一根蘆葦做了一支笛子，爬到一個最高的樹樁上，用笛子把地衣說的話吹給風聽。我是那些住在灰色石頭上或者依偎在樹木上老去的地衣的笛手。

第十六章　粉紅絲帶

早上的勞動做完了，現在已經有足夠今天和明天用的樹皮，很多引火的東西在大木頭盒子旁邊的地上。我在中午的時候吃了我的正餐，然後走進穀倉。

牲畜欄裏傳來微弱的悲傷的聲音。那是小奶牛M的叫聲。現在我覺得，她叫是想在中午就吃一些晚飯。她早上吃早飯，在黃昏吃晚飯，不過在中午的時候，M總是在欄裏，而她的媽媽，最溫柔的澤西奶牛在草原上。我覺得我有必要在中午的時候帶M去草原上，這樣，她就能在那兒吃她的正餐。於是現在我正在這麼做。

我鎖好穀倉的門，用我在伊麗莎白小時候帶她出門用的一個小繩索牽著M出發。不過沒走多遠，溫柔的澤西奶牛看見了我們，向我們迎來，我們很高興她這麼做。我想M可能比我更高興。

她很快開始從她媽媽的身上開始吃正餐。我看著她不停地吮吸、吮吸，看見她在晚飯時間之前，很早就能從她媽媽那兒吃到正餐，這讓我非常非常開心。

可爺爺不這麼覺得，這打亂了他的情緒。我把吃了很久媽媽的奶的M帶回家的時候，他在我們的房子裏。媽媽又打了我的屁股很多很多下，而我現在想知道的是，爲什麼爺爺會那麼不高興，只因爲M在中午的時候，像其他孩子一樣吃了正餐。

媽媽打完我，又給了我很多活幹，然後和爺爺一塊兒到農場房子去，去看剛從磨房鎮回來的奶奶。幹完那些活，我飛快地朝樹林走去。一邊走，一邊對灌木許了一些小小的心願。

快要走上那條通往老木頭裏那個苔蘚盒子的路時，我躲在一棵樹後面。等著看精靈們出現，我還從沒在苔蘚盒子旁邊看見過他們。

我不斷地朝四周望著，看著那個老樹根旁邊的木頭，它又掉下來了一塊很大的皮，下面是兩層用粉紅絲帶綁起來的蕨。我高興起來，當我解開粉紅的絲帶，蕨裏面露出了更多的粉紅絲帶，還有很多小卡片。

一張掛在一根很長的美麗絲帶上的卡片上寫著：「給湯馬斯」，另一根更長的絲帶上的卡片寫著：「給莎士比亞」，短一點的一根上掛著的卡片上，寫著「給拉爾斯・波森納」……

我把它們全都抱在手裏，要到磨房那兒去，我要把所有的這些漂亮的粉紅色絲帶拿給繫灰色領帶的男人看。我也給他看了所有的卡片，他很高興，我能看見他眼睛裏快樂的光芒。他和我——我們都相信精靈。

今天，在他旁邊幹活的，是一個大步大步走路的男人，還一直在吹口哨。他也是一個有善良靈魂的人。因爲當勇敢的霍雷修斯弄傷了腳的那天，這個男人幫他洗腳，給他敷藥，還用他的手帕把勇敢的霍雷修斯的腿包好。勇敢的霍雷修斯當然也很喜歡他。

今天，當我把精靈送來的所有粉紅絲帶給繫灰色領帶的男人看的時候，他告訴我，那個吹口哨的男人很希望能看見勇敢的霍雷修斯戴著他的絲帶參加大教堂裏星期天的祈禱。

當我告訴他，精靈又把這些禮物放在了苔蘚盒子裏時，他拍著我的頭說：「真好！」於是，我把所有的絲帶放進樹林裏我用來存放東西的盒子裏。

回到我們住的房子，媽媽已經回家了。我進屋以後，看見媽媽帶回來了一個小瓶子，它叫瓷器修補膠水。聽起來很棒，我相信那個瓶子一定有某種神奇之處。它看起來很有趣，應該有很多不同的用途。我很高興媽媽把它放在燈架上，因爲這樣，我就能爬到壁爐上拿到它。

現在，我要去和柳樹說話，我要告訴它們，今天是約克的伊麗莎白皇后出生的日子，然後再去告訴莎士比亞和拉爾斯・波森納。

第十七章　瓷器修補膠水

艾爾希寶寶奶瓶上的奶嘴已經不在上面了，今天它掉下來了無數次。最後一次掉下來的時候，艾爾希說：「我希望它這次能堅持住。」我站在她從媽媽那兒借的熏肉旁邊，聽見了她的希望，於是告訴她，我有一個讓奶嘴牢牢地黏在奶瓶上的辦法。

她說：「那太好了，我不知道還有什麼辦法。」不過我心裏覺得，她一定知道這個辦法，但也可能她真的不知道這個辦法，因爲在她壁爐的燈架上，沒有一瓶瓷器修補膠水。

她讓我告訴她是什麼辦法，我說，我得先回我家一趟。

跑回家，媽媽不在，我把熏肉放在烹調桌上，然後爬到壁爐上面，拿下了瓷器修補膠水的瓶子。我差一點就從壁爐上摔下來，不過還好沒有。如果我摔下來，我肯定會摔破那個瓶子。

回到艾爾希的房子，她問她應該怎麼做，我告訴她回到臥室閉上眼睛，等著她的願望實現。

她把那個曾經是白蘭地酒瓶，現在是寶寶的奶瓶的瓶子遞給我，還有奶嘴。然後走進臥室開始等待。

這得花一些時間，因爲我必須小心，不讓一點點多餘的膠水留在瓶子上。我在瓶子的口上漂亮地塗了一圈膠水，然後在奶嘴的邊緣也塗了一些，然後黏上它們，我知道它黏得很好。

我把瓷器修補膠水放進口袋裏。當我說：「它修好了！」艾爾希就走了出來，我感到無限的滿足，幫助人們實現他們的願望真的很快樂。

當我把瓶子遞給她，她問我是怎麼做到的，我告訴她，不是我的功勞，是「瓷器修補膠水——保證黏得牢」做的。

她突然咳嗽起來，就在我告訴她是什麼讓奶嘴像她想要的那樣黏在了瓶子上的時候。不過，我完全沒有注意到她感冒了。如果她一旦感冒，或者她覺得自己快要感冒了，她都會很快叫來她的媽媽，不過，現在她的媽媽並沒有來，而她的咳嗽聲又是很嚴重的那種，甚至眼淚都嗆出來了。

咳嗽稍微好一點以後，我繼續向她解釋，以後要在燈架上放一瓶保證黏得牢的膠水，這樣才能讓寶寶奶瓶上的奶嘴永遠在上面。

她的咳嗽又來了，我拍著她的背，這讓她好了些。直到她不再咳嗽了，我才走出門，她也走到樓梯那兒，輕輕撫摸我的頭髮，謝謝我讓她的願望實現，還感謝了我告訴她黏奶嘴的辦法。

回家之後，我想要去看望「親愛的我的愛」。

當我整理我的裙子的時候，發現了昨天我站在穀倉頂上和邁克爾說話的時候弄破的那條縫。還不是一個小縫，很有點大，我想，如果我不修補它，它很容易變得更大。

我找到一塊碎布，顏色和我的裙子很像，那是媽媽留下來給寶寶做淺藍色夾克的碎布頭。這塊淺藍色的布塊在我暗藍色的棉布裙子上很漂亮，而且，這個碎布頭也有柔軟的感覺。我用「保證黏得牢膠水」把它黏在了我的裙子外面，這樣補裙子真的很節省時間，比用針線縫補快得多。

然後，我拿上了「親愛的我的愛」丈夫的帽子，他把他的一頂帽子給了我，讓我能帶一些我的寵物。

有的時候，毛蟲會在裏面，黑色和棕色的那些會圈成一個球，在我帶他們出去散步的時候一直睡覺。有的時候，費里克斯、路易斯二世和莫札特會坐在裏面，那是一個很暖和又舒服的地方。不過，路易斯二世還是更喜歡坐在我溫暖的紅裙子的袖子裏。

有的時候，勇敢的霍雷修斯會戴上這頂帽子。今天，我和他一塊兒去看望「親愛的我的愛」的時候他就戴著。

勇敢的霍雷修斯戴著這個帽子，我在他的下巴下面綁了一條粉紅的小絲帶，我綁的時候，他安靜極了，他的安靜幫助我把帶子綁得很好看。他是如此可愛的狗，他總是感謝我為他做的一切事情，現在，他就發出快樂的叫聲，搖了三下尾巴，感謝我給他綁上好看的絲帶。

我們出發了，不過我停下來了很多次，採集了一些長苔蘚，放在我的口袋裏。這是為看不見東西的女孩收集的，她喜歡觸摸我帶給她的東西，因此，幾乎每天我都會找一些東西給她，這樣會讓她快樂。她很喜歡松樹的松針，我在那棵最高的大松樹下，為她採了滿滿一籃子松針。

朝前走，那種粉藍色的小花現在早早地開了，在橡樹和楓樹還沒長葉子之前。我真的很喜歡藍色，藍色讓到處都變得很快樂。等我長大了，我要寫一本關於快樂的藍色的書。

我們走到「親愛的我的愛」的家時，她的丈夫正在為她做一把椅子，正在花很大的工夫把那些小零件磨得更光滑。他用放在他們小房子裏的工具箱裏的工具工作。

在他不用這些工具的時候，屋子裏有一個專門的地方放這個箱子。有的下雨天，當我帶著湯馬斯來看他們的時候，我們都坐在這個工具箱上，而湯馬斯總是會允許「親愛的我的愛」拍打她美麗的白色爪子。

「親愛的我的愛」覺得帽子在勇敢的霍雷修斯頭上很好看，她的丈夫說，那條粉紅絲帶更好看。我也這麼覺得。

我們回家之前，「親愛的我的愛」找出一塊和我的裙子一模一樣的棉布，然後把那塊我黏上去的淺藍色的碎布頭剪了下來，很精緻地把藍色棉布縫在了我的裙子上。她這麼做，是因為她覺得那塊淺藍色的天鵝絨布頭更適合給費里克斯做一件睡袍。

第十八章　再也沒有懲罰

爸爸又從上面河邊的露營地回家了。我去後門樓梯看盧西恩的時候，看見他回來了。

他說他要修一個花園，說要在裏面種一些洋蔥、胡蘿蔔，還有萵苣。我停下來幫他，他讓我幫他把要鏟的地方的石頭搬走。

我賣力地搬著，動作很快。等到夏天來的時候，我想，我會從小溪裏搬出更多的石頭，讓小溪能變得更寬。那個走路邁大步子、總是吹口哨的男人答應我，會在夏天在小溪裏給我做一個水車。

搬那些石頭用了很長時間，不過，我很喜歡做這件事情，我覺得我應該幫了爸爸不少忙。等我把石頭都搬到小溪邊之後，我回去再問爸爸還有什麼要幫忙的。他正在和艾爾希的丈夫說話。我問他還有什麼要幫忙，他讓我走遠一點，他想和別人說話。

我照他說的，帶上湯馬斯朝森林裏跑去。勇敢的霍雷修斯跟在後面，路易斯二世藏在我溫暖的紅裙子袖子裏，我們一塊兒朝前走，沙龍白珠樹發出沙沙的聲音。

它們有一些問題，它們想知道今天是什麼日子。我停下腳步告訴它們，今天是簡提拉・伯林寧一五七〇年去世的日子，和喬治・弗雷德里克・亨德爾一六五八年出生的日子。我想它們和那些高大的冷杉樹一定很高興知道這些。

勇敢的霍雷修斯刨開一些樹枝，在前面給我們開路，不停地回頭看我們是不是跟上了。湯馬斯在我的手臂裏蜷得更緊了。

我們看見六隻鳥，我給勇敢的霍雷修斯唱了一隻鳥的歌，他和莎士比亞都很喜歡這首歌，有的時候，我一整天都會不停地給他們唱這首歌。

我們一直走到兩個磨房工人旁邊，他們正在把一根很大的木頭劈成很短很小的小塊兒，動作看上去很大。一個男人在推，一個男人在拉，我走過了以後，還不停地回頭看他們。

我看見一棵很高的冷杉樹在一個男人的腳邊，而這兩個男人把它從腳踝的地方起砍倒了，剩下的部分，像是一個腳踝上面有波紋的靴子。我總在琢磨，爲什麼所有的伐木工人都要這樣砍木頭，可能因爲他們也和我一樣，很喜歡有波紋的靴子吧。

繼續往前走，看見了更多的伐木工人在勞動。我站到一根木樁上看他們幹活，勇敢的霍雷修斯原地跳著，走到我和湯馬斯坐著的地方。

我在心裏琢磨著這些住在伐木營裏的人們，他們是善良的人們，當他們晚上幹完活回家的時候，我都特別喜歡坐在木樁上，看他們一個個走過去。他們三兩個走在一起，手上拿著他們的飯盒，有的邊走邊吹著口哨，有的在聊天。

有的工人看見坐在木樁上的我，會走到我身邊，從飯盒裏給我一些吃的。有的知道我需要爲我托兒所和醫院裏的小人兒找食物的殘渣。他們還給我帶來一些苔蘚塊兒、天鵝絨毛蟲和小石頭，爲我的大自然收集帶來禮物。

我總是會感到非常愉快，勇敢的霍雷修斯也會發出快樂的叫聲，他也知道這些伐木營裏的人們是多麼善良。

清晨是非常快樂的時光。我聽見一首天上的歌，有藍色的天空一樣的旋律。大地唱的歌是綠色的。

我很快樂，媽媽出門了，走之前讓我照顧寶寶。我一邊照看寶寶一邊寫字，拼寫兩本天使爸爸和媽媽寫的書上的單字，還一邊唱單字歌。在媽媽不在家的時候，我會這麼做，因爲如果她在家，是不准我唱歌的。

現在，伊麗莎白在叫我去草原。我知道她想要一個蘋果或者一塊糖。不過，現在我不能把她想要的東西帶到草原上給她，因爲媽媽讓我照看寶寶，還要照看屋子。

我照媽媽吩咐我的那樣開始照料屋子。先仔細地掃地，掃帚在我手上運動的樣子，和它在媽媽手上運動的樣子不一樣。掃帚很高，我要朝上望得很高才能看見它的頂端。

然後，我用一塊乾淨的布擦了玻璃，如果玻璃髒了，媽媽就會很擔心，她總是喜歡所有的東西都保持乾淨。我覺得當她回來看見這些窗戶都被擦乾淨了之後，她肯定會私下覺得很高興，雖然沒有人能從表面上看出來。

我還做了其他一些事情。每個星期都有一些衣服需要縫補，縫補衣服也是讓媽媽很操心的一件事。不過，現在她的煩惱沒有了，因爲我已經發現了一個更好的辦法，今天她離開的這段時間裏，我已經縫好了所有的衣服。

我從爸爸的汗衫開始。我需要一塊很大的碎布頭來補手肘上的破洞。媽媽已經找好了這塊布頭，把它用別針別在靠近手肘破洞的地方，而我用瓷器修補膠水補好了它。

接著，我把籃子裏所有要補的衣服都補好了，也幾乎用完了所有的瓷器修補膠水。

當我看見它快用完的時候，忽然想起了媽媽說，希望蓋子不要總是掉下來的那只壺，我用最後的一點膠水，把蓋子牢牢地和壺黏在了一起，這樣它就能像媽媽希望的那樣，再也不會掉下來了。

最後，我把曾經滿滿地裝著瓷器修補膠水，但現在什麼也沒有了的空瓶子，放回到了它原來在的那個燈架上。

寶寶又醒了過來，我又唱歌讓她睡了過去，她剛睡著，媽媽從門外進來了。她先去看了在床上熟睡的她親愛的寶寶，然後她說，她要去修理那兩個破爛的盤子。

她從碗櫃裏把盤子拿出來，放在烹飪檯上，然後，她取下燈架上的那瓶瓷器修補膠水，可是瓶子裏已經什麼都沒有了。

我知道它去了哪裡，媽媽也知道。她先揍了我一頓，然後才問我，用這些膠水幹了什麼。我很是花了一些時間告訴她經過，從艾爾希寶寶的奶瓶到所有這瓶膠水修補的衣物，還有其他所有它修補的東西。

我說完之後，媽媽再一次揍了我一通，還一邊說那真是太好了。現在，我真的很希望她能告訴我，後來這頓挨打是爲了什麼，如果她能告訴我，那將是太好了。

大多數時候，我都知道我是爲什麼挨揍，而且我也很願意知道，因爲這樣，我就會避免再做會挨揍的事情；除了那些幫助森林和田野裏的小動物的事情是非做不可的，挨再多的打都要做，因爲做這些事情，裏面有無數的快樂，讓挨的打也不覺得那麼疼。

現在，我覺得我應該去餵托兒所裏的小東西們了，然後再到大教堂裏做晚禱告。

這個下午的幾乎所有時間，我都在田野裏——那個離樹林最近的田野。

我和莎士比亞說了很久的話，今天，他沒和別的馬一塊兒在樹林裏勞動，今天他休息。

他躺在我爲聖路易修建的祭壇旁邊，一躺就是一整個下午，身上佈滿了濃濃的疲憊。我撫摸著他的鼻子、脖子和耳朵。我給他讀詩，給他唱歌。

他喜歡我這麼做，在我給他又唱了好些歌之後，瞌睡爬上了他的頭，他睡覺時的呼吸，真是長長的呼吸。我又繼續撫摸了很多下他的鼻子和脖子。

我們是最親密的朋友。今天晚上，我會再來叫醒他，我會在晚飯正要開始的時候來，這樣，他就能和其他的馬一塊兒到馬廄裏吃晚餐了。

按我的計劃，晚上，我去找他，可他仍然躺在那兒，顯得那麼累。我走過去拍他的前腿，可它們非常硬，我又去拍他的鼻子，可他的鼻子非常冷。

我叫他，他沒有回答。

我又叫：「威廉•莎士比亞，你聽見我叫你嗎？」可是他仍然沒有回答，我想，他應該是希望能再休息久一點，爲明天拉更重的木頭做好準備。

我現在要去告訴那個繫灰色領帶的男人，莎士比亞現在正在過他的休息日，正戴著精靈們送來的粉紅色絲帶在田野裏睡覺。湯馬斯和我一塊兒去，我們將在那條晚上他工作之後會經過的小路旁的那根樹樁上等他。

我們和繫灰領帶的男人一塊兒回來看莎士比亞，莎士比亞還睡在原來的地方。現在，我似乎明白了，我親愛的莎士比亞再也不會醒來了。羅布再也不能懲罰他了，再也不能用鞭子抽他了。他開始了一個很長很長的睡夢。他走進了那個夢裏，因爲疲憊完全佔據了他的整個身體。

我的心裏難過極了，不過，我還是高興羅布不能再抽他了。我用樹葉把他蓋起來，爲了找到足夠的樹葉，我走到了旁邊樹林的盡頭，把樹葉裝進我的圍裙兜起來。

有的時候，我幾乎無法看見我前面的路，因爲我完全無法控制地一直在哭。

我太難過了，莎士比亞那麼善良，那麼善解人意。我知道那些小溪邊的柳樹永遠也不會忘記他的靈魂。我也會常常在樹葉上給他寫一些話，因爲我覺得，他的靈魂肯定不會走遠。有一些粉藍色的花朵在他躺下睡覺的地方開了出來。

第十九章　所羅門・格隆迪的洗禮

今天，洗衣日又來了。做完我自己那部分的洗衣工作，我又去托兒所餵了雞，當我再回來的時候，開始用黏土做東西。媽媽叫我去幫她倒掉洗過衣服的水的時候，我正在用黏土做管子。

巨大的兩桶滿滿的水是我要完成的工作，不過，我用洗衣板一點一點地把水弄出去，就省力多了，因爲洗衣板一次裝不了太多水，而且能很快地把洗衣盆裏的水弄乾淨。

接著，媽媽叫我去拔掉洋蔥旁邊的雜草，有好多雜草努力要從那些洋蔥旁邊長出來。我花了很長時間才把雜草拔乾淨，我的背也出現了酸痛的感覺，不過，我還是堅持把所有的草都拔乾淨了。我想，當風刮過洋蔥的時候，它們一定在說：「謝謝妳給了我們更大的房間生長。」花園裏的小人兒們總是會說一些有趣的事情。

離開花園，我去了樹林裏我的「秘密領地」，因爲，今天是查爾斯・德・瓦諾利斯一二七〇年出生的日子。

費里克斯坐在我的口袋裏，應該一直在睡覺。走到我種下的兩棵樹前面時，我開始爲查爾斯唱歌。

唱的時候，勇敢的霍雷修斯和拉爾斯・波森納來了，他們一直等著我又唱了兩首歌，還有接下來的一個長禱告和一個短禱告。

然後，我們開始沿著小路往下走。

剛走了一小段，我們就離開路，走到了旁邊的艾爾希的小屋裏，她的新寶寶就在她和丈夫用紙盒子做的搖籃裏睡覺。

她的丈夫搖著搖籃，而艾爾希則在搖籃裏放了很多溫柔的東西。這個寶寶在搖籃裏躺了一會兒後，他們把他抱到床上來。

現在，除了跟艾爾希一塊兒去看她的奶奶的那天以外，每天他都會躺在搖籃裏。

艾爾希會一邊縫衣服，一邊用腳搖搖籃，唱啊唱，歌詞是：「在樹的頂上搖寶寶，當風吹過的時候，搖籃搖晃。」她唱歌的時候，我知道小小的音符就在搖籃周圍跳舞。

今天，我在旁邊靜靜地坐了很久，看了很久寶寶的臉。

我真的很喜歡寶寶，每天晚上我都要祈禱，希望等我長大了，能有一對雙胞胎。有的晚上，我還會祈禱他們能有一雙藍眼睛和金頭髮，不過，有的晚上我又會祈禱，他們會有棕色的眼睛和棕色的頭髮。

賽迪告訴我，最好不要再這樣變化我的祈禱，這樣，天使會給我帶來一對長著花頭髮和雜色眼睛的雙胞胎。

看完艾爾希的寶寶，我決定去找賽迪，一邊走，一邊想，媽媽是否能看見當他們唱歌給那個寶寶的時候，搖籃周圍跳舞的音符。

我繼續穿過田野，當我來到一棵籬笆角落裏的樹椿旁的時候，我停了下來，因爲我聽見一陣莫名其妙的聲音從樹椿旁邊傳出來。但我看了好一會兒，也沒看見到底是什麼東西。

繼續往前走，發現我在九月的灰色一天裏藏了十九個橡樹果寶寶的老木頭旁邊，有一隻青鳥。他正在四處張望。我看見他銜著一顆我的橡樹果寶寶飛走了。我上去數了數剩下的橡樹果，只剩下很少的一點點了。

繼續走，我看見賽迪正在洗衣服，洗衣日的賽迪和平常有一點不一樣，頭髮被拴在她的臉周圍，裙子全都皺皺巴巴的，那個漂亮的藍格子圍裙上也全是肥皂泡。我總是能在洗衣日和她擁抱的時候，聞到濃重的肥皂味。

我只在賽迪旁邊待了一小會兒，然後就去幫她的洋蔥拔雜草了。它們看上去也很需要更多生長的空間。拔草的時候，我看見了很多美麗的東西，它們周圍還有一些美麗的聲音。

今天，我們爲所羅門・格隆迪命名，他是一星期前的星期一出生的小豬寶寶。昨天，我用在風裏飄盪的一塊毛巾給他做了一件洗禮長袍，可是姑姑並沒有意識到洗禮長袍對所羅門的重要性。結果我挨了一個耳光。

在耳朵轟鳴之後，我以爲我的頭會炸開，但是它沒有，只是耳朵一直在痛。昨天睡覺的時候，我躺在床上祈禱疼痛趕快離開，今天早晨我起床的時候，疼痛真的已經跑到了窗外。那一刻，真是從頭到腳都感到十分爽快。

我在考慮命名的事情，一大早，沒來得及吃早飯，我就從昨晚疼痛離開的窗戶爬了出去，爬進豬圈，用手和膝蓋，爬到在媽媽身旁吃早餐的所羅門和他的五個兄弟姐妹中間，抓住他的後腿，很溫柔地把他拉了出來。在這些親愛的豬寶寶中間，他的尾巴是最捲的一個。

我把他帶到水泵旁，用清水沖掉他身上的所有小髒東西，他尖叫著抗議，因爲水很冷。於是，我拿來媽媽準備洗牛奶盤的溫水，在洗衣盆裏給他弄了一個溫水浴。之後，他變成了一隻我從沒見過的最漂亮的小豬。

我又在他身上倒了很多嬰兒爽身粉，粉末掉進了所羅門的眼睛，他開始用小豬都會用的抗議的聲音，有規律地叫著拒絕和表示難過。然後，我和他一塊兒迅速地從臥室的窗戶爬出去，飛快地跑到穀倉，因爲昨天我把洗禮長袍藏在了裏面。

爬到乾草堆的頂上以後，我拿到了長袍，把它穿在所羅門的身上，然後，我們倆一塊兒朝大教堂走去。

剛走幾步，我就想起來，所羅門出生那天，我已經請好國王愛德華一世做他的教父，王后埃利諾做他的教母，於是，我們從去大教堂的小路上走出來，走了另一條路，去了冷杉樹住的地方，在它們旁邊給所羅門受了洗禮。

出席洗禮儀式的有好國王愛德華，可愛王后埃利諾，聖路易斯，查理曼，休•坎佩特，國王阿爾弗雷德，羅斯福，西塞羅，勇敢的霍雷修斯和以賽亞舒。最後兩個是在行禮過程中間趕到的，作爲有極高理解力的狗，他們很快意識到場合的莊重，很安靜地站在查理曼大帝的旁邊。

儀式進行得很順利，就等著最後好國王和好王后在所羅門的前額給他賜福了，可所羅門卻發出了所有小豬寶寶都會在他們想吃飯的時候發出的尖叫聲。我明白他的意思，儀式完畢後，我在他的脖子上掛上一個昨天夜裏我親手做的花環，再唱了一首清晨的讚美詩，然後帶著他快快回到豬圈。

在穀倉的角落裏，我脫下了所羅門的洗禮長袍，重新把它藏在乾草堆裏，然後爬進豬圈，在所羅門的頭頂輕輕地禱告。當我說到太陽神的時候，我告訴他和他的姐姐，關於他的媽媽阿芙羅狄蒂曾多麼愛歌唱太陽神的事情。

回到家，從窗戶爬進去，脫下睡帽睡衣，迅速穿好衣服。小寶寶正在床上亂蹦亂跳。我幫她穿好衣服，然後一塊兒到廚房吃早餐。媽媽在地窖裏，聽見我到了廚房，進來，拿著一根淡褐色的柴棒。

揍完我的屁股，她叫我給寶寶弄糊糊早餐。做糊糊的粉在罐子裏，我把它們挖到一個藍色的盤子裏，這個盤子好像是買這盒糊糊粉的時候送的。

寶寶吃完糊糊喝完牛奶，媽媽叫我收拾桌子，然後餵雞。我把他們的食物灑給他們，所有的雞都飛快地跑過來。

我給十五隻雞分別取了名字，不過好多都不大能分辨出來，好多都有差不多一樣多的斑點。我數了在那兒的所有雞，好像沒以前多了，應該是還有好些沒出來。我走進專門給他們修的雞圈房子裏，把躲在裏面的都揪了出來。他們不安，慌張，披著羽毛，還有點掙扎，可我必須把他們帶出去都餵了。

他們吃早飯的時候，我數了他們的蛋，有一個新發現：米尼瓦的蛋沒別的人多，這也就是說，她不會有別的人那麼多的孩子。

我開始爲這個事情感到傷心，因爲，我已經給她的十五個孩子起了名字，可在她的窩裏只有十二個蛋。我一下子不知道該怎麼辦，不過馬上開始想辦法——從另外三個母雞窩裏，分別拿了一個蛋，這樣事情就解決了。

然後，我覺得我應該去做一個探險旅行，去一下托兒所，我要在那兒，給那些小人兒們講講地理。

可是媽媽卻叫我去洗鍋和盤子，那是我一點都不喜歡幹的事情。因此，每次我洗它們的時候，我都要不停地說一些可愛的詩，那樣真的很有幫助，會覺得盤子和鍋很快都乾淨了。

可在那之後，一整天裏，媽媽不停地有無數更多的事情要我做。有更多的柴火要搬進來，還有樓梯要掃，還有奶油要搖成黃油，還要掃院子，還有毯子要縫——在所有這些事情之間，還要一直照看寶寶。

可每時每刻，我都熱切地渴望著探險旅行。山野在呼喚，森林在呼喚，我聽見了風，聽見它在森林裏唱歌，那是一些溫柔的音樂，低沉，是花朵們唱的歌的回聲。而聽著這些聲音，才讓我能把那麼多的工作都一件件按它們的正確方法做完。

而最忙的時候是接近夜晚的時候，因爲即將有一大夥人要在桌子上吃飯。媽媽忙著準備晚飯，我幫她。她只有時間放一次鹽在馬鈴薯上，我再給它們放三次；她沒有時間給豆子放調味汁，我給它們加了一些檸檬汁，因爲媽媽特別喜歡檸檬派裏有檸檬香味。

當她做餅乾的時候，太慌忙以至於忘了像從前一樣，在把原料放進爐子之前先放在一個盒子上，拿到爐子背後吹吹風，晾一晾。因爲她忘了這麼做，所以在她到地窖裏取黃油的時候，我把那些餅乾從爐子裏拿出來，放到爐子外面，這樣，它們就不會錯過它們往常的通風。

接著，我去柴房取更多的柴放進柴盒子裏。媽媽朝我走過來，她一把把我拉過去，用她的手打我的屁股，然後又用毛刷打，然後把我推到門外，告訴我滾開，從她的面前消失。

於是，我只能來到牲畜欄裏，在這兒寫字，一會兒站起來在乾草上大步大步地走。

我覺得又累又心痛，我太想知道媽媽爲什麼又打了我，我一整天都那麼努力地在幫她。

所羅門在我旁邊「咕嚕咕嚕」叫，我走過去，帶上他跟我一塊兒走來走去。在乾草堆上，我給他看天使爸爸和天使媽媽爲我寫的兩本書，這些書那麼能讓人覺得安慰，只要我帶著它們，就像天使爸爸和媽媽在我身旁守護著我一樣。

我低下頭，讓我的守護者轉告在天堂的他們，今天所羅門接受了洗禮。然後，我把他的樣子畫在了一把雨傘的旁邊，並且一直輕輕拍著他。

我給他的那些拍打裏，有一些和從前給親愛的彼得的一樣。不過，今天我輕輕拍了他很多下，因爲現在他是依偎在我身邊最親近的人。今天晚上，我還會給穿著雪白洗禮長袍的他唱一首搖籃曲，在他回到豬圈裏他媽媽的身邊之前。

現在，我爲所羅門準備了一個有奶嘴的瓶子。不過，他不是很在意這個玩意，他更喜歡去他媽媽那兒吃晚餐。

今天，在他吃完晚飯之後，我開始安置那隻母雞，那隻母雞已經期待這一刻很久了。不過，我在她吃東西的時候把她從雞籠裏抓出來，還是很費了一些力氣。

我覺得應該由我自己來把她安置好，而不用再麻煩媽媽操心。我早就想好了，今天我會在她的身子下放三個蛋，明天的時候再放三個，下一天再三個，再下一天再三個，這樣，就能給她一個好的基礎，以後她就能繼續好好地生蛋了。

今天，在我把她安置在最開始的三個蛋上之後，我去拜訪了「親愛的我的愛」。

我把所羅門抱在一個臂彎裏，把湯馬斯抱在另一個臂彎裏。所羅門穿著他的洗禮長袍，看上去甜蜜極了。在我們出門之前，我給他洗了一個美妙的澡，去掉了所有豬圈的味道。

有的時候，不管我怎麼每天刷洗他們，他們還是會帶著豬圈的臭味，不過，我已經找了好多老樹葉、樹枝和乾草給他們做了乾淨的床墊。而且給所羅門洗完澡後，我還給它撲了好多爽身粉，撲的時候非常小心，生怕弄一丁點進他的眼睛。

在路上，我一直一首歌一首歌地唱給他們聽，後來，我又給他們講了那個步子邁得很大的長腿男人的故事，他總是爲心愛的姑娘吹著口哨，並且總是久久地注視她的眼睛。不過，他很害羞，不敢告訴她他的心。這都是賽迪說的，賽迪說他是個很害羞的男人。

我在給他們講這些事情的時候，湯馬斯睡了過去，所羅門也發出了「呼嚕呼嚕」的聲音，不過，這是一些想聽更多歌的聲音，於是，我又爲他唱了更多的歌：「他喜歡他的工作嗎？他願意做你的小羊嗎？」

看起來，所羅門很喜歡這些歌，不斷地「呼嚕呼嚕」問著問題，於是我又繼續唱：「他真的這麼做了，所羅門，他真的這麼做了。還有害羞的小孩的頭上，頭髮那麼少……」以後，我會好好數數它們，看看這些頭髮到底有多少。

我們到「親愛的我的愛」的房子的時候，她的丈夫正在他們的小房子的窗戶前挖坑，一邊挖，一邊撿出很多小石頭，放在窗戶下排成一排。

我問他，爲什麼要在窗戶下面挖坑，他說，他是在給花做床，等會坑挖好了，「親愛的我的愛」會把牽牛花的種子放在裏面。牽牛花的藤蔓會圍著窗戶長得滿滿的。

我想像著將來的樣子，覺得肯定會很不錯，我又問他，它們會長多高？他把他的手臂伸到他覺得它們應該長到的地方，我順著他的手臂看上去，真高啊，簡直比我會長到的地方還高好多。那麼，做一棵牽牛花真的挺不錯，可以不停地往上長啊長。

我曾在田地裏看見過小小的一棵白色的，它們的葉子就一直往外長啊長，我問「親愛的我的愛」和她的丈夫，到底牽牛花能長多少片葉子，他們都說不知道。於是我告訴他們，不用因爲現在不知道而難過，因爲，它們一邊長，我們能一邊數它們有多少片葉子。

「親愛的我的愛」的丈夫停了下來，把所羅門抱過去，而湯馬斯則得到了「親愛的我的愛」的愛撫。

第二十章　雨滴

今天，真是暴風驟雨的一天。風很大，雨比往常更多。因此，我們把大教堂搬到了乾草倉庫裏。

柏拉圖和普林尼，這兩個瘋狂的傢伙，倒掛在漆黑角落裏的房樑上，拉爾斯・波森納悠閒地棲息在勇敢的霍雷修斯背上。湯馬斯坐在我的腳背上，在我念禱告詞的時候，大口嚼著樹葉。

所羅門・格隆迪一直裹著他的洗禮長袍睡在我旁邊，樣子就像一副甜蜜溫暖的圖畫。我身體的另一邊是他的小姐姐，我叫她阿蒙，她尾巴上的捲毛沒有所羅門・格隆迪的多。

普利茅斯岩石雞克萊芒蒂娜來晚了。她從溫柔的澤西乳牛的房間走過來，那時候，我正在唱讚美詩。她在勇敢的霍雷修斯背上坐了下來，我繼續念頌禱告詞。最後，由勇敢的霍雷修斯致末尾禱告詞。

就在霍雷修斯大聲念禱告的時候，克萊芒蒂娜從霍雷修斯的背上跳了下來，朝我走過來。而我的腦子裏正在琢磨，如果她美麗的灰色羽毛變成藍色的，應該更完美。

我輕輕地拍了拍她，接著開始進行討論活動。今天，我用了這樣的主題：「讓內心保留最純潔的祝福，因爲這會讓他們看見上帝。」與此同時，雨滴一直在屋頂上敲出快樂的小節奏。它們正在以一種飛快的速度從天空落下來。

回家之前，我在長著柳樹的那條會唱歌的小河邊停了一下，在一片樹葉上寫了一小段話，那是給威廉・莎士比亞的靈魂的。我把這張樹葉便條拴在柳樹枝上，然後，我去大教堂，去爲一些人致感恩辭，爲那些出生或死於今天的人的靈魂禱告。

時間過得那麼快，天眼看就要黑了，樹林裏有一些微笑的耳語聲，還有伸出天鵝絨一樣的手指的影子。我一邊往家走，一邊唱起「三頌曲」。

走到我們住的房子之前，我又繞到旁邊，去看長在大教堂旁邊的奶油百合。那些百合花是我看著發芽的，它們是被我看著一天天長大的。很長時間了，我一直在想這個問題：今天該是開花的時間了。它們就在那兒，我走過去，心靈充滿了感激。

自從彼得離開我之後，我一直在樹尖和周圍所有的一切東西身上找他的靈魂。現在，我終於發現，原來他的靈魂喜歡在這些百合花身旁逗留。

我跪下來，對著這些正在開放的花蕾默默祈禱，我知道彼得的靈魂正停在上面，而且，如果有一天我必須離開這裏，我一定會帶上這些百合花，因爲我堅信，我親愛的彼得總會在離這些植物非常近的地方。

今天，比昨天更多的雨來了。我喜歡雨，我喜歡它奏出的滴滴答答的音樂。我喜歡感覺到它敲在我的頭頂。下雨的時候，我總是喜歡光著腳出去走路，我喜歡讓小路上那些乾淨的泥巴，從我的腳趾頭之間冒出來。

當我看見雨飛快地落下來的時候，我也飛快地跑到穀倉，脫下鞋和襪子，把它們放在乾草堆上。然後，我沿著小路往前走。

真高興，我脫掉了我的鞋和襪子，這種感覺太好了，我覺得我的腳趾頭像是長了翅膀一樣。我在小路上走過來走過去，不停地來來回回，勇敢的霍雷修斯一直跟在後面。

我想去雞圈裏看望一下米尼瓦。她的羽毛更蓬鬆了，而且，她的巢裏多出了好多個小腦袋。那是剛剛孵出來的小雞的頭，我已經給他們取了名字。不過現在，我完全沒辦法分出他們誰是誰，米尼瓦四天前孵出了一個小雞寶寶，三天前一個，兩天前又一個。

爺爺說，是什麼讓這隻母雞在三天以內迅速地孵出那麼多小雞，可之後到今天，又再也沒有一個出來，這簡直讓人迷惑。

我也覺得很迷惑，不過，不管怎麼樣，在未來的日子裏，她將會有另外十五個孩子。因爲剛才我已從別的母雞的巢裏，給她找來了還沒孵出來的十五個蛋，放在了她的巢裏，而且，我已經給這十五個小東西取好了名字。

我告訴了米尼瓦，我已經給她所有的還沒出生的孩子起好了名字，並把這些名字一個個地告訴了米尼瓦。她看起來很高興。在我跟她說這些話的時候，她吃光了我手裏的所有穀子。

米尼瓦是一隻非常好的母雞，更棒的是，她能一下子有那麼多的孩子。我真的很喜歡給小孩子起名字。現在，我覺得自己很有必要馬上把洗禮長袍給她的孩子們縫好，因爲他們現在已經孵出來了。

在他們洗禮的當天，我應該用一個籃子把這些孩子們帶到大教堂去。用籃子裝小雞是非常有必要的，因爲他們是那麼脆弱。我還給米尼瓦看了她將會在洗禮儀式上戴的帽子，我還特別照著珍妮•斯特朗那頂晨帽的樣子，縫了一圈波浪褶皺。

我繼續和米尼瓦說了一會兒話，而她又咯咯地笑了好一會兒。之後，我出發去大教堂。

半路上，我拐彎去了一下豬圈。只要我的路線從豬圈附近經過，我總會拐過去看看。我是想悄悄地去看一眼阿芙洛迪蒂，被那些可愛的小豬寶寶圍在中間，讓她看上去更有母親的樣子。

當一個豬媽媽的感覺一定特別棒，而且一次能有那麼多的寶寶，肯定是一件讓人非常愉快的事情。

第二十一章　眼神憂傷的女孩

今天，我沒去學校。因爲媽媽讓我必須在吃完早飯以後，把馬鈴薯切成小塊兒，這件工作花了我很長時間。

今天和明天的晚上，大人們會把我今天切的馬鈴薯塊兒種到地裏去，然後，等到很長一段時間過去之後，這些長著眼睛的馬鈴薯塊兒會在地底下生出很多小馬鈴薯寶寶，而在地面上，會長出葉子和花朵，因此，一定要在每一個馬鈴薯塊兒上挖出一個眼睛，好讓地面上的馬鈴薯苗能從裏面長出來。如果不做這個眼睛，馬鈴薯就不會長出葉子和莖——沒有眼睛，什麼都看不見，它又該怎麼長大呢。

整整一天，我都在小心地給每一塊馬鈴薯塊兒挖出眼睛。我一邊挖，一邊想這些馬鈴薯的眼睛會在地底下看見什麼東西。結果我想到了：光滑的黑色鼴鼠和可以用一種特別的方法突然變短的巨大的蚯蚓。而長在地面上的馬鈴薯花，應該會看著田野上的一切活動，也可能它們會東張西望，看見長在會唱歌的小溪邊的那些柳樹。

我很想知道馬鈴薯們喜不喜歡把腳趾頭弄濕，我希望它們像我一樣喜歡這麼做。當一個馬鈴薯一定很有趣，特別是一個有這麼多眼睛的馬鈴薯。我就特別希望能有更多的眼睛，這個世界上有太多東西要去看了。每天，在我到過的任何地方，我都能看見很多美麗的東西。

直到天都快黑的時候，我終於把明天要種的馬鈴薯都準備好了。接下來，該去豬圈裏看望所羅門了，我還爲他親愛的媽媽阿芙洛迪蒂帶了一顆糖。阿芙洛迪蒂非常感謝並且露出好看的表情。

不過，所羅門的表情就不怎麼好看了，他一動不動地寂靜地躺著，我看了他三次，忽然覺得喉嚨裏被什麼東西堵住了。他的表情和平常那麼不一樣。我飛快地去取那個木柴盒子——之前，我用它讓勇敢的霍雷修斯能進到豬圈裏來做禱告——我要踩在盒子上，把所羅門從豬圈裏抱出來。

我擔心如果自己不踩在盒子上，而像平常一樣跳著去牽他，會讓所羅門的情緒更糟糕，因此，我必須用那個盒子。事實證明它真的管用。

以前，我總是把豬圈的圍牆拆掉一塊，好讓裏面的豬們能到外面來散步或者到大教堂做禮拜，可是，大人們總是會用木板把這個出口重新封住，因此踩在一個盒子上，能很好地幫助我把一些不太大的小豬從圍牆的頂上抱出來。

我把所羅門從裏面抱了出來，用我灰色的印花圍裙把他好好地包好。我以前一直覺得他更喜歡那條藍色的圍裙。可是今天，他似乎根本就沒睜眼睛看，也沒有發出小孩子似的吱吱聲，只是一直特別安靜，也不亂動。我開始擔心，是不是有什麼不好的病找上了他。

想到這些，我一下子變得不知所措，還好，我想到了對老鼠很友好的那個繫灰領帶的男人，他一定知道該怎麼處理所羅門的病。

我開始朝樹林那邊的磨房走去，勇敢的霍雷修斯在穀倉那兒等我，他搖了兩下尾巴，跟在了我後面。

走到好國王愛德華一世和可愛王后埃莉諾身旁的時候，我們停了下來，告訴了它們這個可憐孩子的病情，祈禱他能快點好起來，並且把他抱起來接受它們的祝福。

到小路盡頭的時候，我說了另一段小小的祈禱詞。接著往前走，走到好國王愛德華一世的祭壇時，又祈禱了一次。在樹林裏的伊麗莎白像通常一樣加入了我們的隊伍，我們一起繼續朝樹林的那頭走去。

走啊走啊，我的手臂開始又疼又酸。所羅門現在已經長大了不少，抱著他走遠一點的路會覺得有點重了。

當我終於快要走出這片最近的樹林的時候，我遇見了繫灰領帶的男人。他的臉上還是帶著那種溫柔的微笑，把所羅門從我的手上接過去抱在懷裏，我想，他一定是發現了我手臂的疲憊。

在他抱著這隻親愛的小豬坐在一根原木上之後，我告訴他，我擔心所羅門是生病了。他說他也正在這麼擔心著，不過同時，他溫柔地撫摸我緊張得彎曲的背，說：「別擔心，他會好起來的。」聽他這麼說，一下子讓我感覺好多了。

那個男人，那個對老鼠友善的繫灰領帶的男人，真的是個最讓人安慰的人。

我瞭解的這個男人，一直善良地對待森林，一直愛著那裏生長的大冷杉樹，我曾看見他對著這些樹們張開雙臂，就像我在大教堂裏做的那樣。而且，他對生活在周圍的所有森林小居民們，都懷著一顆仁慈的心，他的行爲是那麼的溫柔，我所有的朋友都很喜歡他，所羅門也是的。

今天，他說他要帶所羅門回他在磨房旁邊的車房裏，說小傢伙的身體需要溫暖，還說他會用自己的毯子把所羅門裹得緊緊的，並且仔細地照顧小傢伙直到明天早上。於是，他帶著所羅門朝遠處的樹林走去，而我朝大教堂的方向出發。我是要去爲所羅門能恢復健康感恩，因爲我知道到明天早上，他一定會好起來。

今天早上在早餐之前，我又去了教堂。因爲一七七〇年的今天，是威廉•華滋華斯的出生日。湯馬斯和勇敢的霍雷修斯跟著我。

上午做完所有的活兒之後，我提上裝滿洗禮長袍的小籃子去了穀倉旁邊，米尼瓦和她十四個小雞寶寶的房子。有一個小雞寶寶沒有孵出來。

昨天下午，我其實已經基本上準備好了所有的長袍，只差一個。那會兒，我正要去給艾爾希的小孩兒唱歌哄他睡覺，艾爾希在我幫她抱柴火的時候，幫我做完了最後一件長袍。

她在那件長袍上縫了一圈藍色的弧形波紋緞帶花邊，看起來非常漂亮。我看得出了神，心想：要是所有米尼瓦的雞寶寶都能穿上有小波浪花邊的洗禮長袍該多好。

艾爾希問我在想什麼，我告訴了她，她說，她也正在這麼想。說完，她走去取架子底下的手工籃，架子上放著一瓶凡士林，是她年輕的丈夫用來潤滑抽水機閥門的。那瓶凡士林基本上已經空了。

在手工籃裏，艾爾希找到了一些小緞帶，她又把籃子蓋子舉起來，在蓋子邊的槽裏，找到了另外一些帶子。她把這些緞帶全都圈成蝴蝶結，有粉紅的，有銀色的，有藍的，還有玫瑰紅的，足夠所有參加洗禮的小雞寶寶一人一個。

昨天晚上，媽媽罰我待在床底下的時候，我把這些小蝴蝶結全都縫在了長袍上——廚房桌子上面透過來的燈光很充足，足夠我看清楚縫它們。

現在，我們就快到大教堂了，我停下來給小雞們穿上洗禮長袍。尼古拉斯和吉恩穿的是帶銀色蝴蝶結的。在我給別的小雞穿長袍的時候，他們一直在籃子的一個角落裏靜靜地等著。

沃爾特・芮雷爵士的袍子上，是一個小小的粉紅色蝴蝶結，我在給他穿袍子的時候，他一點都不老實，亂動了三次要往外看。不過，佛朗西斯・培根爵士比他更不安分，給他穿好袍子實在花了不少時間。

班・喬森的洗禮長袍，是那件帶一圈小波浪花邊的，之前，我把這件長袍放在籃子後面的時候，他就用腳趾頭抓住那些花邊不放，還不住看我。我把他的腳趾頭拿出來，要給他穿和佛朗西斯・布蒙特、約翰・弗萊徹一樣的那種有玫瑰紅蝴蝶結的長袍**（因為他們的名字都是從天使媽媽寫的書裏選出來的）**，可是，他卻還是死死抓住那件小波浪花邊的不放，我只好滿足了他的願望。

等所有的小寶寶們都穿好了長袍，我從口袋裏拿出米尼瓦的那頂白帽子，從她的嘴巴下面繫好。當她戴著這頂帽子從教堂的那頭走到我跟前的時候，實在是美妙極了。

米尼瓦是一隻豐滿而溫柔的母雞，不那麼愛說話，不過，在她的寶寶受洗禮的整個過程中，不知爲什麼，她一直「咯咯咯咯」笑個不停。

勇敢的霍雷修斯站在祭壇旁，拉爾斯．波森納坐在他的背上，盧西恩坐在附近的一根原木上，瑪蒂德遠遠地從草場上觀望，米南德在我們去向聖路易斯請求賜福的時候，走在我旁邊。

我唱起了讚美詩，班「咯咯」地叫起來，佛朗西斯和皮亞斯跟著也叫起來。班一邊叫一邊搖晃身體，身上的長袍幾乎都要掉下來了，我停下來把它重新穿好，又把米尼瓦幾乎滑到腦袋後面去的帽子戴端正。

後來，我們全都去了雞巢。我取下米尼瓦的帽子，好讓它在下星期天去教堂禮拜的時候，還是乾乾淨淨的，接著，把她和她的全部孩子送回了他們的家，當然，也是在脫掉洗禮長袍之後。

給了米尼瓦一些關於撫養孩子的建議之後，我拍了拍她表示再見，我要去賽迪的房子了。米南德和勇敢的霍雷修斯和我一塊兒，「親愛的我的愛」正巧也在賽迪的房子，她們看見我們很高興，還讚揚了米尼瓦的白色帽子。

她們繼續說著話，我聽見她們在說那個眼神憂傷的姑娘，又來看她穿灰印花裙子、戴黑色項鏈的姑姑了。

聽見她又來了，我很高興，並在湯馬斯左耳朵旁告訴了他，這讓湯馬斯又向我湊近了點。

我們繼續在旁邊聽著，「親愛的我的愛」繼續跟賽迪說起，那個步子大大的、不停地吹著口哨的男孩是多麼愛這個姑娘，他又是多麼害怕把這強烈的愛告訴她。

「親愛的我的愛」繼續說，這個男孩在樹林裏給姑娘採了很多束花，可都放在一根老原木旁，因爲他太害羞，不敢把花送給姑娘。

湯馬斯抬起了右前腳，我拍了他一下，又摸了摸他的下巴——這是他最喜歡的——不過，我一直都在思考著。

我從賽迪的窗戶望出去，一朵白雲正在天上飄著，樹林裏有一陣微風在呼喚著：「小弗朗斯，快來呀，快來呀……」我對賽迪和「親愛的我的愛」說了再見，說我得馬上走了，她們完全理解我，賽迪還告訴我，今天待的時間實在太短，明天她希望我能再回來。

「親愛的我的愛」告訴我，她在箱子頂上又找到了一些碎布頭，以後可以給新出生的小傢伙們做更多的洗禮長袍，我當然很高興，因爲，未來是肯定還需要更多的洗禮長袍的。

說完再見，我朝樹林跑去。我沒有沿著那條通向我用來放給精靈們的樹葉紙條的苔蘚盒子的路走。風一直在叫我，我跟在它的後面，這也不是往下去托兒所的路。風的聲音，是從那個放著花束的原木邊傳過來的。

我走到原木旁，看見了那些躺在地上的花束，有的花朵已經枯萎了，而有一些還很新鮮。

我把用來裝米尼瓦的寶寶的籃子放在地上，我自己也坐下來開始工作。先放了一些苔蘚在籃子最底下，然後選了那些枯萎得最厲害的花束放在上面，因爲它們等待了最長的時間。然後，我和我的朋友們飛快地朝那個眼神憂傷的姑娘的姑姑家跑去。

她的姑姑不在房子裏，這讓我們挺高興。那個姑娘在，聽見我們的腳步聲，她朝門口走來。我一口氣告訴了她所有的事情，包括我們是要幫那個步子大大的、總是不停吹口哨的男孩把那些很久以來爲她採的花送給她，還告訴她，他是多麼害羞，以至於不敢親自把花送給她，只能把這些花放在老原木的旁邊。

我還把自己爲什麼最先送來了最枯萎的這些花的原因告訴了她。她把所有的花都捧在手臂裏，我又向她介紹了勇敢的霍雷修斯是一條好狗，而湯馬斯是最可愛的樹鼠，我還把湯馬斯雪白的爪子舉起來，想讓她感覺他是多麼可愛。

不過，湯馬斯把手縮了回來，把他的鼻子貼在我的捲頭髮上。我告訴那個姑娘，他也很害羞，等他和她熟悉一些之後，他會讓她拍他的小白爪子的。

提起我的籃子，我迅速地跑回去取來剩下的花，這次帶來了稍新一些的花給她。她看起來非常高興，一直站在房子前面的臺階上等我，並且已經準備好要和我們一塊兒去那些花躺著的地方，眼睛裏充滿了幸福的光芒。

一邊走，我一邊跟她講了更多關於生活在樹林裏的小動物和小鳥居民的事情，我還告訴她步子大大的、總是吹口哨的男孩，一直一直在深深愛著她。

她開始沉默了，我們也越走越慢，一隻甲殼蟲穿過小路，沙龍白珠樹向我們點頭，風輕輕地說著悄悄話。

走啊走啊，來到原木旁邊，她忽然跪在了那些花朵前，久久地看著那些花束，我默默地在心裏祈禱，湯馬斯發出很小的「吱吱」聲，我還數了數那花，一共三十三束。

一隻花栗鼠跑過去，我跟著追過去，想看清楚他的背上到底有多少條斑紋，還有，他的家到底在什麼地方。

在路上，我看見另一些鳥，於是又踮著腳尖跟上去，想看看他們是要去哪兒。

在灌木叢裏有一個小巢，裏面有四個帶小斑點的蛋，我開始考慮應該爲這四個將要出世的小鳥起名字。

這真是一個忙碌的世界，有那麼多的東西需要取名字，我真高興。

我去了大教堂，再一次祈禱天使能快一點給「親愛的我的愛」送來一個孩子。

第二十二章　我們繼續前進

今天晚上，我覺得腿有點累，因爲白天我幾乎去了所有的地方。因爲我要去告訴植物居民、花居民和所有的鳥們，今天是威廉・莎士比亞一六一六年離開我們的日子。早餐時間到來之前，我去大教堂感謝他寫的所有作品。

回到房子的時候，其他的人已經在等我去幹上午的活兒了。等把那些活幹完後，我在口袋裏爲所有我的動物朋友裝了麵包和黃油，還給米南德帶了一些牛奶，他現在已經在草場上等我了。

他是世界上最毛茸茸的小羊羔。他對他的早餐很滿意，也很高興知道了今天是什麼日子。

當我告訴這裏的每一個人今天是什麼日子之後，普魯塔克跳上了一個小樹樁，向四周看了一圈又跳了下來，索福克勒斯跟著也跳了上去，他們輪番跳了很多下，這是他們嬉戲的方式，這些可愛的小羊羔們。

在我對他們講述今天的意義的時候，米南德不知道用什麼辦法拿掉了他瓶子上的奶嘴，剩下的牛奶流到了外面。我把瓶子藏到一塊大石頭後面，米南德跟在我後面，不論我到哪兒，他總是跟著我。

我們一塊兒朝前走，看見空中的花粉，停下來和它們說了一會兒話，並且開始尋找其他的花粉。在每一處我們經過的地方，尋找黃色、粉紅的和紫色的花。

當勇敢的霍雷修斯用眼睛望著我，提出關於我在找什麼的問題時，我向他做了解釋。他走到前面，但不住地回頭用他溫柔的雙眼把我看了又看，好像在說，它們現在不在周圍。

我們繼續前進。我們繼續尋找——每一個地方都充滿了無數輕微的小聲音，它們全都在談論威廉・莎士比亞。

你看，這兒正好有一段對話，我把耳朵貼近一塊土地，那塊土地上有很多草長得非常密實。我仔細地聽著，風經過的時候在草叢裏留下漣漪。

這是一些來自土地外面的聲音，它們正在相互訴說成長的快樂，還有音樂，在音樂裏有天空的閃爍光芒和大地清脆的聲響。那是來自生命的幸福聲音——長在這裏的所有草們是那麼快樂，從它們綠色的手臂頂端到埋在地底下的腳趾頭，全都是快樂的。

晚餐之前，全家人都不在家。其他人去了艾爾希的房子，而我則爲了勇敢的霍雷修斯的晚餐，去打了一會兒獵。

我把找到的食物放在他自己那個特別的盤子裏，然後到房子裏取了些麵包和牛奶。烹調桌上放著一瓶黑莓醬，就在我剛把手伸向黑莓醬的時候，後院傳來一陣不祥的怪聲音。我立刻爬到麵粉桶上，從窗戶望出去。

幾乎就在我的好朋友勇敢的霍雷修斯的晚餐盤子上，坐著一隻烏鴉，正在發出沉悶而巨大的叫聲。他臉上被遺棄的表情肯定是有原因的，因爲，勇敢的霍雷修斯正追著拉爾斯・波森納的屁股，扯他尾巴上的羽毛。

這是我從沒遇到過的情況，我忽然被弄暈了，不知道該怎麼辦好。我往口袋裏裝了些繃帶和藥膏，我抱起拉爾斯・波森納——整個尾巴上的羽毛幾乎全沒了的拉爾斯・波森納——在臺階上坐下。先取了些藥膏放在一塊繃帶上，再把繃帶綁在他掉光了羽毛的屁股上。

一邊朝醫院走，我一邊猜想，到拉爾斯・波森納的尾巴完全長好，他會在醫院裏住多長時間。

不過，剛走了一小會兒，就遇見了繫灰領帶的男人，他看了看我，又看了看我懷裏的拉爾斯・波森納，問我拉爾斯・波森納爲什麼在繃帶裏。

我把剛才發生的一切告訴了他，他聽完之後，像是開始思考問題，然後，他把我和拉爾斯・波森納一塊兒抱了起來，把我們放在一個樹樁上，他開始說，其實我不必擔心拉爾斯・波森納會纏著繃帶在醫院裏待多長的時間，他繼續用他獨特的溫柔語調告訴我，鳥兒總是會在一些時候，讓他們尾巴上的羽毛掉下來，好重新長出新的。聽他這麼一說，我馬上釋然了。

他把拉爾斯·波森納抱在懷裏，從頭到尾，又從尾到頭地把繃帶解下來，等到繃帶全都解下來之後，拉爾斯·波森納好好地伸展了一下身子，還抖了抖翅膀。我在心裏默默祈禱他能快一點有一個新尾巴。對老鼠友善的那個繫灰色領帶的男人也說了阿門。

今天是染色日，媽媽把舊衣服重新染色。她先在木盆裏把這些衣服洗乾淨，再把它們放進爐子上的一口大鍋裏。我知道鍋裏已經裝滿了漂亮的藍色的水，因爲我剛才爬到灶臺上偷看過。媽媽不是用她在洗衣日放在水裏的球把水弄成藍色的，而是用一種裝在一隻信封裏的東西。我剛才親眼看見的，她把信封的一個角撕碎之後，很多藍色的小粉粒立刻從信封裏飛出來，當她再把信封搖一搖，小粉粒飛出來得更快了。

當從洗衣盆裏放進鍋裏的衣服再次被拿出來的時候，它們全都變成藍色的了，而且到現在，它們被掛在繩子上的時候，那些藍色依然在上面。當風吹過的時候，我看見它們顫抖成一大片藍色的波浪。

把衣服掛在繩子上之後，媽媽離開了那一口裝滿染料的鍋，去了路口那裏她媽媽的家。她囑咐我照看房子，並且讓火一直燃著。

現在，已經過去很長時間了，我一直在看那些藍色的水，現在，它們看起來像是有點冷了。我爬到灶臺上，把我的手伸到裏面去，它簡直已經完全冰涼了。而之前，我只是用手指頭摸過它，還挺暖和的，可那已經是媽媽剛剛出門的時候。

她現在已經走了很長很長時間了。我一直堅持照她走的時候說的那樣看著房子，同時讀著天使媽媽和天使爸爸寫的書，目不轉睛地看著每一個單字的拼法。而現在，我準備學媽媽的樣子，做一做洗衣日的工作。

把東西從藍色的水裏拿出來又再放進去實在有趣極了。在洗衣日的時候，媽媽曾讓我做過很多類似的活，她叫它清洗衣服，而如果鍋裏是藍色的水，就應該叫染衣服了吧。

我像媽媽早上做的那樣染著色。我最先染了媽媽裝藍色小球的包，它現在看起來特別的蒼白沒有血色。接著，我把媽媽的針線包放進了鍋裏，之前它是棕色的，而我幾乎不能想像染完色之後，它會變成什麼顏色。

我先把裏面所有的針都拿了出來，把它們全都浸到水裏，它們開始滑稽地來回打轉。我用手指頭攪動藍水，讓它們轉動起來，這樣，縫衣針就會打更多的轉。而站在灶臺上，從上面看它們在鍋裏打轉真是太有意思了。

接著，我開始染各種東西的把手。我先把砍刀的把手放進水裏，然後是鏟子的把手，我特別小心地只放了它的一半進去，再接下來是馬鈴薯搗碎器和鐵錘的把手。

克萊芒蒂娜散步到了門廊裏，她朝我這邊望過來。她是那麼親切的一隻普利茅斯母岩雞。她逕直走進我們的房子，圍著藍色染料水蹦跳起來。

她是那麼喜歡我的藍色印花圍裙，每當我坐下來跟雞場裏的雞們說話的時候，她都會跳到我的膝蓋上。

我忽然想到，如果她那麼愛我的藍色印花圍裙，那她一定特別希望自己的羽毛也是藍色的。

想到這兒，我輕輕地抱起她，放到藍色染料裏蘸了一下，接著又蘸了兩下。然後，把她放到地上。她從我們的前門走出去的時候，甚至發出了我之前從沒聽到過的感謝的「咯咯」聲。而藍色燃料還在等待著下一個顧客。

普利茅斯公岩雞是下一個，不過，他反對被染成藍色，並且十分生氣和暴躁，我於是決定再也不勸雞欄裏的任何一個去染成藍色的羽毛。

我開始上下左右地看我們住的房子，發現媽媽放在臥室椅子上的一個火柴盒。

媽媽曾說過，不允許我碰放在碗櫃裏的火柴盒，我沒碰過，可她沒說如果火柴盒在椅子上時，我也不能碰。於是，我把那個火柴盒放進藍色水裏好好地泡了泡，拿出來的時候，它變得軟耷耷的。我只能把它放在後面的臺階上，讓它重新回到原來的形狀。當然，裏面的火柴們也全部浸成了藍色，我已經把它們排成一排，晾在草地上了。

現在，我心裏暗暗高興，下一個染色日的時候該多有意思。那時候，媽媽一定早從現在我做的這麼多工作中知道，我已經很懂關於染色的一切，完全能幫上大忙了，我已經是一個多麼有用的人了啊。

而現在，在所有我染的東西需要晾乾的時候，我要去大教堂做一個長長的禱告，因爲今天是聖路易斯的生日。關於他的出生，有好多事情需要我去給植物兄弟們講解。

同時，今天也是奧利佛·克倫威爾和馬提尼教士的生日。你聽，風們一整天都在爲這些人歌唱，還有大松樹正在念一首關於今天的詩歌。

第二十三章　看不見東西的女孩

今天，我帶瑪蒂德去看望那個看不見東西的女孩。之前我已經告訴了她，我會帶瑪蒂德去看她，而一想到瑪蒂德會到她的身邊來，她一定會感到無比快樂。

出發前，我把瑪蒂德的腳好好地洗了一遍，就像賽迪每次要去拜訪別人之前要做的那樣，然後，我又小心地洗了瑪蒂德的耳朵和脖子，用掉了整整四瓶卡斯托里阿瓶子的水。

一個很嚴重的問題出現了，這是個連賽迪都說自己很難處理的難題。我的難題就是，在我準備給我的寵物朋友洗腳、洗臉、洗脖子的時候，怎麼把水帶過去。

我曾試過用套管，可是它盛的水太少，每次用的時候，總是還需要跑到很遠的地方再去盛水。現在，我用卡斯托里阿瓶子盛水，並且，賽迪建議我用一個大提桶把裝滿水的卡斯托里阿瓶子都裝在裏面。

我給瑪蒂德洗完之後，開始用一條裝鹽用的柔軟的口袋，把她的脖子和耳朵擦乾。她的濕頭髮自然地垂下來，我給了她一塊鹽，她喜歡那個，然後，在她的脖子上拴了一個我能牽著她走的繩索。

我們上路了，走到那個看不見東西的女孩的家。我打開大門，和瑪蒂德一塊兒進了屋子。之前，我在一扇窗子上敲了敲，好讓她知道我們來了，瑪蒂德在我腳邊打著轉。

女孩撫摩著瑪蒂德的鼻子，她是那麼高興認識她，隨後給了她一個鹽塊。不過，我告訴她，瑪蒂德剛剛才得到了一個鹽塊，並且向她解釋了一天，一塊鹽對於這麼小的瑪蒂德已經足夠了。如果她長大以後，或許一天需要兩個鹽塊兒。

女孩聽了我的話後，把手裏的鹽塊遞給我，說是留著明天再給瑪蒂德。她也和我一樣，覺得在瑪蒂德的鳴叫聲裏藏著音樂。

她還問起艾爾希的孩子。我告訴她，我覺得她可能馬上就要有第二顆牙了。她說，那一定很有趣，我也這麼想。接著，我又告訴她媽媽的那個寶寶有很多很多牙齒，而且，她已經擁有它們很長一段時間了——湯馬斯也有很多很多牙齒。

第二十四章　星星閃爍的時刻

拉爾斯・波森納總是騎在勇敢的霍雷修斯背上，他的樣子和沒有丟掉尾巴上的羽毛之前，真的很不一樣了。我每天都在祈禱他能快一點長出一個新尾巴。

當我們全都集合在那個看不見東西的女孩的屋子旁邊後，所有的人逕直朝大門走去。我後退了三步，原地踏了三下，再繼續往前三步，好讓她知道我們來了。

我們知道她一定正一個人待在屋子裏，因爲今天是其他人去鎮上趕集的日子。我又原地多踏了好幾下，勇敢的霍雷修斯也多叫了幾聲好讓她來開門，所羅門發出他最優美的小豬咕嚕聲。我們停在門口聽啊聽，可是卻沒有聽到她朝門這兒走來的聲音。

我坐在臺階上等啊等啊等。

在我們等待的時候，我對身邊的夥伴唱起了天使爸爸教我的很多首歌，那是屬於一些已經離開我們的會唱歌的鳥兒們的歌。所有的小夥伴都特別愛聽這些歌，他們分別發出了愉快的聲音，而我卻開始擔心，因爲她依然沒有出現。

後來，我跑到門口的郵筒那兒去等。已經過去很長時間了，一個男人騎著馬經過，後面還有另外兩個人。

那個男人問我爲什麼坐在郵筒上，我告訴他，我是在等那個看不見東西的女孩。他轉過頭朝身後的小山望過去，然後他打算說點什麼，不過最後，他又把話咽了回去，又望向那些小山，最後他終於說了話：「孩子，她不會來了，她現在已經住進墓地裏了。」

我只能勉強朝他露出一點點抱歉的笑容，因爲我知道在他說她不會再回來的時候，其實他根本不知道自己在說什麼。我知道她根本就不常去什麼別的地方，如果她偶爾去了，她總是會很快回來的。

我告訴那個男人，我知道她會回來的，並且繼續等了很久，直到我的寵物朋友們必須回去的時候——不能讓幹雜活的男孩發現所羅門和他的兄弟安托亞不在豬圈裏。明天，我會再來看這個看不見東西的女孩，因爲我知道，在今天晚上，星星開始閃爍的時候，她就會回來。

重新回到豬圈裏之後，我幫所羅門和安托亞取下他們粉紅色的領結。剩下的，我們去教堂裏唱歌和祈禱。我爲看不見東西的女孩祈禱，祈禱她在星星閃爍的時候，在回家的路上不會跌倒或者弄傷了自己的腳趾頭。

一大早，我就出發去看不見東西的女孩的房子，整個世界充滿了歌唱的聲音——天空，山丘，柳樹全都在輕聲低語，我飛快地沿著小路和田野奔跑起來，就快到她的房子跟前了，我把湯馬斯抱得更緊了一些，在小草中間踮起腳尖走路，米南德在我的旁邊輕輕跳著，勇敢的霍雷修斯跟在後面。

在那扇我總是會停在那兒的窗戶前，我又停了下來，在窗框上敲了六下，六下的意思是：「快出來啊，我們來了。」可我依然沒有聽見往常那個熟悉的腳步聲。

我把手放到我的眼睛上面，這樣我就能看到窗戶裏面的東西。她真的不在那兒，一個人都沒有，我又敲了六下，她還是沒有出現。

我在丁香花叢裏一圈一圈地走，我在花的底下慢慢地爬，等待她的出現。

兩個男人在籬笆那兒說話，一個說：「這樣也好啊。」我正在想這是什麼意思的時候，另一個男人說：「可惜的是，她根本沒有辦法看見她頭頂那個著火的刷子。」另一個接著說：「可能煙味讓她覺察到屋子裏有什麼著火了，可能她正在想辦法找出到底是什麼燒著了，卻剛好走到了火裏。」

我繼續聽他們之間這些莫名其妙的談話，使勁地想弄明白這些到底是什麼意思。

又一個男人從門外走了進來，走到先前的那兩個身邊，把一隻手放在柵欄郵筒上。離他很近的灌木叢裏，剛好有一隻綠色的毛毛蟲，不過他並沒發覺它，而是開始說話。說的第一件事情就是：「吉姆昨天晚上從這裏經過的時候，那個孩子就坐在這個郵筒上，在等她回來。」他接著說：「吉姆告訴她，她住到墓地裏去了，可是那個孩子卻說，自己知道她一定會回來的。」

那不是我告訴那個男人的話嗎？又聽了一會兒，我終於明白了他們是在談論那個看不見東西的女孩，因爲昨天當那個男人對我說那些話的時候，我是在等她回來。

我覺得喉嚨裏非常不舒服，而且，我忽然什麼都看不清了。我不能看見那隻爬在葉子上的毛毛蟲，而湯馬斯忽然變成了我懷裏的一朵灰色的雲。

這些男人繼續說著話，他們又重新把所有的話說了一遍。他們說，她聞到了屋子裏的煙味，卻看不見在哪兒和是什麼著火了，她不幸地正好走進了火堆裏，她的所有衣服立刻燒了起來，她拼命地想跑，可她的動作讓火把她的身體燒得更厲害——她摔傷了她的腿，她摔倒在一塊有泥漿的地方。當人們發現她的時候，她正在這些泥水裏打著滾，燒傷讓她一直在不停地呻吟，直到她死去。

他們是這麼說的，他們說她死了。我的眼睛變得看不見湯馬斯、勇敢的霍雷修斯和其他所有的一切。

後來，在我走回家的路上，我看見一些她最喜歡的花粉，我想，它們一定特別盼望她能出現，和我盼望的一樣。不過，我很確定，她的靈魂會重新回到這片樹林，而且，她會看見田野裏正在四處飄散的她愛的花粉。

我現在就要去給她寫信，像給天使爸爸和天使媽媽的那樣，寫在樹葉上，要寫很多個。我要把其中的一封放到蕨的懷抱裏，把另一封掛在會唱歌的冷杉樹上。

我會不停地祈禱，天使在來樹林裏散步的時候會找到這些信，並且會幫我送給天堂裏的她。

第二十五章　「親愛的我的愛」

早晨很早我就從床上跳了下來，飛快地穿好衣服，接著，又飛快地從窗戶爬出了房子。太陽已經起床了，小鳥兒們也已經開始唱歌了。

我走在我的路上，聽見好多好多聲音，那是大地在爲春天的到來所發出的歡樂的聲音，是正在生長的小草們和剛從樹梢冒出來的小葉子們不能不說的話。小鳥們明白一切，並且把這些話大聲地唱出來。我和他們一樣，從腳趾頭到頭髮梢，全都是快樂。

我到沼澤去採蘆葦，看見一隻翅膀上有紅色的黑鳥，正在一些燈心草裏穿來穿去。我停下來看他，並且決定，明天一定要像他這樣在燈心草裏穿梭一下。

我會先把鞋和襪子都脫掉，因爲這裏有稀泥還有水，我還要用腳趾頭尖去撫摸那些燈心草，我還要聽一聽沼澤裏的那些小聲音，當然，最棒的是讓那些稀泥從我的腳趾頭之間擠出來。

稀泥實在是很有意思的東西——那麼光滑，偶爾也會混進一些種子，如果有一天，這些種子得到一個機會，它們很可能就會長成一個美麗的植物朋友。有的種子在今天早上已經發芽了，後面還有更多的將要開始發芽。我已經看見它們了，就在我找蘆葦的時候。

我忽然想「吹笛子」了，於是飛快地穿過田野，順著小河，爬上每一個遇見的樹樁，很快就要回到我的房子了。

我忽然覺得，如果在這條小路上吹一首森林的歌，把春天的快樂都吹給媽媽聽，她一聽會很高興……可當媽媽發現我準備在小路上「吹笛子」時，她立即把我帶回了家，打斷了我的森林之歌，不過，那些歌並沒有從我的心裏消失。

一回家，媽媽就叫我幹活，而她則帶著小寶寶以及她正在給小寶寶做的裙子上的一些花邊，一塊兒去了艾爾希的房子。

我很喜歡幫媽媽幹活，還喜歡一邊幹一邊唱歌。這是一個很好的辦法，能讓我的動作變快。

掃完臺階和壁爐裏的灰塵，往木柴盒裏裝上了新的柴火，還洗了小寶寶的衣服——媽媽交代的事情基本上都做完了。我開始準備帶湯馬斯去看望「親愛的我的愛」，她對湯馬斯的印象很不錯，而且，上次湯馬斯和我去看她，已經是整整四天以前的事了。

我先把精靈送給他的那條漂亮的粉紅絲帶拿出來，拴在一根柳樹枝上，然後，我坐下來，準備給湯馬斯梳洗。不過，只剩下半瓶水了，因此，我必須小心地使用它們。

我先洗了他漂亮的白蹄子，發現忘了拿他的小毛巾，只好用自己的圍裙把它們擦乾。那條小毛巾是「親愛的我的愛」給湯馬斯做的，樣子和她自己的那條大浴巾一模一樣，還用紅色的絲線把湯馬斯名字的縮寫用大寫字母繡在上面，每一個字母都用一個點隔開——T.C.J.Z.。

洗完澡，我們出發去「親愛的我的愛」的家，在磨房和樹林旁邊的房子。

我們路過蕨草叢，路過高大的樹，「親愛的我的愛」正站在她的門外迎接我們。她親了我兩邊的臉頰，還有鼻子——自從那天，我告訴她賽迪總是會吻我的鼻子之後，她每次都不會忘了也給鼻子一個吻。

每當我們相見，總是特別愉快。我們坐在一棵大樹下的木頭上，一直在說話。我告訴她，我每天都會祈禱她的寶寶能快點到來。

我們一塊兒看見了一隻背上有漂亮花紋的花栗鼠，我還告訴了她，我還向天使祈禱在帶來寶寶的時候，還要帶來一個藍色羽毛做的帽子，還有一個有藍色花邊的搖籃。因為藍色和寶寶的紅色頭髮在一起，肯定要比粉紅色的好看。「親愛的我的愛」很同意我的想法。

這時，一隻毛毛蟲爬了過來。有的毛毛蟲會變成蝴蝶，但不是所有的都能變成蝴蝶，有的會變成蛾子。

後來，我從「親愛的我的愛」的房子出來，走在回家的路上。我看見了好多好多花栗鼠和「親愛的我的愛」的丈夫，他正在砍一根木頭，他的帽子不在他的頭上，而是在不遠處的一根木頭樁上。

他忙壞了，袖子朝上挽在手臂中間，彎著腰。他腳邊的蕨長得老高，把他的腿都遮住了。陽光從茂密的大樹之間透過來，照在他的頭上。我很喜歡看陽光在「親愛的我的愛」的丈夫的頭髮上發光，呆呆地看了好久，甚至朝前走了好久，還不住轉過頭看。

快要到家的時候，我看見一隻可愛的灰松鼠。我朝他住的那棵樹靠過去，他正坐在一根樹枝上，他的大尾巴上毛特別特別多。我看看他美麗的蓬鬆尾巴，再看看親愛的湯馬斯的尾巴——那裏沒有灰松鼠尾巴上那麼多的毛，而我多希望湯馬斯也能有一根蓬鬆的大尾巴。

我這麼想的時候，湯馬斯往我的懷抱裏鑽得更緊，我突然覺得我很高興他就是他，他是那麼可愛，所有的點點滴滴都是那麼溫柔。

現在，我們正走在一條幽暗的小路上，路邊長滿了金銀花，我不住地朝它們點頭。白天的時候，我曾聽見它們跟陽光和風說話。它們用太陽的孩子——影子說著話，這是大人們不懂的「影子語言」，天使媽媽和爸爸懂，就是他們教我的。

我真希望他們現在就在我身邊，我真的很想他們，有的時候，他們好像就在附近，我猜想，可能仁慈的上帝會時不時打開天堂的門，讓我的天使媽媽和爸爸出來一會兒。

金銀花是不是就長在這扇天堂大門附近呢？我聽說它們是用珍貴的寶石做的花。

世界上應該到處都開滿花。很可能上帝在地球上種花的時候，也帶來了更多的種子。而且當天使從天堂給下面的人帶來孩子的時候，一定也帶來了花的種子，播灑到各個角落。這樣，孩子們就能從這些可愛的花朵開放和生長的聲音裏，聽見上帝的話語。

第二十六章 肖像

今天早上，青菜上都是露珠，陽光照著它們每一顆，閃閃發光。到處都是歡樂和幸福。我看著這些美麗的東西，決定去野外探險。

可媽媽總不能和我想的一樣，她給了我很多活去幹，我只能照她的話做。不過，開始幹活的那一刻，我也開始幻想野外花朵上的露珠，它們該是多麼美麗。

早上的活幹完之後，媽媽讓我在她縫裙子的時候去照看小寶寶。媽媽在做裙子，我在照看小寶寶，不過，同時，我找來一塊布頭，給小公雞做了一件洗禮長袍。這已經不是我給他做的第一件長袍了，不過其他的他穿起來都太大。

在我吃我的那份牛奶麵包之前——中午之前的一會兒——媽媽帶著小寶寶還有她給小寶寶做的裙子，一塊兒去了外婆家。她叫我幫她把東西拿到外婆家的門口，再重新回家來。

我一邊吃牛奶和麵包，一邊考慮下午給草原和豬圈裏的朋友們畫肖像的事情。我決定從今天下午開始給他們畫肖像，直到慢慢畫完。

我準備出發，先在柴火盒子裏放了很多木柴，這樣媽媽回來，柴盒子就會是滿的。然後，我在口袋裏裝了四張白紙——一張畫溫柔的澤西奶牛。我得把她的頭畫小一點，這樣，她的角才能畫進去。

如果做紙的人能把它們做大一點，那麼用它畫畫的人，就能有更多的空白放牛的角了。另外一張紙是要畫阿芙羅狄蒂，還有兩張要畫伊麗莎白和其他隨便一個住在草原上的誰。

等我完成這些肖像之後，我會把它們帶到樹林旁邊的一個大原木那兒去。那個原木上有一個凹進去的地方，是我下雨天打盹的地方。我要把這些畫好的肖像放在裏面。

其實，在這個地方，已經有好多這樣畫著小動物肖像的紙住在裏面了。所有我的最好的朋友都在裏面，有五個瑪蒂德，在秋天養蜂季節畫的七個莎士比亞，還有六個彼得。

今天，另外四張肖像來了。而老原木旁的樹樁那兒，還有九張雪白的紙堆成一小堆，等著我在上面畫上肖像。如果我把所有的這些紙都用完了，磨房那邊的一個伐木工會再給我更多的紙。

幹雜活的男孩一點都不喜歡我在他的紙上畫肖像，因此，他總是把它們藏在穀倉裏。

有一天，我去穀倉探險，順便唱歌給莎士比亞和澤西奶牛聽，就在那天，我發現了男孩的紙，我那時候並不知道它們是誰的，可那麼一大堆白色的紙，分明就是在渴望誰能在上面畫上圖畫，所以我才拿走了它們，去給湯馬斯和路易斯二世畫了肖像。然後，我還把它們放回了原來的地方。

後來的一天，我又拿了一些，畫上了拉爾斯•波森納、費里克斯和盧西恩的像，圖畫上的他們，站在那個角落裏，臉上露出很開心的表情。

後來的一天裏，我正走在穀倉旁的小路上，幹雜活的男孩從大門那兒走過來，扯了一下我的頭髮，用一種暴躁的語氣說：「妳在我的那些漂亮的紙上畫了什麼爛東西？」我這才知道那些是他的紙。

我向他解釋說，是那些雪白的東西自己希望能在自己身上有一些肖像，我是在滿足它們的願望。我還告訴他，如果發現一些雪白的東西上沒有圖畫，最好畫上一些，因爲那些空白的地方一定感到很寂寞。

可是幹雜活的男孩一點都不同意我的說法，他說關於紙想要什麼，他比我知道得更多，他說，它們喜歡在桌子上和男人做遊戲。我覺得他肯定不知道自己在說什麼，我知道紙有多喜歡能被畫上所有小動物朋友的肖像。

把那四張新的肖像放進老原木之後，我順著一條小路走到另一條小路，再到下一條小路，直到艾爾希的房子。我有一點想去搖一搖她小寶寶的搖籃。

艾爾希正在爲她的丈夫做一個他最喜歡的泡沫奶油蛋糕，只要有足夠的奶油，艾爾希總是會給他做這種奇妙的蛋糕。她正在一個非常大的黃色碗裏，飛快地把所有的東西都攪拌在一起。

正在這個時候，小寶寶醒了，艾爾希叫我去搖一搖她。我走過去，用一根手指頭輕輕地碰一下搖籃的欄杆，它開始輕柔地晃動起來。我在旁邊唱了一首小歌，唱了四遍之後，小寶寶又睡著了——我最愛看他在搖籃裏的樣子。

後來，我開始到周圍的世界裏尋找思想，那是我最喜歡的事情之一。每天的這個時候，我都會去花的身上找思想。有的時候，它們藏在鈴鐺花裏，有的時候，我從野玫瑰那兒找到它們，還有的時候它們在蕨草中間，有的時候，我會爬到大樹上去找它們……

第二十七章　白絲裙

勞拉終於得到了她十分想要的那條白絲裙，那是一條在袖口和領口上都有一圈流蘇花邊的絲裙，正是她希望的樣子。

一切都像她希望的一樣，真好，現在，她是一位完美的女士了。

她曾在學校裏說過，如果她穿上她的白絲裙，她就會成爲一位完美的女士，現在她真的是了。

她還說過，等她穿上白絲裙的時候，所有的孩子都會圍著她唱歌，現在，孩子們正在這麼做。

她還說過，到時候，她要站在高高的地方，伸開她的雙臂，給周圍的所有人賜福，像磨房鎮教堂裏的牧師那樣——可是，她沒這麼做，她甚至沒有舉一下她的手，她一直在那個長盒子裏睡覺，在所有的孩子圍著她唱讚美詩的時候。她只是躺在那兒，穿著她的白絲裙，靜靜地閉著眼睛，合著雙手。

她的姐姐哭了，我走過去握住她的手，我問坐在搖椅上的她，是不是她也想要那條白絲裙。她拍著我的手，我告訴她，也許很快，她也會得到一條這樣的裙子，而且，勞拉終於得到了她那麼想要的裙子，她一定特別特別高興——姐姐拍了拍我的頭，朝廚房走去，我也走出了房子。

勇敢的霍雷修斯在臺階上等我，我看見一隻黃色的蝴蝶。不遠的地方有一個泥巴坑，旁邊是一隻松鼠。她過來，又走開，每一次都會帶走一點泥巴。每次她離開，她拿走泥巴的地方都會出現一個小洞，每一次她都是爲泥巴而來。

之前，我曾經跟蹤過她一次，可是跟蹤她實在很困難，她是那麼小的小東西，而且走得飛快。不過，我最終還是找到了她正在給她的寶寶修的泥巴房子。

我往回走了一點，看見一隻白蝴蝶，我忽然想到，不知道等秋天來的時候，勞拉會不會穿著她的白絲裙到學校去。

之後，我又看見一隻白蝴蝶，再往四處看看，發現草叢裏有一隻紡織娘，她身上的綠色簡直是世界上最純正的綠，她的翅膀現在折了起來。她正在洗她的前腳。紡織娘總是很愛乾淨，總是不停地洗她們的腳，當一個紡織娘也挺有意思。

勇敢的霍雷修斯和我一塊兒到處看著。我們看見一個小池塘，我們朝它走去。

一路上都漂浮著白色的花粉，我在想，勞拉會不會穿著她的白絲裙，去學校玩「倫敦橋倒下了」。

走到湖邊，我躺下，望著湖面，我看見一些東西在那兒，天上的雲朵在水裏了。我還看見一隻小龍蝦從一塊石頭下游出來。到處都是蝌蚪，開始他們都一動不動，後來，他們開始朝旁邊游起來。

我和勇敢的霍雷修斯繼續去樹林裏探險。

第二十八章　水上的波紋

幹完清晨的活，我趕緊去叫醒那些戴太陽帽的朋友，而且，去叫戴太陽帽的朋友時，我自己最好也戴著太陽帽。我先去了花園看望豆子一家。我和它們每一個人握手，一排一排地過去又回來，然後，馬上去叫醒它們的鄰居。

一隻兔子在白菜旁邊，我稍稍走近了一點，想看看是誰在那兒，那是拉帕爾夫人，她是一個氣質不凡的女士，總是靜靜的，很喜歡啃蘋果。我每次找到蘋果的時候，都要讓她啃幾口。她也喜歡白菜，我已經教會她，在我不在花園的時候自己拿白菜的方法了。

跟花園裏的大部分朋友說完話，我又去了田野，去和阿芙羅迪蒂和所羅門說話。

那個幹雜活的男孩正在草原那邊，用一根長木棍敲碎燕子的房子，地上到處都是房子的碎片。天上，很多燕子悲痛地飛著，我感到特別難過，憤怒地告訴男孩，燕子是多麼好的朋友，可他根本不聽我說話。

我悲傷地去找賽迪，發現有一個小東西在路的盡頭。他非常小，正在微弱地蠕動著。只是輕輕地顫動。我怎麼能不去看他？加快腳步，走到他身邊才看清，是一隻小鳥，被奶牛的一隻腳踩傷了。我猜他一定是正在嘗試穿過馬路。

我把他捧起來，帶他去醫院。之前，我把他放在苔蘚裏的一個小肥皂盒子裏，這樣，就沒有人能靠近他，再給他傷害。他似乎希望我能給他喝點水，更像是希望我能給他一點吃的。我叫他威廉·馬克伯斯·哈克力。

我繼續朝賽迪的房子走，見到她的時候，她正好遇上了麻煩——她剛把洗好的衣服全都掛在晾衣繩上，繩子突然斷了，所有的衣服都掉到了地上。她一邊撿衣服，一邊對自己說：「不要生氣，生氣一點都不舒服。」

當她的麵包烤焦了，雞全都跑到大門裏去了，衣服全掉進壁爐裏燒著了……所有的事情都不對勁時，賽迪也會對自己說：「不要生氣，生氣一點都不舒服。」她開始重新把掉在地上的衣服洗一遍，她還開始唱歌。

太陽下她唱歌，下雨天也唱歌，賽迪總會在夏天下雨之前，和知更鳥一塊兒唱歌。

賽迪剛把重新洗好的衣服掛了一半，那個繫領帶對老鼠友好的男人經過這裏，他正要去磨房鎮，停下來問賽迪，是否有東西需要他幫她帶回來。

賽迪說了熏肉和一些蘇打粉，還有另外一些她做飯需要用的東西。男人把她說的這些東西都記在了紙上，而且是用天使才能明白的字寫的。

我叫了一聲：「天！」他抬起頭來四處看了看，說：「發生了什麼事，小傢伙？」

我深吸一口氣告訴他：「天，你寫的字，和天使放在苔蘚盒子裏給我的信上的字一模一樣！」

男人溫柔地笑著，望著門外很久，我猜他是在回憶很久以前，天使教他寫字時的情景。

在他要走的時候，我聽見他對賽迪說：「我想，我該改變我寫的字的樣子才好。」我差點就從椅子上摔了下來。我很想告訴他，如果天使們知道他打算放棄他們教給他的寫字方法，會多麼傷心。

他跟我說再見的時候，我對他說：「請你不要改變你的字，因爲你的字是天使的字，我想天使的字是非常美麗的，請不要改變它們，而且，如果他們知道你的決定會傷心的。」

他又露出了溫柔的笑容，告訴我，其實他自己也知道，如果不寫天使教他的字，寫別的字會多麼難。

我想也是這樣，今天晚上，我就要感謝上帝，讓天使教了這個男人那麼美麗的寫字方法。我知道它的美麗，因爲有些天使的信看上去，就像水面上的波紋，讓我也特別渴望能像天使一樣寫字。

今天早晨，我先去大教堂禱告，然後回家吃牛奶和麵包，接著打掃後面的走廊，讓它看起來像那麼回事，再去餵雞和托兒所裏的小朋友們。

毛毛蟲吃了好多，在所有的小朋友裏，他們總是顯得特別容易餓，等他們都吃好了，我開始試著讓他們裏的一些接受洗禮——在他們沒有再長得太老和太大，穿不下那些洗禮長袍之前。

給毛毛蟲受洗不是特別難的事情，難的是讓活潑的毛蟲在洗禮長袍裏保持安靜，並且讓長袍一直留在一隻毛毛蟲身上。已經有無數的毛毛蟲從他們的洗禮長袍裏爬出來過了。

給五個毛毛蟲受完禮，媽媽叫我了，看起來她很需要我。我飛快地跑回房子。進門的時候，我提起了我的裙子。現在媽媽要求我這麼做，這樣，她可以清楚地檢查我是否在內衣裏藏了小動物——在那些我自己縫在內衣上的口袋裏。

媽媽很反對我帶小動物回家，現在，只要媽媽在家，我帶小動物回家都會非常小心。這一回，她似乎很滿意，因爲她沒有在我的內衣口袋裏發現小動物。

她叫我去拿柴火。她總是希望柴火盒子裏都能裝滿柴，有的時候，裝滿這個盒子要費很多時間，特別是在我著急要去外面探險的時候。我把我的這些想法，都告訴了藏在袖子裏的費里克斯，媽媽在旁邊說，如果我是她生的孩子，我就不會這麼渴望去探險。

接著，她又叫我去摘接骨木果，並且警告我，不要在樹上待太久。

當我坐在樹枝上時，並不急著摘果子，而是開始到處看看。我看路在交叉前行，然後看遠處的藍色小山。接著，我坐到另一根樹枝上，再到下一根，不停地看更多的東西。

我看見一個池塘，裏面有一朵蓮花，一朵黃色蓮花漂在水面上，像浮在水面的一顆星星。也許，它真的是一顆渴望被雨滴擁抱的星星，跟著雨滴們一塊兒落進了池塘。我很想知道它是不是像我想的那樣。

池塘邊的草地上，有一隻綿羊媽媽。當一隻綿羊肯定很不錯——當一個綿羊媽媽，生小綿羊。孩子天生就是一種恩賜。

籃子裏的果子裝到一半的時候，我停下來，為我長大以後將會有的雙胞胎起名字，不過想了一大堆之後，還是沒法選擇，還是只能等到另外的時候再決定。現在，我要趕快把籃子裝滿。

我把裝滿的籃子放在樹樁上，讓勇敢的霍雷修斯在旁邊看守，自己朝小山頂上跑去。

我現在太想跳舞，我幾乎每天都會和樹葉還有小草一塊兒跳舞，有的時候，我覺得自己像一隻鳥，從頭髮到腳趾頭都在顫抖，於是，我張開雙臂，讓它們變成翅膀，躍過一個又一個樹樁，朝小山飛去。

有的時候，我又感到自己像在水面上漂浮，朝所有的柳樹點頭，它們也朝我點頭。它們揮動手臂，我也揮動我的，它們擺動水裏的腳趾頭，我也擺動我的。我們的靈魂傾聽著小溪的歌聲——小溪總是唱歡樂的歌，因此，快樂的歌就會時刻在我們的心裏唱起來，就像今天一樣。

不過後來，當我回去拿我的接骨木果時，籃子不在原來的地方了。不過，它只走遠了一點點，是勇敢的霍雷修斯覺得這籃果子應該快點回到房子裏去。他剛開始要搬走它。

我追上他的時候，他的嘴裏正叼著籃子慢慢地朝前走，因此，只有很少的一點果子晃了出來。不過我覺得，他如果這麼帶著籃子跳過木樁的話，果子可能會全部掉出來。

第二十九章　悅耳的聲音

今天真的忙壞了，到下午的時候，媽媽開始著急，因爲奶桶裏的奶油還不夠酸，而她希望它能在晚餐前發酵好。

我很想幫她，每當那些憂慮的表情出現在她臉上，我總是很難過，她看上去是那麼疲憊。

在她靠在小寶寶旁稍微小睡一會兒的時候，我開始想幫助她的辦法。想啊想，一會兒就有了一個辦法。

我找來一個檸檬，用刀把它切成兩半，然後，取下奶桶的蓋子，把檸檬的汁往奶油裏使勁擠了好多次，直到它們一點汁都沒了，最後，把剩下的殼也扔進了桶裏，像媽媽每次做檸檬汁時一樣。這樣我才覺得稍微舒服了一些，因爲等媽媽醒來的時候，會高興地發現，奶油已經足夠酸了。

可媽媽醒來之後，並沒有爲我的表現感到開心，而我現在的感覺，是屁股上火燒般的疼。

我在照看寶寶的時候，聽見遠處傳來一陣古怪的聲音，像是什麼人哭了。媽媽說：「那是什麼？」我知道，那是今天下午倒下的灰色杉樹的「死亡之歌」。

小寶寶睡著之後，媽媽讓我走開，我去了樹林。

走到大冷杉樹跟前，它一直在往上長啊長啊——就要碰到雲朵了。我總會坐在它身邊，思考一些問題。

湯馬斯和我在一起，勇敢的霍雷修斯等著我在它面前做完禱告。我告訴它長大之後要做的所有事情，比如我要寫的那本關於森林和田野的書，還有我想要的那一對雙胞胎和另外八個孩子。

我還常常把寫給精靈的信讀給它聽。要是在晚上，我總能聽見風在它那些最靠近天空的手臂間唱歌，而我總可以摸到它那些巨大的手指印在地上的柔軟影子。

今天，我去看它的時候，聽見它發出正在被鋸子鋸著的呻吟聲，我一下子坐到地上，喉嚨裏有一種奇怪的感覺。我完全不能站起來。

整個森林那麼的安靜，除了這個鋸子的尖叫。遠處的懸崖邊似乎傳來一個微弱的聲音，接著是很多個這樣的小聲音，最後全聚到一起。可鋸子——並沒有停下來——繼續發出尖叫。那些悅耳的小聲音，一定是在呼喚大冷杉樹的靈魂。

鋸子終於停了，世界忽然靜止了，大樹在顫抖，發出奇怪而悲傷的聲音，開始傾斜，最後，猛烈地撞向大地。

昨天，亞里斯多德死了，死於吃了太多的蚊子。現在，我的寵物蝙蝠只剩下兩個，柏拉圖和普林尼。他們是長著天使翅膀的小老鼠。

我喜歡看普林尼用後腳抓自己的頭，他還會用他奇妙的彈性翅膀的一部分做毛巾，洗臉。

亞里斯多德的死讓我感到悲傷和孤寂，而現在，我要去花園裏摘點甘藍做晚飯。

我把摘下的甘藍拿到小溪裏洗乾淨，再放在烹調桌上。媽媽和奶奶正在談論關於花園的事情。

媽媽弄不明白那第三個白菜頭到哪兒去了。我知道，它在小溪邊呢，正把它的腳趾頭泡在水裏面，是我今天早上幫它放進去的，並且把它留在了那兒。不過，晚上我會重新把它種回花園。能把腳放進水裏一整天，一定讓它非常幸福。

我坐在一根高高的樹樁上，想看看路到底在什麼地方。現在，陽光是金黃色的，很多金黃的花正在路邊盛開著。等我長大了，我一定要寫一本關於穿這種陽光顏色的朋友的書。現在我已經開始寫了一些。

回來的路上，我看見一隻蜘蛛，正在他的網上散步。網的那邊有一隻蚊子，我正要把那隻蚊子拿下來給普林尼吃，蜘蛛過來，一口把他吃掉了。

第三十章 情人的祝福

我丟了一顆牙，現在感覺很怪。那是今天早上去過大教堂之後，我開始感覺到那顆牙出了點問題，它正在鬆動，就要掉下來了，這感覺真是奇怪。

吃完早餐，我從針線盒裏抽出了一根線，是一根白線。盒子裏最多的就是白線，另外還有一根粉紅色的和一根綠色的。我把那根白線放回盒子，抽出那根綠色的。它好長——它的腿好長。

我小心地把線的一頭拴在那顆牙齒上，然後走到放著掃帚的那扇門背後，把線的另一頭拴在掃帚上，手一直捏著線的中間。我開始背朝掃帚走，可是牙齒沒有掉出來——綠線從掃帚上滑了下來。

我一直小心地讓這根綠線掛在我的牙齒上。

做完媽媽出門之前交代我做的所有事情之後，我重新把繩子拴在門把手上，疾步向相反方向走，可它還是沒有出來。我想，也許我該等到晚飯後再試一次。我把線從牙齒上解下來，不過把另一頭留在了門把手上，好提醒我別忘了這件事。

下午，在樹林裏，我遇到了一個巨大的驚喜。精靈們往那個苔蘚盒子裏放了新的彩色鉛筆。一支藍色的，一支綠色的，一支黃色的，一支紫色的，還有好多好多別的顏色。

我高興地看了一會兒這些鉛筆，然後開始往旁邊的一棵樹上爬去，我要爬到最接近天空的地方。在樹頂上有歌聲，我要去聽。我還在中途停下來往下看，看見苔蘚盒子和我種在旁邊的羽毛和蕨，還有爬上老木頭的葡萄藤。

就在我看著住在苔蘚盒子周圍的植物朋友，聽著大樹頂上傳來的歌聲的時候，那個眼神憂傷的姑娘和那個步子大大的總吹口哨的小夥子從樹林那邊走了過來。他們現在總是這樣一塊兒出現，他爲她採蕨草，一塊兒聽小溪唱歌。不過今天，他們沒有在小溪邊停下來，而是一直朝前走，走到苔蘚盒子旁邊。

開始，我以爲他們是來給精靈留一封信，可他們只是站在那兒不走了。我這才知道，他們其實並沒有發現我的苔蘚盒子，因爲他們差點踩在上面了。

我看見了姑娘眼睛裏快樂的光芒，小夥子看她的眼神，就跟「親愛的我的愛」的丈夫晚上幹完活，回家看「親愛的我的愛」時一樣。我伸出手臂，準備迎接天使給他們的祝福。

他們並沒發現我在他們上面伸出了手臂，只有上帝和天使知道。

他們就這麼看著對方，我敢肯定，他們連趴在那片榛子樹葉後面的綠毛毛蟲也沒看見。他差一點就踩到苔蘚盒子上了，我差點就叫了出來。

我那顆快掉的牙齒，又給了我古怪的感覺。

他是一個最強壯的男人，他用他的手臂環繞著姑娘，幾乎就要把她從地上舉了起來。我實在是很擔心他會失去平衡，把她摔到苔蘚盒子上。

樹椿上來了一隻花栗鼠，他漂亮極了，背上有很美的花紋。他坐在那兒，正用花栗鼠語和另一隻花栗鼠說話。我一直看著他，聽他說話，可是小夥子和姑娘並沒有看見花栗鼠。

小夥子拿出一個金戒指，告訴姑娘，這是他媽媽結婚時戴的戒指。一直在睡覺的毛毛蟲醒了過來，又往樹葉底下挪了挪。一隻蝴蝶飛過來——奶油顏色，翅膀邊上有美妙的絲帶，還有粉紅的小點。

我在想，如果能做一隻蝴蝶，該有多好。從一隻小小的蛋裏爬出來，先當一當毛毛蟲，長著無數條腿，而不像現在當人只能有兩條腿。我又看了看那條綠毛毛蟲，越來越想把他帶回托兒所去。

他又吻了她。

去年，我有很多像這隻一樣的毛毛蟲。後來，他們全都變成了巨大的有光滑翅膀和腳的棕色蛾子。

小夥子說：「我想帶給妳全世界所有愛的快樂……」我在後面暗暗加上了一句，請天使快一點帶來一個孩子的請求。

那隻胖子綠毛毛蟲從葉子背面掉了下來，摔在一些苔蘚上。小夥子的手不小心碰到了榛子樹。他後退了兩步，我深深地吸了一大口氣，緊張地祈禱我的苔蘚盒子不要被踩到了。

他又吻了她，綠色的毛毛蟲開始重新爬回樹葉。

我能感覺到，姑娘和小夥子一塊兒散發的巨大的愉快感覺。我又向天使許了一次願，快一點帶給他們一個小寶寶，還有一個有花邊的粉紅色帽子和有粉紅色圓點的搖籃。

灌木叢裏有一隻小鳥，臉上佈滿了疲倦。他是藍灰色的，肚子下面有條紋，脖子那兒有一點點黃色，頭上也有一點點。他跑得特別快，我飛快地跟在後面，我要多看他幾眼。

地上到處都是小動物來往的腳印，草叢裏總是傳來他們說話的聲音，樹冠上有更多的歌聲。不過，我那顆牙齒的古怪感覺更強烈起來，讓我想起拴在門把手上的綠線。

趕緊回家，它還在原來的地方，勇敢的霍雷修斯站在臺階上，看著我把線的另一頭綁在牙齒上，接著，飛快地往另一扇門後退過去。綠線被拉直了，很快掉在了地上，牙齒也掉在了地上。我把牙齒扔掉，把綠線捲成一卷，我要把它保存起來。

我到花園裏去，幫媽媽摘晚餐用的甜菜。

摘甜菜的時候，我發現甘藍姐妹的綠裙子正在開始枯萎，褪色。我想，她們一定想穿新的白裙子。我走回廚房，把麵粉篩子從麵粉抽屜裏取出來，又帶上一些麵粉回到花園裏。

我把麵粉從篩子上倒下去，它們像雪花一樣落到甘藍身上，她們頓時變得楚楚動人。一陣風吹過來，她們點頭向我表示感謝，也抖掉了一些麵粉。

第三十一章 蛋

今天是「撿蛋日」。

「撿蛋日」一般一個星期有一天。媽媽總會要求我先給遠處的人送去雞蛋，因爲她太清楚，如果我先去附近的地方送雞蛋，肯定會在托兒所和醫院裏跟動物朋友玩很長時間，而根本沒有時間再去遠的地方。

我用最快的速度吃完早飯之後，媽媽把一個裝著十二個雞蛋的豬油桶放在洗衣服的臺子上，同時，我戴上我的太陽帽——有的時候我會戴上它，不過大多數時候，它是掛在我的肩膀後面的。而且，我經常用它裝東西，比如給鳥寶寶捉的毛毛蟲，給受傷的小傢伙們準備的繃帶，或者奎寧盒子裏的藥丸。

如果是在探險的時候，我的一些小寵物也會坐在裏面，有的時候是老鼠，有的時候是甲殼蟲，最經常的是癩蛤蟆和毛毛蟲。不過，他們從不會同時坐在裏面，因爲我知道癩蛤蟆很喜歡把毛毛蟲當早餐。

有的時候，那個最光滑的可愛木鼠也會躺在裏面，他的身子幾乎把整個帽子都塡滿了——太陽帽的確是一個很有用的東西。

我照媽媽喜歡的樣子，把太陽帽的帶子繫在下巴底下，提起那個木桶，裏面的蛋又胖又白，看起來，它們自我感覺很愉快。

我想，當一隻雞肯定很有趣，你看，如果每天都能一邊咯咯叫，一邊生下幾個雞蛋多舒服，而且，還能一個接一個地從這些蛋裏孵出無數孩子，簡直好玩極了，不是嗎？我想，如果我能在白天當一隻雞一定挺好，不過，我一點都不喜歡晚上在雞棚裏睡覺。

媽媽搖了搖我，因爲我已經呆呆地看了這些蛋很久。她讓我馬上出發，把這些蛋送給林伯格夫人。那個林伯格夫人，應該是住在那個大房子裏的那個大個子男人的胖妻子。他們挺好的，不過沒有他們門前的小路好。我決定沿著田野旁的那條小路去林伯格夫人的家，不過，我要先找到費里克斯。

找到費里克斯的時候，他正在好國王愛德華一世的祭壇附近，今天是這個國王加冕的紀念日，我立刻決定走遠一點，去看看我種在祭壇裏的花朵王冠是否好好地在長——它們看起來很不錯，我是在春天的時候把它們從樹林裏帶回來，種在這裏的。

我很希望在今天這個紀念日裏，它們能開花。可惜小傢伙著急了一點，一個月前已經把花開過了。不過，今天它們用葉子說了很多美妙的話，我跪下爲愛德華祈禱的時候，聽見了這些話。

我祈禱了很長時間，費里克斯有點不耐煩。於是，我提起那個木桶和裏面的十一個蛋——另外的一個，在我跪下的時候，不知用了什麼辦法從桶裏蹦了出來。

我一邊祈禱，一邊拋著一顆小灰石頭，誰知道它突然飛到了祭壇那裏，並且撞上了那個蛋。

祭壇幾乎都是用大大小小的灰色石頭砌起來的。在我修這個祭壇的時候，那個繫灰色領帶對老鼠善良的男人正好經過，他幫我把最大的那些我根本沒辦法搬動的石頭放進了祭壇，還幫我在每一顆石頭之間種上了苔蘚——這個男人真像是上帝給我的禮物。

今天，我要從祭壇去田野。一路上，我停下來和大樹們說話，觀察小鳥，爲托兒所裏的小東西採草莓。我把那些草莓和雞蛋放在一起。

在翻籬笆的時候，我幾乎弄丟了我的太陽帽，並且又失去了另外三個雞蛋和一些草莓。我把草莓撿起來放回了木桶裏，可是雞蛋卻再也撿不起來了。我不再把太陽帽掛在背後，而是把它更緊地拴在胸前。

很快，我發現了一隻正在爬行的蛇。

每當我看見蛇的時候，我都會停下來觀察他們。他們的裙子總是很合身，緊緊地貼在身子上，而且不能像鳥那樣把衣服弄得蓬鬆起來。不過，蛇是行動迅速的人，他們的動作那麼漂亮，他們的眼睛那麼明亮，還有舌頭，又細又長。

在那條蛇很快消失在我看不見的地方之後，我朝花朵走去，去和它們說話。

我們交流了一會兒，忽然想起媽媽讓我趕快的話，便急急忙忙跟它們說再見，最後，把鼻子湊到一朵花上使勁聞了聞，味道很舒服。

我繼續趕路，不過，我馬上察覺到鼻子上似乎有什麼東西，我用手抹掉它，是那朵花的花粉。我把它放在一隻雞蛋上面，這讓那個雞蛋忽然有了花的樣子。

我把這個花雞蛋拿給一隻玉米的耳朵看，接著，我把好多玉米根那兒的土塊撿開，好讓它們的腳趾頭能呼吸到新鮮空氣，它們輕輕地顫抖著，有的把腰都快彎到地上了，向我深深地鞠躬表示感謝。

我繼續朝前走，天氣很暖和。過河的時候，我看見有光鰓魚在水裏游來游去，他們的翅膀在陽光裏閃閃發光。

柳樹把它們的腳趾頭伸進水裏來回擺動，有的把腿伸得很長，幾乎能把它們的腳踝都弄濕了。我久久地看著它們，我知道它們現在心裏的感覺有多棒。

我一邊走一邊回頭看，只是想最後看一眼小河裏的朋友。柳樹朝我揮著手，呼喚著我的名字。帶上雞蛋，我得快一點，用比剛才快兩倍的速度，一路跑到小河邊，脫掉鞋子，把襪子掛在柳樹枝上，在河岸邊坐下來，把我的腳趾頭們全都泡到水裏去。

當一個人把腳趾頭泡在小河水裏時，會有好多靈感冒出來，他甚至能聽見住在水邊的植物的談話聲。

腳趾頭在洗澡的時候，我的腿也同樣非常渴望能被浸濕，但我沒那麼做。因爲我害怕那些剩下的雞蛋再出意外。我也沒有讓費里克斯從口袋裏出來泡他的腳趾頭，我知道他不怎麼喜歡做這件事，他更喜歡把腳趾頭放在奶酪裏，雖然我並不覺得這樣能帶來更多的靈感。

等我得到足夠多的靈感之後，我把腳趾頭從水裏拿出來，放在太陽下晾乾，再穿上襪子和鞋子。一邊晾我的腳，我一邊四下搜尋周圍都有什麼東西——不遠的地方有一個乾草堆。

正在我繫鞋帶的時候，我看見了一個小東西，正在用身體發出飽滿的嗡嗡聲。

我聽著這些聲音，這些我聽過的最酷的聲音。但他似乎很著急，走得匆匆忙忙的，讓我沒看清他是誰。而我呢，走得慢慢的。

太陽好燙，弄得我不得不瞇起眼睛，我想，我該戴上太陽帽了，它真的挺有用。

遇見伊麗莎白之後，我們一塊兒穿過田野，我摘下太陽帽，繫在伊麗莎白的頭上，這樣，太陽就不會刺到她的眼睛。後來，她走她的路，我走我的，晚上我們會在草原上重逢。

我開始朝那個乾草堆走去。乾草堆是一個很有意思的地方，是一個很值得探索的地方。我這麼認為，老鼠也這麼認為，有的時候，不，是很多時候，在我爬到一個乾草堆後面時，一定都會遇見一隻很不錯的老鼠。

老鼠是一種很值得認識的小動物。而現在，我發現的東西，讓我從頭到腳感動極了。那是一個裝滿蛋的巢，而且，沒有一個人動過裏面的那些蛋——一共十五個蛋在草堆下面，它們雖然不像桶裏剩下的八個媽媽讓我去送給林伯格夫人的蛋那麼白，不過，它們摸起來更光滑。

真舒服！它們太滑了，差點就從我的手裏滑出去了，不過，最後它們並沒有滑走。

我拿了四個，後來又拿了二個，放進木桶裏。我知道林伯格夫人很喜歡讓她的身邊佈滿舒服的東西，這是我之前聽說的她的習慣。現在，我肯定當她看見這些散發著緞子般光澤的蛋在桶裏的時候，她的胖身體的每一塊地方都會感到高興的。

我把這些蛋放在最上面，好讓她能最先看見它們。而當她看見她不僅有整整十二個蛋，還有另外的兩個的時候，她的眼睛一定會睜得大大的。

好吧，現在，我要趕快把這些蛋送給她，不過在我晚上回來之前，我得把今天寫的這些字放在乾草堆下面的一個小盒子裏。等一會兒我去草原上和伊麗莎白會合的時候，再把它取走。

我回來了。我已經直接地把蛋送給了林伯格夫人。

我見到她的時候，她正在跟一位美麗的女士聊天，那個女士就是賽迪，她穿著一件像沼澤裏開的花那樣的新裙子，上面有像她臉上的雀斑那樣的斑點，當然，這兩種小點都很美麗。林伯格夫人也穿了新裙子。那是一條上面有黃色條紋的黑裙子，那些黃色條紋就像某種蛇披在背上的條紋。

我悄悄地走到門廊裏時，她們正談得十分熱烈，一點也沒聽見我來了。我放下木桶，她們還沒看見我。我走到賽迪旁邊，拉了拉她的袖子，她朝下看著我，笑了笑，一邊繼續說話，一邊摸我的捲髮。

林伯格夫人大概說完了她要說的，這才忽然看見我給她帶來的蛋，並且把木桶提了起來。我很高興，不過最高興的是我的手臂，它終於從提木桶的勞累裏解放出來了。

她似乎根本沒有注意到最上面的那些令人舒服的蛋。她開始說住在木排路那邊的女人穿的那件有很多緞帶和流蘇的裙子。

她說啊說啊，而我一直在等她把裝雞蛋的桶還給我。

我開始感到不安，因爲她並沒有正確地提著木桶把手的中間，我很擔心木桶會掉下來，會在木桶上弄出凹痕，而我很清楚，如果我帶回家的木桶上有凹痕，我會得到怎樣的一頓好揍。我把手指頭伸進嘴裏，阻止自己對她說出這些擔心。

就在我想到屁股上將要挨的打，她馬上把把手握得緊了一點，不過，還是沒有握在中間，因此，木桶還是傾斜著的。

她還在繼續說話，她深呼吸了一下，有兩個那種散發著緞子般光澤的蛋滾了出來，破了。林伯格夫人立即皺起了眉頭，並用她的新裙子捂住鼻子，賽迪也做了同樣的動作，我也把圍裙放在鼻子上。

現在，我明白了一個道理，一個漂亮的蛋可能摸起來很舒服，可裏面卻不是這麼好，如果它們落在了地上，立刻會發出讓人馬上想逃跑的奇怪臭味。

林伯格夫人讓我待在原地，自己用水把所有的這些臭味從門廊裏沖走。

我覺得那些臭味裏的一部分，可能並不是從那兩個蛋裏出來的。在我把我的想法告訴費里克斯的時候，林伯格夫人叫我也去洗洗。

不是簡簡單單就能把這些臭味趕走的。賽迪過來幫我，她讓林伯格夫人不要跟我的媽媽提這件事，還說，明天她會順路帶來四個蛋，湊足原來的十二個。

我要回家的時候，賽迪吻了我的臉頰。她知道我非常渴望能被吻，而我的媽媽忙得幾乎沒有時間給我一個。

我經過林伯格夫人的時候，她輕輕拍了拍我，這讓費里克斯尖叫了起來。因爲她的手正好透過我的裙子，打在了睡在我內衣口袋裏的費里克斯後腦勺上。

因爲他是一個有成爲一個音樂家潛力的老鼠，所以他很不喜歡有人打他的腦袋。他喜歡別人拍他的喉嚨，不過他從不讓別人這麼拍，除了我。

我匆匆地往家趕。媽媽走出來接我，不過，她藏了一個棍子在背後，我看見了露出來的棍子一頭。

我搖了搖裙子，讓費里克斯趕快出來，他是受不了媽媽的懲罰的，那會傷害他的靈魂。

媽媽打完我之後，我往那些被打得最痛的地方擦了藥膏。之後，馬上我又出發，去給住在附近的人送雞蛋了。

等在後面的工作，還有寶寶的衣服要洗，柴火要搬。媽媽還命令我去找我的太陽帽，並且在找到之前不許回家。

我回到好國王愛德華一世的祭壇前禱告，再去托兒所和醫院，最後回到我寫字的地方。我看見伊麗莎白在草原上戴著我的太陽帽。我知道我們會在晚上，在草原上重逢。

在那些陽光太熾烈的時候，我總是會在我們再見面之前，讓她戴上我的太陽帽，這真的能阻止太陽光傷害她美麗的眼睛。

第三十二章　離家

我們就要搬到磨房鎮去了。已經一個星期了，每天吃過早飯，媽媽都會讓我幫她收拾東西，準備搬家。在我幫完媽媽之後，我開始整理自己的東西。

一個星期之前，我已經開始了。我一直在把我所有的東西，都搬到房子旁邊的一根大原木裏。

搬家是一個特別巨大的工程，好在我現在基本上已經準備好了。媽媽說，我只能帶我最需要的東西，她說，我只能帶上我的藍裙子和灰裙子，還有穿在它們裏面的衣服，以及我腳上的鞋子、兩雙襪子、我的太陽帽和小人書。

不過，我還有一些非常重要的東西是媽媽不知道的——我每天看的那兩本天使爸爸和媽媽寫的書，爺爺奶奶、塔特和奧賽爾、還有我熱愛的其他人的畫像。今天，我必須把親愛的彼得的畫像洗一洗，因爲我昨天吻它的時候，一塊黃油從麵包上掉了下來，剛好落在他可愛的小臉上。

我還把牧羊人在小羊羔出生的那天送給我的柳樹口哨，和另外兩個用蘆葦做的長笛放進了樹洞裏，現在，我基本上整理好了所有我需要的東西。

那棵彼得的靈魂喜歡環繞在旁的百合花還沒有搬進來，不過，我已經把它種進了賽迪給我的花盆裏，我要把它放在我在磨房鎮的臥室的窗戶下面，這樣，彼得的靈魂就會時常在我的身旁。

樹洞裏還有一隻「親愛的我的愛」的丈夫的老皮靴，他讓我用它來裝收集的石頭。湯馬斯的小浴巾也在裏面，還有精靈們放在我的苔蘚盒子裏的彩色鉛筆，很多張賽迪給我畫畫用的棕色紙片。還有勞拉爲了讓盧西恩能在我上學的時候坐在我的桌子裏，而特地爲他做的墊子。

還有所有我打算在內衣上做裝小動物口袋的布頭。我從小路上挖出來的伊麗莎白的腳印模子，裏面裝了好多首詩。還有繫灰色領帶對老鼠友善的男人送給勇敢的霍雷修斯的領帶。還有艾爾希的小寶寶的圍兜，她希望我讓米南德在用瓶子喝水的時候穿上它。

還有拉爾斯・波森納丟掉他的尾巴的時候掉下來的七根羽毛，莎士比亞的四隻鞋子——鐵匠給莎士比亞換新鞋的時候，把這四隻舊的給了我。還有「親愛的我的愛」給我的用來給醫院裏的病號餵水的套管，彼得每次去教堂做禮拜都要戴的鈴鐺。艾爾希的小寶寶的舊鞋子，小寶寶的腳長大之後不能再穿了，艾爾希讓我用它給莫札特做床。還有賽迪每次做飯都會對著它唱歌的那個咖啡壺。

那個眼神憂傷的姑娘的旅行箱也在樹洞裏，她把它給了我，用來裝米尼瓦孩子的洗禮長袍。她還在裏面放了一些白布頭和小花邊，用來給米尼瓦明年要來的孩子做長袍。還有賽迪專門給莫札特織的圍巾。

還有米南德的瓶子，這個瓶子曾經是一個白蘭地酒瓶。還有毛毛蟲們長大的時候蛻下的皮。還有所羅門的洗禮長袍，還有精靈送給我給小動物洗澡用的小水罐，還有那個最大的蛾子，夏洛特，以及其他很多蛾子，曾經從裏面鑽出來的繭。

還有艾爾希給那隻被貓抓傷、不過現在好起來的小松鼠的緞帶。賽迪爲將會在磨房鎮受傷的小動物準備的一整盒新的藥膏。四個凡士林瓶子，我要用來給托兒所裏的小東西放食物。

這些東西，現在全都在樹洞裏。另外的最重要的東西，今天晚上，明天，明天的明天……我會繼續往裏面裝。

我們中的一些人會搬去磨房鎮，但不是全部。親愛的所羅門已經被賣給了一個住在磨房鎮附近的男人。阿芙羅狄蒂會繼續住在這兒，還有瑪蒂德、伊麗莎白、澤西奶牛。柏拉圖和普林尼會住在穀倉裏，勇敢的霍雷修斯會跟勞拉的姐姐去他們家，而米南德會跟牧羊人去藍色小山那邊。

這一次，米尼瓦和她所有的孩子會跟我們一塊兒去鎮上。等我在我們的新房子附近把他們的房子修好，湯馬斯、費里克斯、路易斯二世、盧西恩還有所有托兒所裏的毛毛蟲……都會搬到磨房鎮。

在這之前，湯馬斯會先跟「親愛的我的愛」和她的丈夫住一陣，「親愛的我的愛」還說，盧西恩也可以住在她前門的臺階裏，直到我在新房子的前門臺階上給他修好一個新家。繫領帶的男人會幫我照顧我的老鼠朋友們，還會幫我去餵托兒所和醫院裏的小東西。

當然，我會常常回來，回到大教堂裏做禮拜，和我認識的所有人說話，還會把寫給天使的信放進苔蘚盒子裏。

我開始想像磨房鎮的樣子，也許在那裏的田野上，會有好多好多別的小東西，等我到了那兒之後，我會儘快開始探索它。在那兒還要給聖路易斯修一個祭壇，而現在，我要去看望「親愛的我的愛」了。

「親愛的我的愛」坐在她的房子前面，正在曬乾頭髮。當風溫柔地吹過時，她的頭髮會輕輕地泛出波浪一樣的光芒。她叫我用手感覺它們。

她把我抱起來，放在自己的大腿上，在我的兩個臉頰和鼻子上各吻了一下。接著，「親愛的我的愛」告訴了我一個秘密，是關於她和她丈夫的秘密，天使提前告訴了他們——他們馬上就要有一個孩子了。

我感到難以名狀的快樂。那麼多的祈禱終於有了回音。有的時候，有些祈禱你剛剛許下，答案就來了，有的卻在無數次之後還沒有答覆。

我不知道這是爲什麼，不過爲小孩所做的祈禱，答覆總是來得很快。現在，天使已經來告訴「親愛的我的愛」，再過五個月，她的孩子就會來到這個世界。我在想，這其實真是一個漫長的等待。

現在，我要和勇敢的霍雷修斯、湯馬斯去教堂祈禱。巨大的松樹正在朗誦一首詩歌，樹木頂端傳來了歌聲。

第二部　我們周圍的仙境

「天竺花用它紅色的花朵追求蜂鳥」，風精靈曾告訴過雨滴。而就在他朝它們靠近的時候，一隻蜂鳥正好停在一朵明媚的花朵上。

天竺花希望雨滴帶給人類的孩子們這樣的消息：如果他們愛它，請把它留在它們被找到的地方，讓它就這樣開放……

第一章　尋找快樂藍色的福音戰士奧利烏斯

有一天，萬能的天父覺察到，大地上的孩子們正在度過一段憂鬱的「藍色」時光，於是派出一個小小的風仙子——奧利烏斯——讓他去尋找一些「快樂的藍色」。

奧利烏斯開始旅行，開始尋找所有穿藍色衣服的精靈。穿過田野和草地，沿著溪流的方向，進入蔥鬱茂盛的樹林……

這裏，記錄了他旅行的一些段落，也記錄了一些你和所有人每天都能在身邊的仙境裏找到的「快樂藍色」——經過這些尋找的旅程，你將開始理解偉大和渺小，理解身邊的世界給予我們的寬廣的愛和其中蘊藏的偉大智慧。

現在，當你讀這些關於「尋覓快樂藍色」的故事時，也將同時開始一次全新的對世界的追問和尋覓。慢慢地你會發現，這種追問和尋覓，不知不覺已成了每天生活中的一部分，這將是一件多麼美好的事。

下面，我將告訴你關於奧利烏斯的旅程故事，關於他看見的和想到的一切。

四月——這是在四月，春天已過了一半，奧利烏斯路過一些正在開花的風信子和它們的花朵，路過那些蒼白的紫羅蘭色花瓣。蜜蜂、蝴蝶、螞蟻、甲殼蟲全都來了，來到它們盛開的花朵上。風信子和很多百合花精靈是一家人。

在一股歡蹦亂跳的山泉翻滾前進的地方，奧利烏斯停了下來，開始聆聽這股泉水演奏的音樂——聽小水滴在自己耳邊，輕輕訴說它們所知道的好多地球的故事。

他在一大片苔蘚中間伏下身子，發現在離自己不遠的地方，無數藍色的小鈴鐺正在風裏搖晃身體——「是蘇格蘭的野風信子！」奧利烏斯快樂地呼喊起來。

蘇格蘭野風信子是天竺花和半邊蓮的親戚。奧利烏斯靜靜地待在它們旁邊，看著蜜蜂和蝴蝶不斷被花朵吸引，停在上面，再飛走。

一些柳樹周圍，飛舞著很多黑衣蝴蝶，她們深色翅膀的金色邊緣上，佈滿了藍色的圓點。抬頭看見幾隻藍色的小鳥，他想：那一定是象徵幸福的精靈。

這個五月最早的傳令官
這個春天的預言家
拍著黏著微風的翅膀
帶來了天空的顏色
天父把大地分開
把天空柔軟的色彩
分散成很多薄片
給第一隻鳥和
最後一朵花
穿上一樣的藍色

路邊，他遇見了藍色飛燕草，它的另一個名字：翠雀，是偉大的林奈（1707～1778，瑞典博物學家）起的。

奧利烏斯問了飛燕草一個自己很想知道的問題：「誰是你的親戚呢？」飛燕草回答：「我的親戚，全都屬於毛茛家族，像沼澤地金盞花，耬斗菜，金鳳花，銀蓮花，獐耳細辛，還有日本黃蓮。」

「那在你的表親中，還有誰是穿藍衣服的嗎？」

飛燕草只說了這麼一句話：「請繼續尋找下去吧，你自然會找到答案。」

奧利烏斯沒再多問，只是按照它的話繼續上路，不料，很快就找到了他想找的精靈。

耬斗菜，穿著一件藍色裙子。耬斗菜的祖母過去曾住在一個小女孩奶奶的花園裏。

當風仙子提起它是個移民的時候，藍色的耬斗菜急忙表明，自己現在已經是美國人了，雖然它的祖母的祖母的祖母的確是從歐洲移民來的，但從很久以前開始，它的一些祖母就已經住在這個美國大陸上的花園裏了。不過現在，很多新生的孩子已經旅行到花園外面，在田野和森林裏定居了。

奧利烏斯的目光轉向一條小溪，像凝視一條在夢裏淌過的水流。不遠的地方，他看見一隻大藍蒼鷺——這個漁夫，把天空和溪水的顏色披在身上。奧利烏斯朝他走去，開始講述自己的使命。

大藍蒼鷺在又一次成功抓到一隻小魚之後，對奧利烏斯說，其實自己早已從三天零六小時十四分鐘前拜訪過自己的雨滴那兒，知道了奧利烏斯的行蹤。他還告訴奧利烏斯，自己的家就在蒼鷺鎮裏那棵冷杉樹的頂上，離這兒只有幾小時的路程，那裏還住著自己的親戚：小藍蒼鷺，綠蒼鷺，黑王冠夜蒼鷺，另外還有麻鳽和白鷺。

風仙子在一大片水蘆葦的頂端站穩之後，舉起右手，莊嚴地向大藍色蒼鷺保證，自己會爲一直在尋找「仙境之家」的小姑娘麗洛帶路，把她帶到蒼鷺鎮的樹梢上來。

茫茫丘陵裏的一個山谷裏，奧利烏斯遇見了西部藍色蠟嘴鳥，燕雀家族裏的一員，金翅雀、燈芯草雀、紅眼雀、歌雀和交喙鳥的親戚。

當奧利烏斯再一次在濕潤的草地上看見矢車菊時，他想，或許上帝給矢車菊上色用的顏料，和給藍天上色的是同一碗。

「我們也有另外的名字，」一朵小矢車菊嚷起來：「我們還被稱爲『教友的扁平帽』、『維納斯的驕傲和純真』。我們的學名叫茜草科小植物。鈕釦灌木、鷓鴣蔓和蓬子菜，都是我們家的人。」

這時候，風仙子想起了從前從一個男孩那兒聽來的一首詩：

這樣虛弱地微笑著的嬰兒
在佈滿青苔的牧場附近
這些罌粟植物如此羞怯
向前把她們雪一樣的星辰放下
楓樹又高又纖細
帶著又紅又甜蜜的花朵
驕傲地朝下
望著
依偎在她腳邊的矢車菊
「無辜的人」
孩子們這麼叫她
這個弱小的花孩子
——雷・勞倫斯

蝴蝶豌豆仙女的花瓣，是薰衣草那樣的藍色，它們是苜蓿和甜豌豆的表親。奧利烏斯在它們身邊逗留了三小時三十三分鐘，然後繼續前進。

「藍水手」總在路旁，它們總住在破舊荒廢的地方，奧利烏斯常常能遇見它們，每次的相遇都無比愉快。它還有另外的名字：菊苣，是蒲公英的表親。野萵苣和響尾蛇草都是萵苣精靈。義大利孩子們叫它們Cicorea，西班牙孩子們叫它們Achicoria，俄國的孩子叫它們Tsikorei。

一個池塘裏，養著小狗魚草和它們的那些有一點點紫色的藍花朵，因爲它的花絲和雄花粉囊全都是這種顏色。風仙子坐在一片葉子上，看不知名的昆蟲和蜜蜂飛過來。

奧利烏斯在一塊田野裏發現了一棵開花的印度煙草樹，它的花也是淡藍色的。奧利烏斯從前就知道印度煙草屬於風鈴草家庭，是藍鈴花、天竺花與半邊蓮的表親。

在無數的山丘中間穿行了好長時間，他終於在一塊滿是岩石的溝壑裏，找到了金鳳花的表親——「維爾京涼亭」，它們正在開出有一點點紫的藍色花朵。

一塊田野裏住著很多藍草，很多藍色的快樂。它們是維吉尼亞西洋櫻草、馬鞭草、美人櫻，琉璃草（也就是勿忘我）的表親。

朝一群亞麻精靈走去，奧利烏斯向它們介紹詩人朗費羅，按照朗費羅的說法：「藍色是亞麻精靈的眼睛。」他還把它們名字的由來，告訴了這些頂著藍色花瓣，在自己耳邊低語的優雅精靈們——「亞麻」，來自凱爾特人的詞語，意思是「線」。

奧利烏斯看見了鳶尾，看見了它們藍色的虹膜，那些被拉斯金叫做「騎士團」的花，葉子裏藏著寶劍，心臟裏長著百合—

——離鳶尾越近，奧利烏斯越肯定，大自然母親一定是把用在彩虹上面的顏色用在了這些精靈身上，讓人類的孩子在路過它們時不會擦肩而過，忽略它們的美麗。

「我在哪兒能找到你的小妹妹藍眼睛草呢？」

答案在這裏：

藍眼睛草在草地上
西洋蓍草的花蕾在山丘上
香蒲在沙沙作響
說著悄悄話
一隻紅雀的巢就在旁邊
藍眼睛草在草地上
揹著蜜糖的蜜蜂在低聲嗡叫
全部的牛奶草都在路邊
齊齊告訴我們
夏天來了
在這裏你會找到
我的小妹妹藍眼睛草
她正輕柔地

凝望著天空

一條小溪旁邊，奧利烏斯遇見了藍猴子花精靈，它們的樣子，總讓人想起一隻小猴子的臉蛋，因此人們乾脆就這麼叫它們了。它們是毛蕊花、玄參、貓頭鷹苜蓿、木藿香等的親戚。

八月——八月，大暑來臨，讓很多地球的歌手們變得沉默了，但在這裏和更遠的平原上，眼睛能望到的地方，風仙子都能聽見青鳥在對世界上所有的孩子歌唱，間或還能聽見周圍響起的喝采聲。

降落在一朵玫瑰花的葉子上，坐下來，他靜靜回想從藍色花朵那兒學到的所有詩句，有一些是這樣的：

風信子的藍色鈴鐺
在藍色的山丘上
在這裏
天空是藍的
一個藍色的小小少女
正走過來看你
還有一個小孩
將非常樂意在晚禱告裏
用音樂俘獲你的心靈
聽

知更鳥在很多松樹中間飛，還有他們的表親藍鶇。

八月的第三十天，一個佈滿影子的地方，一個潮濕的時刻，奧利烏斯向今天的「日花」——紫露草走去。它的花瓣上穿著快樂的藍色，是白花紫露草的表親。

在旅途中，奧利烏斯還遇見了加利福尼亞丁香和它們淡藍而明亮的花朵。這個藍花朵精靈屬於鼠李（人心果）家族，它們是一些常綠的灌木。

當他再一次看見藍色飛燕草時，他知道了它們的另一個名字——「騎士的馬刺」。

在一塊佈滿碎石的小溪岸上，他找到了另一種藍色的花，野天芥。他曾在鐵道邊見過這些精靈，有的時候，它們是紫羅蘭色的，不過，他當然知道這些精靈不真的是淡紫色，而是貨真價實的藍色。

有的時候，奧利烏斯走在河邊，總能認識一些翅膀上帶著藍色花紋的小野鴨和另一些翅膀上有藍顏色的鴨子——肉桂水鴨和琵鷺。他還見過藍喙鴨、赤頸鳶和黑嘴鴨。

當他再一次在路邊遇見菊苣時，他想起了一首這些正在生長的精靈們寫的詩：

辛苦的腳步
在這裏徘徊
飄蕩的罪惡在這裏
能看見天堂的顏色

或許
疲倦的悲傷
能從這裏開始
看見溫柔的藍色

在他找到藍色馬鞭草的那塊草地上，他也同時找到了它們的近親——歐洲馬鞭草。奧利烏斯在它身旁徘徊著，琢磨著應該怎麼稱呼它——聖潔的香草、巫師的植物、鴿子草、「朱諾的眼淚」或者閃電植物、十字藥草……所有的這些都可以是它的名字。他躊躇了老半天，還是沒法做出選擇。

風仙子和馬鞭草一塊兒度過了一個非常美妙的早晨。那個在路邊、在荒蕪的地方長大的孩子，有時甚至被人類的孩子們叫做「野草」。

不過，風仙子要我在這裏轉告你們：在一棵野草周圍，往往存在著最多有趣的事情。奧利烏斯還告訴了我很多關於馬鞭草的故事，也希望我把這些故事講給你們聽，現在，我把其中一些寫在這裏。

很久以前，我們就知道，在荒廢的地方總能長出馬鞭草。其實它身上藏著比這多千萬倍的有趣事情——下一次你再看見馬鞭草的時候，也許會想起這樣一些事情：對於巫師，它是神聖的植物——從前的傳說裏，巫婆總是使用它施展魔法，但同時，也只有它能把巫婆趕走；在莎士比亞時期，孩子把它和其他植物合在一塊兒，裝在掛在門上的馬蹄鐵裏；從前，基督徒們給予馬鞭草很高的榮譽和稱讚，不僅因爲它能幫助人們治療幾乎所有普通的疾病，還因爲它長在基督山上；而在普林尼時期，羅馬的新娘總會採來馬鞭草，然後由她們自己或者她們的某一個表親編成婚禮上戴的花環。

而奧利烏斯現在正走在尋找龍膽草的路上——布萊恩特曾這樣描寫它們：

即使等待得太晚
已經排成一列
即使鳥兒們全都出巢
森林空了
但只要你安靜地睜開甜蜜的眼睛
穿過麥穗看看天空
藍色
藍色
似乎立刻就要墜落
像從天藍色的牆上
墜落下的一朵小花
風仙子把一個傳說告訴了龍膽草，一個關於鳥天使的傳說——
在泛起波紋的空氣中
很高很遠的地方
花天使
從那些低處被陽光寵愛的地面
呼喚出一個祈禱：

「請給我知更鳥翅膀上的四片羽毛
我要給自己做一件絕美的衣裳」──
在知更鳥飛快地朝南方飛去時
請讓四片翅膀上的羽毛
落進秋天的露水裏
花天使
會接住它們
用手指靈巧地旋轉
在她的花瓣頂端
披上這些藍色羽毛做的衣裳

在身邊或者遠方，森林裏泥濘的小池塘邊或者路旁，奧利烏斯都遇見了一些精緻靈巧的蝴蝶精靈，藍色就在她們的翅膀上閃著光。

藍雀
請從那棵小樹上站起來
把你頑皮的頭靠在我身上
你從未回答過我的提問

一個詞都不曾有過
祈禱停止了
你翅膀上那些春天般的漂亮小點
是從哪兒來的？
是不是在四月開始塗抹蒼白天空的時候
你曾把翅膀蘸進天藍的塗料裏？
或者
你是從一棵明亮的風信子裏孵出來的
還是從一束明亮的金色光芒的胸口蹦出來的？
在一個藍色的春日
在某一個河岸上

他對藍雀說的這些話，是從一個小姑娘那裏聽來的，就在昨天。

他遇到薏苡（「喬伯的眼淚」）的那天，是一個炎熱的夏日。在森林裏，他先遇見它們的表親鴨蹠草和白花紫露草。他曾仔細地觀察過它，總覺得它應該是那種只屬於一天中下午時段的花朵，他看見過它的花瓣慢慢「融化在眼淚裏」。因此，他告訴了薏苡精靈們，爲什麼它們會叫這個名字。

奧利烏斯再次遇見了蘇格蘭野風信子，他想起一首心愛的老歌：

讓驕傲的印第安人炫耀他的茉莉吧
在芳香的草原和玫瑰紅色的花瓣上
恭敬地歌頌這些小野花
蘇格蘭的風信子
蘇格蘭野風信子

在田野中和道路邊，藍色的野豌豆精靈們迎接了奧利烏斯，這些羽扇豆、三葉草（苜蓿）和香豌豆的表親也在亞洲和歐洲生長。奧利烏斯看見土蜂來到這些花朵上，用大自然母親教給他們的方法取走花蜜，有一些乾脆捏走花朵的一部分，以便更快地得到花蜜。他還遇見了一些在路邊開放的藍色小花朵們。

九月——當暗淡的黎明穿過大地，一個聲音在某個地方呼喚：「哦，風仙子，我的好兄弟，我知道你，靠近一點，我要告訴你另外那些藍色精靈的住所。」

我知道
憂鬱謙虛的紫羅蘭
在清晨的露水裏閃閃發光
我知道你從哪兒來
也知道你怎樣誕生——
那時

上帝把天堂剪出很多小洞
讓星星可以穿透它望向大地
那些剪下的碎片被撒落到地上
變成了你們

池塘上空，他看見了一隻遷徙的藍翅鳥從頭頂飛過，旁邊還有燕子——「泥巢的燕子，帶著藍色和栗子色的護胸甲，前額上落著白雪」。

在旅程裏，隨處都能遇見俄勒岡葡萄，一串串美麗的藍色漿果，它們是俄勒岡的州花，也被叫做俄勒岡冬青樹。

在一片田野裏，奧利烏斯和毛羽扇豆在一起待了三天。夜晚來臨時，葉子們都「睡覺」去了，奧利烏斯爬進一朵花裏，依偎在柔軟的花瓣上，直到第二天早上，陽光精靈把他叫醒。和毛羽扇豆精靈在一起的時候，他知道了它們是香豌豆、三葉草、蘇格蘭金雀花的表親。

一天又一天，奧利烏斯總是在路上遇見布穀鳥飛蟲，她們穿著明亮的天空藍，非常美麗。在這次的旅途中，他還認識了藍喉嚨蜂鳥。當時，奧利烏斯剛好在她們頭頂的一片樹葉上休息，不經意間看著了正在享用蚜蟲早餐的她們。

一天，奧利烏斯順著樹林裏的一條溪流，走近藍海藻。它們能被納入「快樂的藍色」中，不是因爲它們綠粉色的花朵，而是因爲它們有暗藍色的漿果。

奧利烏斯踮著腳走上一片葉子，拿起一顆果子咬了一小口，這是他的早餐，又咬了一小口當作晚餐——還剩下四分之三的漿果，奧利烏斯決定留到以後再吃。

所有的藍色裏最溫柔的，要算大自然母親眼裏的藍。那些溫柔是在黃昏或黎明，當她緊緊擁抱她的所有孩子時，眼裏露出的光芒。雖然奧利烏斯一直在她的孩子們周圍徘徊，不過他們並沒發現他，也沒看見他，不過是以爲正有一陣風從身邊經過。

我無法形容奧利烏斯是多麼喜愛一路上遇見的這些孩子，他對他們的愛太深太濃，很難用語言說出來，不過，他用自己每天努力尋找「快樂藍色」的行動，把自己的這種熱愛告訴了全世界和所有的精靈朋友們。

同樣是偶然的，他發現了在草地上生長的藍色頭盔花。繼續往前走，又遇見了蝴蝶媽媽，她美麗的天鵝絨般的黑翅膀上有藍色的圓點。

當奧利烏斯走近龍膽草時，發現在自己之前，已經有人來過這裏了。那個人已經爬進了一朵盛開的花，不過，後半截身子和腿還在外面。

那是土蜂先生，當他從花朵裏面重新出來飛去另一棵植物時，奧利烏斯對自己說：「這些蜜蜂把花粉從一朵花帶到另一朵花，真的幫助了大自然母親運送她的種子孩子。」接著，他爬進了那朵土蜂先生剛剛離開的花朵，在裏面摟著花蕊美美地睡了一個下午覺，其他風仙子兄弟們在樹林中輕柔地唱著夏天的歌，哄他入睡。

他夢到了親愛的「勿忘我」的一段可愛的經歷：

當這些花朵變成美麗的少女時
父親給她們起了一個名字
一天
小小的她睜大湛藍的眼睛
怯生生地走到父親的腳邊

凝視他的臉龐
用稍稍顫抖
但溫和優雅的聲音說：
「親愛的爸爸，對不起
我把你給我的名字忘了。」
父親溫和地看著她說：
「沒關係，我的孩子
只要你不要忘了我。」

第二章 夜晚

小鳥們屬於清晨的時光，而對於我們，你和我，還有森林和田野裏的其他小夥伴們來說，只有這段時光才屬於我們——這是一段我們可以思考還沒實現的事情的時光；是我們用來做夢和傾聽的時光：聽樹木的搖籃曲，聽青蛙合唱，聽麻雀禱告，聽大自然母親的夜曲；我們做夢，而且總在夢的中央停下來問爸爸媽媽一些事情，比如這些東西是從哪兒來的？它們在這裏幹什麼？……有些事看上去虛無飄渺，有些事卻很真實——這些才是真正屬於我們的時間。

黎明
接著是
夜晚
不過孩子們並不害怕
因為這裏是我們的家園
在屋子裏的光線全都離開以後
害羞的小腳開始在森林的地板上奔跑
甜蜜的夜晚
富有的童年時光

暗淡的森林裏
田野上
所有羞澀的孩子
都在夜晚的照料下
學會了怎樣保護自己

昨晚，我走進森林，月亮精靈照亮了通往大教堂的小徑，並穿過林間，照進了前方的森林。

我輕輕地走，輕輕地聽，聽見了輕輕的拍打聲，那是誰的小腳飛快跑過林地地面的聲音。我時不時停下腳步站一會兒——結果，真的看見了那些發出微弱拍打聲的小東西們，聽見他們從這裏奔跑到那裏時發出的「窸窸窣窣」聲。

一隻木鼠從我面前的小路橫穿而過，更遠處，一隻臭鼬順著一根圓木爬向另一根圓木——凱撒、拿破崙（這就是他們的名字）已經做我的鄰居兩年了。

現在，一些甲殼蟲寶寶和我一起。往前又走了一點點，一隻巨大的貓頭鷹盤旋著出現在頭頂。在七棵樹之間，一隻鼯鼠正在飛行。我迎著他走去。

在路的盡頭，有另外四隻可愛的小木鼠。

夜晚是令人愉快的。在我的頭頂，高高的冷杉樹筆直地插進天空，穿過他們的枝椏，月亮精靈悄無聲息地來了，來對這些美麗的苔蘚和糾結的藤蔓說些讚美的話。

在森林做成的豎琴上，樹木就是琴弦，音樂家——風——正在彈奏美妙的搖籃曲。我在大教堂裏發現一隻森林蛾；一隻鹿從我身旁走過；遠處有另一隻小鹿。小溪唱了一晚上的歌——他在夜晚唱的歌跟白天的一樣甜美動聽。

和平、安寧在森林裏。
和平、安寧在我心裏。

我愛夜晚，愛它的嗓音和它的音樂，愛環繞在周圍的那些小小生命——我對他們充滿了無限信任，和他們在一起，是我生命中最快樂的時光。

白天過去了
接著
是黑暗
從夜晚的翅膀上
從一隻飛行的鷹身上
跌落
一片羽毛
開始乘風飄蕩
——朗費羅

現在，一些天黑後才出現的小生靈開始出動了，他們是貓頭鷹——長耳朵貓頭鷹和短耳朵貓頭鷹、鬥鬥貓頭鷹和穀倉貓頭鷹、點貓頭鷹、角貓頭鷹和矮人貓頭鷹，還有鋸木貓頭鷹和尖叫貓頭鷹。

還有更多天黑之後才出來玩耍的小人兒——「微普微爾」鳥、鼴鼠、白腳小老鼠和另外一些其他老鼠。

屬於夜晚的還有蛾。他們和蝴蝶的區別，在於他們頭頂的「天線」不是棒狀的，而是蕨葉狀或線狀的；他們的身體更圓胖；休息的時候，放翅膀的方式也和蝴蝶不一樣；他們的活動時間大多是黃昏、黎明和晚上，而蝴蝶則喜歡在白天揮動著翅膀飛來飛去。

飛蛾總是昏昏欲睡的
翅膀
總像是被什麼
捲了起來

——愛默生

像所有揹負苦難的鑽石
奇怪的設計裏有數不清的污點
卻染了最壯麗宏偉的顏色
比如
老虎蛾深色緞子般的翅膀
和上面的斑紋

——基茨

還有很多別的小東西也在黑夜裏活動身體，他們都是些從蛋裏生長出來的小傢伙——從還是嬰兒的時候開始，一直持續到長大之後很久，我一直知道這一點；另外一些仙境書裏，也提到過關於他們的美妙故事和詩歌。

蝙蝠——一個非常可愛的精靈。

他並不是瞎子，相反，有最可愛的狐狸鼻子、嘴唇那麼粉嫩。我還是孩子的時候，就總叫他們「飛來飛去的小老鼠」，因爲他們真的就像可愛的小老鼠長上了天使的翅膀。當然，大人是不會同意這樣的想法的——不過，是真的，蝙蝠的翅膀是一件非常美妙的東西。

翅膀上敏感的神經，幫助蝙蝠知道是否有物體止在靠近——他在巡行，是的，他正在這麼做：在另一些小人兒中間，從他們的下面和上面穿過。我想，如果其他的小人們也有翅膀，一定會熱切地盼望能加入到這美妙的巡行中來。

當然，你也一定是知道的，蝙蝠專門捕捉那些叮人的小飛蟲，他是最棒的蚊子捕手。他總是張著嘴巴飛行——爲的是能用嘴接住更多迎面飛來的蟲子。

還有，蝙蝠的毛皮非常柔軟，像絲一樣光滑。

我曾經擁有過三隻寵物小蝙蝠——亞里斯多德、柏拉圖和普林尼。

我知道，蝙蝠根本不是骯髒的動物，並不像很多人想像的那樣。觀看蝙蝠精靈如何打理他們的個人衛生，是件絕妙而有趣的事情。

我的寵物，普林尼，會把他翅膀的邊緣放進嘴巴。這樣清理翅膀的方法，讓我想起了廚師在廚房裏用橡皮薄紙修整破損的東西時的樣子。普林尼還會用後腳抓住自己的腦袋，同時，用翅膀的前端洗臉，隨後把他的「面巾」也舔乾淨。

我用小飛蟲餵我的蝙蝠精靈，特別是用蚊子。我專門用一個積雨水的木桶養了好多這種飛蟲，不過，那個木桶最後還是被大人發現並弄壞了——這樣的事總會發生。但我並不認爲就因爲這個「蚊子托兒所」，我的屁股就該被結結實實地揍一頓。因爲我非常瞭解飼養牠們的艱巨性，並且完全沒有想到，那幾隻小蝙蝠會成群結隊、浩浩蕩蕩地迅速消耗掉那麼多的蚊子。

在蚊子托兒所被毀壞的前一天晚上，亞里斯多德一直在吃蚊子，不停地吃呀吃，直到吃得太多，最後被撐死爲止。大人們就是從我在他的墓誌銘上寫的字「死於消滅了太多托兒所裏的蚊子」，知道了我爲蝙蝠建造的「蚊子托兒所」的。

爲了不讓蚊子們從托兒所裏逃跑，我會把牠們遮起來——可就算被遮在下面，用蚊子餵養蝙蝠的事仍然遭到了大人的反對，並且最終被取消。

爺爺向我解釋了他們反對的原因：就算蚊子托兒所沒有了，這裏仍然有大量的飛蟲和蒼蠅可以用來餵養普林尼和柏拉圖，因此，完全沒有必要專門爲這些不怎麼好的小蟲兒建一個托兒所，製造出更多不好的小蟲兒。

找到柏拉圖和普林尼的路，是一條真正的「仙境之路」。

你看，就是這樣一條路——之前，我常常在書房的窗口餵他們的媽媽吃東西，她每天都會準時到來好好地美餐一頓。不過有好多個晚上，這隻母蝙蝠總是匆匆來了就立刻匆匆地飛走。

又一天晚上，我正像往常一樣在窗口等她，忽然發現她停在不遠處一叢丁香花旁的灌木上。我飛快地跳出窗戶，飛快地跑到灌木旁，眼前出現了兩隻可愛的蝙蝠小寶貝，他們正倒掛在灌木叢裏的一根樹枝上。

眾所周知，蝙蝠寶寶一般出生在七月，那時正好是七月間。

第二天晚上，蝙蝠媽媽重新來到我的窗前，不過，脖子上多了這兩個小傢伙。她並沒餵他倆蟲子，而是在自己柔軟的翅膀裏撫育他們。他們從她的乳房裏得到甜蜜的乳汁。我清楚，他們會長得很快，過不了多久，就能飛到我手裏吃蟲子了。

第三章　沿著道路（一）

前進
心情愉快
面朝一條開闊的道路
健康、自由
世界
就在前面
長長的棕色道路
就在前面
帶領我去自己選擇的方向
帶領我堅強地
在開闊的大路上旅行
——惠特曼

路邊是很多精靈居住的地方。我最大的快樂，就是去認識他們——瞭解他們是誰，從哪兒來，屬於哪個家庭，把家建在什麼地方，以及他們日常生活中的那些小事。

那些親愛的小人兒們就住在這些平常得不能再平常的路邊。有的大有的小，有的矮有的高；有的靠翅膀在空氣中飛行，有的從泥土裏長出來；有的在地上飛快地奔跑，有的緩慢地移動身體；有的穿著明亮歡樂的衣服，有的披著些許的陰影，混著泥土和苔蘚，被葉子包裹著；還有的一天到晚忙忙碌碌，另一些把夜晚當作白天。

很多都非常害羞，因此在他們中間走過，要非常小心溫柔……張大雙眼，豎起耳朵，仔細聽，繼續往前走，每一個瞬間都會充滿新鮮的樂趣，因爲一路上，你會結識難以計數的小精靈。

這一章或者整本書裏記錄的事情，是我從小時候開始，一分鐘接著一分鐘不停地觀察得來的。總有一個筆記本在我的口袋裏（**口袋裏還裝著我給小鳥和其他精靈們帶的食物**），還有一枝鉛筆，是我在我的「大自然漫步」時永遠的夥伴。

我一直非常希望能幫其他的女孩兒和男孩兒尋找到大自然爲我們準備的那些巨大幸福，因此，我仔細地記錄下我所看見的，每天發生在森林、山脈或者田野裏的每一件小事。

我總有這麼一種感覺——在我的生命裏，最重要的工作就是幫助人們，那些還未長大的和已經長大但還不太成熟的人們——去發現、瞭解與野外那些每天都圍繞在他們身邊的生靈相處時的巨大且持久的快樂。因此，我把很多年的時間都花在了這本書上。

這裏記錄的事情是我已發現的，或者也是你會發現的。而在你發現他們的過程中體會到了多麼大的幸福，我不能斷定，可它一定是巨大的，是一些充滿你每天生活的巨大無邊的快樂，能讓你更加信任人類的未來和上帝的仁慈，並幫助你超越人生旅途中所有的困難。

在神奇的野外，和上天、和大自然的交往，就是我的整個生命，當然，它也很可能成爲你生命的全部——當你繼續沿著這條道路走下去，請注意張開雙眼，豎起耳朵。

一定有一首歌
在某個地方被唱起
親愛的
就在頭頂
或明或暗的天空裏
一定有一首歌
我們的心都能聽見
一定有一首歌
在某個地方
正在唱

——詹姆斯·W·瑞利

我像鳥兒們一樣
看見了自己
曾經並不太清晰的路
我一定會到那兒的——

什麼時間？什麼路線？
我沒問
不過除非上帝派來
冰雹、燃燒彈、冰雨或者沉悶的雪
不然
在某個時候
一個好時候
我一定會到達那裏
因為他已經在他覺得好的時候
引領了我和鳥群

——布洛文

鳥群再一次朝北方飛去，一天又一天，我們總在迎接新的鳥群。看著他們，我總在想——他們是怎麼從那麼遙遠的另一個大陸，找到來這兒的路的呢？

三月三日——看見五隻天鵝絨外套蝴蝶，她們又叫「禮服」蝴蝶和坎伯威爾美人。

你知道這些精靈們在冬天是否冬眠嗎？
她們正朝木柵欄上的郵筒飛去

那裏放著一杯我為她們準備的甜水
我聽見啄木鳥正在用嘴啄著什麼嗎？
還有知更鳥正在溫柔地唱歌
轉過身朝窗戶外看看吧
你看
春天
已經來了

三月的風來過了，又走了，孩子們依然那麼愛它。

哦，多麼舒服，多麼快樂，能和揚起我的捲髮的風沿著小路賽跑。我堅定地相信，一定還有另外的精靈，喜歡在三月的風吹起的時候奔跑。

三月九日——紫羅蘭一會兒在這裏，一會兒在那裏，可誰是紫羅蘭呢？它的花瓣是黃色的，樣子也總能讓看見她的孩子們感到愉快。

三月十七日——流星花開了。

孩子們在去學校的路上一共數到了一百零三朵——我們只是一朵一朵地數它們，並沒把它們帶走，而是讓它們留在原來的地方，盡情開放。

這些奇怪的、紫粉色的花們，長著甜美的小鼻了，它們又叫黃花九輪草，屬於櫻草家族。你是不是已經看到了那些來花朵裏玩的土蜂？

三月！三月！三月！
他們來了
在演奏風的曲調的樂隊裏
紅頭啄木鳥正在敲鼓
黃金頂鶇跟在後面
穿著棕色夾克的麻雀不停跳躍
經過每條走廊和門之後
戴著梅紅無邊帽的雀停了下來
正好在他們去年停下來的地方

——拉爾庫姆

我躲在一段剛剛發芽的籬笆下
四月的雨經過天空
小雨滴滑過我的身體
忙著趕路的小雨滴
剛從笑著的天空落下來
也在笑著唱歌

很快
在我以為已經很隱蔽的地方
找到了我
把春天
扔到了我身上

——O・謝特

現在還是三月的時光，不過，四月的雨已經實實在在地來了。

我歡快地沿著路往下跑，和我在一起的有以賽亞，一隻牧羊犬；瑪麗・簡，曾經是隻小小的羊羔，現在已經是一位成熟的精靈了；還有十七隻整個冬天都在打瞌睡的羊毛熊毛毛蟲——好了，我們全部被四月的雨淋濕了。

不過，我們喜歡它的音樂，靜靜讓雨滴從我們的鼻尖滑下來（我把羊毛熊毛毛蟲拿出來捧在手心上，讓他們也能痛快地洗個淋浴）。

這是三月裏第一個溫柔的一天
每一分鐘都比之前更甜蜜
知更鳥在高高的落葉松上唱歌
就在我們的門旁邊
愛

正在整個宇宙裏誕生
從一顆心到另一顆
從土地到人
從人到土地
這是屬於感情的時光
——華茲華斯

羊精靈整天都在玩耍，孩子們非常愛她，她叫瑪麗‧簡——從前我用奶瓶將她養大——現在她成人了，就離開我去其他地方單獨進食，不過傍晚的時候，她準會蹦蹦跳跳地跑來，和我們共度一些快樂的時光。

瑪麗‧簡和牧羊犬以賽亞是好朋友。瑪麗總是在以賽亞趕牛回牲口欄的時候，跟在他腳後跟後面跑。有的時候（我沒在瑪麗身旁和她一塊兒跑的時候），我坐在牲口欄門口等她和以賽亞。

孩子在一陣鈴聲裏
不停旋轉
笑著，唱著，跳著舞
接著唱歌
黑鳥的口哨聲仍然那麼清晰
清晰地一聲接著一聲

春天！
春天！
——魏洛克

三月對一些種子寶寶來說，是一段要被播種的時間。今天，我們要把他們種到花園裏——親愛的小精靈們全都裹在小小的被子底下——這難道不是一個奇妙的仙境嗎？

我們說起一粒種子是多麼簡單的一件事
一朵花或者一粒種子
多麼簡單
可不管大地的耕種者
多麼辛勞
付出多大的努力和財富
也不能製造出
哪怕
一粒種子
在星星和花朵裏
沒有榮譽

只能用充滿愛意的眼睛
仰望
四月的風裏沒有香味
只能在徘徊時
呼吸到愉快

——布萊恩特

四月七日——你不愛觀察燕子精靈嗎？如果能像他們那樣在空氣中自由穿梭飛行，該是多麼美妙的事情。不過說實話，觀察他們同樣也是件美妙無比的事情。他們是多麼適合風中的生活。

你有沒有注意過，當燕子寶寶準備好要離開嬰兒房的時候，他們的嘴張得有多大（我的腦海裏浮現出過去我曾撫養過的樹燕的樣子，他們在我們的一個嬰兒房裏出生並被哺育長大）？在我看來，他們的嘴之所以張那麼大，絕對是爲了能在空中捕捉到更多的昆蟲。

孩子們非常喜歡這首關於燕子的詩：

雖然你只是天空的一個幼兒
沒有俗世的名譽和地位
不過
高飛這件事情

的確又珍貴又罕見
非常適合一個仙女的品味
——布洛格斯

四月八日——早晨，我在上學之前餵雞的時候，三隻兔子來了，一隻跟著一隻，從茂密的蔓楓樹叢裏跳過來，吃我散在地上給雞的食物。他們中的一個，最小的一個，看起來最喜歡吃那些細小的蘋果皮碎片。

小貓鳥有最黑的嘴巴
用這張嘴巴
她能發出所有的高音和顫音
能模仿知更鳥的聲音
還能像鷦鷯那樣歌唱
而我絕對相信
她能像一隻母雞下完蛋之後那樣咯咯叫
有的時候你會夢見她的歌聲
就像夢見某個詞語
不過很快
她又變回了那隻

原來的小貓鳥
小貓鳥穿著尼姑一樣的長袍
不過她更像一隻松鼠
總是興高采烈
快樂無比
她住在綠色小巷裏的一間小房子裏
一幢溫暖的小房子

她
儘管簡單平凡
卻沒有任何一隻小貓能發出
比這個長著羽毛和翅膀的小貓鳥
更愉快的鳴叫

我們第一次聽見她的叫聲時，真的以爲是一隻可憐的小貓遇到了麻煩，正在絕望地呼叫求救——於是急忙趕去。這是我第一次見到了小貓鳥。這個小精靈因爲她聲音的特點，被我們叫做「貓鳥」。

她是個非常幽默的小鳥，也是一隻靈巧的小鳥。不過有的時候，她看上去像丟失了這個世界上所有的朋友，萎靡地耷拉著翅膀和尾巴，呆呆地坐在那兒。孩子們其實非常希望能不用她的叫聲，而是用她的歌聲給她命名。

因爲，她的歌聲簡直是個奇蹟。有的時候，在春天，大約早晨的二點或三點，媽媽會被屋子裏的響動吵醒，起來查看，發現所有的孩子都穿著睡衣坐在窗沿上，靜悄悄地聽小貓鳥唱清晨歌。

麻雀飛遠了
四月的鳥
近了
穿著藍衣
就在眼前
從一棵樹飛到另一棵
大聲地唱出一首易碎的序曲
引導出一整年
緩慢連綿的音樂會
——愛默生

從四月到今天，我們一路上都在看著他們——上帝派來的，愛與幸福的小使者，知更鳥。

在我們的仙境裏，每一個孩子都可以選一個大自然裏自己最熱愛的精靈的名字做自己的名字。選「青鳥」的孩子最多。而我們很快將迎來一段極其美妙的時光，像之前很多年那樣，我們將成爲知更鳥爸爸和知更鳥媽媽的助手，幫助餵養他們的小寶寶。

四月十日——牧師在佈道的時候，犯了一個錯誤。他告訴蚯蚓：「可以借助你們自己的無數雙小腳爬上那些美麗的植物。」可現在所有的孩子都知道，蚯蚓是沒有腳的。所以，我想牧師一定以爲自己是在跟毛毛蟲說話，我敢肯定是這樣的，因爲他後來說：「上帝會把你們這些小東西變成美麗的蝴蝶」——可上帝並沒有把蚯蚓變成蝴蝶，而是從毛毛蟲裏變出了蝴蝶，天鵝絨般柔軟光滑的那些毛茸茸的生命。

四月十七日——在道路和小河之間的那些石頭中，住著樓斗菜——金鳳花和風之花的表親。每一年，紅花蜂鳥都會朝著這些明亮的紅色樓斗菜花朵飛來，孩子們也都會靜靜地坐在旁邊，看這樣那樣的精靈們，來了又去。

優雅的樓斗花
害羞得
整個臉都紅了
朝大地垂下她的花冠
連帶著垂下
裝滿蜜糖的鈴鐺

四月二十三日——我們每天都能在什麼地方看見那些英國麻雀，不過現在，我們打心眼兒裏不歡迎他們，因爲在冬天裏，他們總是大片大片地停在我們爲所有的鳥兒們佈置的聖誕樹和餵食桌子上，搶走所有的食物，還把別的小鳥趕走。而在春天，他們還企圖把溫柔的燕子和知更鳥從她們的家裏趕出來——他們從沒和這兒的任何一個會唱歌的精靈和諧相處過。

羽毛和色彩
雖然這樣雅致
可關於灰色和棕色
我們知道的並不多
他是全鎮公認的害鳥
從黎明到光線昏暗的黃昏
總在永無止盡地喋喋不休
對他來說沒有冬天的遷徙
甚至根本沒有對寒冷的憂慮
他不去騷擾一隻唱歌的鳥兒簡直是極其稀罕的事情
好鬥又愛管閒事
不管他到什麼地方做客
都絕對會像國王一樣
霸佔掉別人的土地
——弗薩斯

五月正在修建她的房子
從塵土開始

再找來花朵和翅膀
創作歌曲
用十月扔掉的黃金
在舊的旁邊做出新的
用被十一月拋在腳後的棕色樹葉
製作夏天需要的所有甜蜜
她
正在把一切重新變回
春天的樣子

——理查德・加里寧

五月六日——「我要在人類的孩子每天經過的路旁，修一個花園」，這樣，人類的孩子在路過的時候，就能走進來參觀，參觀「我們周圍的仙境」。

今天，下雨了，不過，我們還是觀察了蚯蚓——他們是地球上最奇妙的精靈之一，爲我們做出了最了不起的貢獻，成千上萬的他們，每天都在大地上辛勤地耕作。大自然母親的小小農夫就是他們，而這樣的工作已經持續了很多個年頭，並將一直持續下去。

昨天和前天，我們在花園裏找到了五十七個蚯蚓洞。蚯蚓們通常被作成魚餌。不過，孩子們更願意他們留在那兒耕作花園。

而你，難道從未發現他們藏在岩石下潮濕土壤上的卵嗎？難道從未在雨後的人行道上，看見他們緩慢爬行的身影嗎？

五月九日——我們找到了天鵝絨外套蝴蝶的蛋。他們長在柳樹的小嫩枝的末端，在小樹梢上排成一排，看起來像一串可愛的小小寶石。

哦，路邊的小小紅姑娘們，在太陽下打開它們光滑的花瓣。孩子們愛它們，因爲它們能給自己帶來無限的快樂。當開花的季節結束時，我們總是要爲大衛和強納森收集這些花的種子——他們是兩個非常喜歡這些半支蓮種子的可愛小鴿子。

另外，牛特別愛吃它們的葉子，好些人還用它們做沙拉。

五月十一日——今天，我看見一隻君主蝴蝶把她的卵放在牛奶草上面。她一次只放一顆，放在葉子的背面。你知道爲什麼她一定要把蛋放在牛奶草上嗎？我曾經也覺得非常疑惑，於是帶了好多這樣的葉子回家，想找出答案。

我儘量讓它們保持新鮮，直到五天後綠色的卵裏鑽出了小東西。小毛毛蟲們肯定是餓壞了，張口吃的第一樣東西，就是他們剛剛從裏面鑽出來的那個卵殼，接著，開始吃牛奶草的葉子。

我一下明白了爲什麼他們的媽媽要把這些卵放在牛奶草上。自從那一年後，我開始自己餵養小君主蝴蝶，其他的孩子還在花園裏給他們種了很多牛奶草。

每一點大自然歌唱的聲音
都會讓空氣的翅膀顫抖起來
——湯普森

在溪流裏，在雨水的輕拍裏，在樹的縫隙中玩耍的風裏……都藏著音樂。這個空中的小兄弟，從早到晚都在用歌聲向全世界表達他偉大的愛意。其他的音樂家——青蛙、蟋蟀、癩蛤蟆、甲殼蟲、紡織娘……也都是大地合唱團裏不可缺少的一員。

今天，我們進行了一次非常絕妙的探險旅行——爲了尋找植物王國裏不同成員的旅行。

你看，這裏有很多不同的植物種類，比如樹和花。

在開花植物裏，也有很多看起來不像花的草和香蒲，很多人根本沒發現過它們也是會開花的。而這樣的隱花植物其實非常多——蕨、苔蘚、地錢、地衣、水藻和蘑菇……

五月十七日——找到了吃柳樹葉子長大的天鵝絨外套蝴蝶的幼蟲。

我想，我聽見了食蟲鳴禽的歌聲。那是一隻青鳥嗎？爲什麼又像是隻松鼠在附近叫呢？

不，應該是模仿鳥，那個鶺鴒和鶇鳥的表親，整天都在唱歌：唱自己的也唱別人的，白天唱、晚上也唱。聽他們唱歌是孩子們的巨大歡樂。我愛那首關於他們的詩：

輕輕地，低低地
這首歌開始了
我幾乎抓不住它
哀怨的「微普微爾」鳥發出的
悲傷顫音
安詳的鴿子的輕柔哭泣
囉嗦的鳥和尖叫的鶲

麻雀的唧唧喳喳
小貓鳥的哭嚎
紅鳥的口哨
知更鳥的歎息
黑鳥、知更鳥、燕子、雲雀
每一個天然的聲音都會留下痕跡
就像在課堂上練習時那樣
一次比一次大聲
到最後
突然爆發
並且繼續
大聲而清晰地往前流去

房子西邊的一棵猴子樹上，有一個巢，用長滿刺的木條搭起來的，還有柔軟的棉花襯裏。裏面有四個淺藍色、佈滿紅棕色圓點的蛋——從這些蛋裏鑽出四隻小小鳥。這四隻小鳥喜歡蚯蚓、漿果和蟲子。在他們出來之前，我們就從他們的父親那裏學來了這首詩：

他唱著歌飛翔

像一枝羽箭
疾速衝向水面
然後
一對帶條紋的翅膀開始潛水
又很快飛出來
落在一棵和藹的松樹上
沒有別的鳥能如此來去自如
一大群歡樂的翅膀發出的低語
圍繞著他
一隻回巢的幼鳥
每一次都唱同樣的調子
雖然天堂不是專為他們或他而設
但至少
他是明智的
每天都在天堂的邊緣
踮起腳尖走路

第四章　沿著道路（一）

五月二十日——這是悲劇性的一天。

昨天，我在七英里以外，發現了座落在樹冠上的蒼鷺鎮（當你對什麼發生濃厚興趣時，七英里一點都不算遠）。

我趕緊跑回家，告訴其他人這個神奇的在樹冠上的小鎮，可我發現，沒有一個人對蒼鷺感興趣。

這裏從很久以前開始就有一些規矩，比如「小姑娘應該多聽少說」。而惟一讓所有人都感興趣的是：我該在什麼時間上床睡覺（當一次探險或者攀登的欲望被抑制時，是非常讓人不舒服的）。

我想，悲劇就是從昨天晚上他們阻止我去蒼鷺鎮的時候開始的。

爲什麼這麼說呢？在回家的路上，我一直在琢磨關於蒼鷺的家庭生活的事，還想做蒼鷺爸爸和蒼鷺媽媽的助手，幫他們餵養小寶寶。

這個世界上的人，怎麼才能去餵蒼鷺寶寶呢？除非他能爬到他們的搖籃裏。我一直想著，這樣我就將會發現很多關於蒼鷺生活習性的事情，一直想，還夢見自己昨天晚上就在蒼鷺鎮裏。

今天早上，我在房子裏的所有人醒來之前第一個起床，走到食品櫃，帶上我的早餐，走到花園，帶上貝爾莎澤（我的一個寵物青蛙）、舍普（一隻狗）、所羅門（寵物臭鼬）和柏拉圖（寵物龜）。

我們開始向蒼鷺鎮出發——柏拉圖和貝爾莎澤在我圍裙的口袋裏，因爲，如果要他們走路是肯定跟不上我的，所羅門和舍普則跟在我身後。

當我到達那棵蒼鷺鎮所在的樹下時，和夥伴分享了剩下的早餐，我讓其他的夥伴都留在樹下等我，帶上貝爾莎澤開始往上爬。

鎮離地面非常高，遠遠不止一百英尺那麼高，是一段艱難的爬行路程，所以，在我到達村子之前，已經堅定地下了決心：如果真的要來幫助餵養小蒼鷺的話，我需要一個更大的口袋，好一次裝夠所有的食物。

當我幾乎馬上就要碰到第一個大巢的時候（這裏有無數的巢），我把貝爾莎澤從口袋裏拿出來，放在最近的一個樹丫上，開始努力讓自己能平衡地在樹冠上站穩並且開始觀察。

可一隻蒼鷺在我完全找到自己的平衡之前，突然用嘴把貝爾莎澤叼了起來。他的這一舉動讓我大吃一驚，並且立刻讓我失去了剛剛抓住的平衡，開始往地面跌落——在往下落的過程中，我做了一個新的決定：如果蒼鷺寶寶需要用像貝爾莎澤這樣的食物餵養，我將收回幾天前的「要當餵養他們的助手」的決定。

還好，我沒真的砸到地上，而是被一根樹枝在中途攔了下來。

我開始重新往上爬，並且最終在蒼鷺鎮度過了美妙的一天。

蒼鷺的房子僅僅是用木棍搭起來的簡易平臺——他們並不是擅長保持房屋整潔的好管家，小寶寶們也很笨拙，還粗聲粗氣，不過，在他們中間待著的感覺還是非常奇妙。

我自然也知道了蒼鷺寶寶是否喜歡被抱著之類問題的答案，因爲我曾試著抱起來兩個，一隻手臂裏一個，不過，他們非常激烈地尖叫，幾乎讓我又一次失去平衡。

有些巢裏有三個或四個藍綠色的蛋，和另一些看起來相當古怪的東西——似乎他們才從蛋殼裏鑽出來不久。

蒼鷺鎮裏有太多有意思的事了。村民們每分鐘都在來來去去——每一分鐘都是那麼精彩。

我非常想整個晚上都待在這裏。可是夜晚一來，肚子就準時開始餓起來，而且餓得無法忍受，就像已經有好多年沒吃任何東西一樣。早飯我只吃了一小口，剩下的，大部份都給了我周圍的小動物朋友。

匆忙回家正好趕上晚餐，坐在桌子旁一陣狼吞虎咽之後才忽然想起來：今天本該去學校上課的，可我已經完全忘了。家裏的人開始問我，爲什麼圍裙上破了四個口子——這也是我完全沒有注意到的。

於是，我偷跑去蒼鷺鎭的秘密，被撕破的圍裙洩露給了好多人，而我甚至還沒來得及張嘴告訴他們：爬到上面和蒼鷺寶寶在一起，是到今天爲止世界上最美妙的事情。

五月二十二日——每天在學校，我都會有那麼一點點小麻煩——僅僅是因爲學校的課程和我自己安排的自然學習課程沒法好好地結合。有的時候，它們看上去簡直是一個大麻煩，卻往往能在最後給我帶來一個新朋友。

今天的麻煩，主要是關於毛毛蟲的。

我在來學校的路上抓到了十七隻毛毛蟲，不過，也因此在鈴聲敲響後九分鐘，才緩慢地來到學校。這還不是最糟糕的，因爲在下午，不知用什麼方法，這些小傢伙居然從我的課桌裏逃走了。

我和梅葆爾坐在一張桌子上，她不喜歡毛毛蟲，也不喜歡我們的老師——她悄悄告訴我，一點都不用奇怪，因爲她不喜歡毛毛蟲，所以，她把他們推出了桌子，不過，最主要的是因爲，她希望這樣能讓這些爬行者們爬到老師的背脊上。

老師真是個英雄，放學之後，幫我找到了所有逃走的毛毛蟲（**當然，她並沒有把他們撿起來，還是我撿的**）。

老師承認她非常怕毛毛蟲，覺得他們是可怕的爬行者，於是，我向她介紹了毛毛蟲的柔軟和奇妙，還有所有關於「毛毛蟲農場」的事情。講完之後，我拿出一隻又大又柔軟，很快將會變成月亮蛾的綠色毛毛蟲，讓我親愛的老師感覺一下他是多麼柔軟。

之後，她和我一起往家走了一段，幫我爲綠色柔軟的會變成月亮蛾的那隻毛毛蟲撿核桃葉子，給另外三隻將要變成白蛺蝶的毛毛蟲找橡樹葉，給其他的七隻將要變成卡爾西頓蝴蝶的蟲子找猴子花葉子。

五月二十四日——去學校的路上，我看見了知更鳥、黑鳥、歌麻雀、紅眼雀、君主蝶、燕尾蝶、三隻金花鼠、一隻灰松鼠和三隻步行甲。不過，就算和他們每個人只說了一句話，也讓我幾乎再次遲到。

路旁，人們都會經過的地方，有我的蜂鳥花園。

爲了讓所有的蜂鳥們更喜歡這個花園，我種了他們最愛的花——喇叭花、天竺花、耬斗菜、金銀花、旱金蓮和劍蘭。

蜂鳥

穿著綠色和金色
四處俯衝
觸碰水面
大口地暢飲
蜜糖和露水
閃著光
發出嗡嗡的聲音
像一支瞬間消失的羽毛棍
在隨便哪個角落
閃出光芒
幾乎是最小的一種羽毛動物
卻擁有所有的魅力

那些天性裏的自然和瀟灑
不需要任何證明
在如此狹小的空間裏
卻能製造出如此完美的優雅
如此可愛的一群精靈
是所有美麗的縮影
他用彩色鉛筆
蘸滿天堂彩虹裏的顏料
給自己的羽毛塗上
光滑閃亮的顏色

五月二十六日——昨天和今天，在路邊一朵生病的猴子花上，我們發現了胃口巨大的發亮小黑毛毛蟲——那些小毛毛蟲剛從卡爾西頓蝴蝶媽媽放在猴子花上的蒼黃色小卵裏出來，而去年，我們也從卵裏孵出過一百零一隻卡爾西頓蝴蝶。

五月二十七日——六隻小豬精靈在路邊。小豬精靈絕對是非常有趣的。豬的鼻子除了嗅東西以外，還有什麼別的作用呢？你覺得一隻豬爲什麼要在泥裏打滾？他怎麼洗澡？你用橡樹籽餵過他嗎？當你看見豬的時候，你能分出他們是屬於哪些不同的種類嗎——約克郡的，切爾西的，波蘭和中國混種的，還是貝克郡的？你是否也曾有過一隻寵物小豬？

我就曾有一隻非常喜歡到野外小路上散步，並且，總是停在橡樹林裏的波蘭和中國混種小豬。有的時候，她也會跟著我去學校，這讓老師非常不高興，不過，她卻得到了所有同學的喜愛。

我們學習了一首關於豬的詩（我想先說明一點，雖然這首詩是讚美小豬的，但長大的豬們，其實並不像詩裏說的那麼邪惡）：

好小豬捲著牠的小尾巴
搖晃著柔軟得像緞子一樣的粉白身子
和大塊頭的粗俗大豬
完全不同

五月二十八日——蝸牛精靈真的非常有趣。他們的行動的確不夠迅速（不過，我們能快起來嗎？如果也像蝸牛那樣，只用一隻腳走路？）——眼睛長在兩根高煙囪樣的觸角上，不，也許那根本不是觸角，而實實在在是他的眼睛。

我特別想知道，如果我們的眼睛也長在兩個支在外面的高柱子上會是什麼滋味；他是真的只有一隻腳，這隻腳完全是個奇蹟，再沒有比蝸牛精靈更奇妙的生靈了——他每時每刻都把自己的房子揹在背上，因此當危險靠近時，他隨時都可以撤退到自己的家裏。

小迪奧詹尼斯
揹著你的房子
興高采烈地離開
當你的眼睛望著天空

用一隻腳走路時
請告訴我
你找到你要找的那另一隻蝸牛了嗎？
你走得如此緩慢
窺探整個世界的邊境
你找到他了嗎
我想知道
你走得這麼慢
是不是因為
你有一間整潔又牢固的房子
不用慌張更不用擔心
你可以隨時回家
也可以
晚上很晚都待在外面

我在一堆亂七八糟的腐爛舊葉子下，找到了他們的蛋。蝸牛的蛋跟長在外婆花園裏的小豆子一樣大。我發現這些裝著蝸牛寶寶的蛋的時候，它們全是透明的。蝸牛寶寶一生出來就有各自單獨的小房子，寶寶長大，房子也跟著一個螺旋一個螺旋不斷長大。

「蝸牛托兒所」設在一個大盒子裏，底部鋪著泥土和苔蘚。早餐、正餐和晚餐，我都會給他們吃蔬菜和水果。

今年，我們有二十七個蝸牛寶寶。（你知道蝸牛爸爸和蝸牛媽媽是同一個精靈，住在同一間房子裏嗎？）我們翻出《聖經》，查閱了很多古代歷史，反覆討論之後，才選定他們的名字。

選名字的任務是龐大的，而且，每年都在不斷增加——因爲我們的蝴蝶、蛾子、甲殼蟲、癩蛤蟆、青蛙、蛇和其他從蛋裏孵出來的精靈的數量在不斷變大；我們和鳥、松鼠、臭鼬之間的友誼也在不斷增長。

五月二十九日——今天我們遇見了很多野蘿蔔精靈。

它們的祖先曾住在這兒的花園裏，而現在，它們的孩子們，早就到花園以外的地方旅行了。你知道，蘿蔔是芥末、岩石水芹和帶子豆莢的親戚嗎？

五月三十日——鷦鷯，親愛的小築巢鷦鷯，在我們修的鳥屋裏選了一間當自己的家，因爲她的到來，我們整整高興了一個星期。

一開始，她先銜來很多小嫩樹枝，很多天以後，找來柔軟的羽毛。現在，已經有五隻可愛的小蛋被擱在了巢裏。我們完全等不及，想他們馬上出來——幫鷦鷯照顧小寶寶一定會特別有趣。

第五章　雨滴的旅行

雨滴做了一次旅行，一次去天空的旅行，一次騎在一朵雲上的旅行。他穿著雪花衣服，在山頂降落，和其他穿著雪花衣服的雨滴一塊兒休息。

溫暖的陽光來了，他們在山腰閒蕩。雨滴脫下的雪花衣服，滴落在小小的石頭上，大聲笑著飛快地衝下山崗，落進小河，再繼續往前衝，在離山腳一點點的地方減速、旋轉，暫時停下了奔騰——睡覺、做夢，在湖心和風音樂家相伴。

這裏記錄了雨滴一路上遇見的，住在水裏或者水邊的精靈們。而他更希望你們，上帝的孩子們，能親自去他遇見這些精靈的地方找他們，這樣，你們才會更瞭解那些住在水裏或水邊的精靈。

雨滴精靈這樣對所有讀他的遊記的人們說：「寫下並且告訴我，你們在水裏和水邊遇見了誰？什麼時候遇見他們？在哪兒？從他們那兒學到了什麼？你還想瞭解哪些關於他們的事情？……能幫助你們找到並瞭解他們，是一件讓我很愉快的事情。」

在一個池塘裏，水很深，住著一個精靈，有淹沒在水裏的根和一點點紫色的花朵，名叫水盾。

雨滴知道，他們的葉子下面一定藏著小魚，小魚們會告訴你水盾的另一個名字：水靶子，告訴你他們屬於水百合家族，居住在澳洲、非洲和亞洲的一些地方。

一小片沼澤地裏，有一個黃脖子精靈，戴著一副黑面具。

「哪條路，先生？我要走哪條路才對，先生？」——黃喉嚨總是問著這個問題，讓雨滴想起了一首范・戴克的詩，正好是講這種精靈的。

雨滴跟隨著自己的感覺，找到了一棵常青的太平洋紅豆杉，告訴它——自己曾聽見一隻鳥兒歌唱過它們的美麗果子；從前的建築者怎麼用它們做房屋的柱子；在遙遠的北方國家，印第安人是怎麼用它們做槳和矛。

在湖面上做低空飛行，雨滴遇見了燕子，並且立刻愛上了他們，一直在他們旁邊遊蕩，捨不得離開。

不遠處，麻鴉正飛快地飛過沼澤：「嗚—劈啪，嗚—劈啪……」

聽見這些聲音之後，雨滴明白了爲什麼麻鴉又被叫做「雷鳴抽水機」——這個奇怪而有趣的精靈是蒼鷺和白鷺的表親，常常離人很近，在一通橫衝直撞之後，突然立成一根棍子，把嘴直直指向天空。雨滴說，麻鴉很好地體現了大自然媽媽給小生靈們設計的保護色。

從沼澤的邊際，從那些低矮的莎草叢中冒出來的，是高高的天賜草。當雨滴朝它們走過去時，看見一隻牛也正在靠近這些高挑的草精靈。

在他的旅程中，一隻鳥曾告訴他，秋天是水鳥的節日，因爲在他們去南方的一路上，到處都是他們喜歡吃的種子。

兩天前，他遇見了水蠍子，蠍蝽科家族的一員，吃魚蛋長大。

雨滴在溪岸上一塊潮濕的地方，遇見了三隻蝽——「癩蛤蟆臭蟲」。他們是大翼甲蟎科家族的成員。因爲他們突出的眼睛，呆滯斑駁的顏色和寬大短小的身體，人們叫他們：「癩蛤蟆臭蟲」。

在環繞岩石的小溪底下，很多小石頭集中到一起，堆成一個一英尺長的管道。

「好吧，是誰住在這裏面呢？我只是有點好奇想知道罷了。」雨滴正自己嘀咕著，房子的主人聽見了他的說話聲。

「我——」管道裏的聲音說。

「那，你是誰呢？」

「我長大以後會有一對翅膀，會變成一隻毛翅蒼蠅，從這片水裏飛走。」

和小溪一塊兒奔騰，雨滴遇到了一個奇怪的用冷杉松針和非常細小的木棍做的房子，裏面住著一些會飛的毛翅蒼蠅幼蟲，這些木頭小屋裏的小小隱居者，吃著水生植物長大。

剛往下走了一點，雨滴迎面碰上了正逆水而上、到溪裏產卵的大馬哈魚媽媽。從她那兒，雨滴知道了他們要把卵放到新鮮的水裏去，之後，新出生的大馬哈魚會在不久的將來回到大海。當下一個產卵季節到來時，年輕的大馬哈魚們將集體離開大海，逆水游進溪流，尋找新鮮的淡水水流——只有在找到鮮活乾淨的水之後，她們才會產卵。

有的時候，這個尋找的旅程會綿延好幾百英里。雨滴見到這些大馬哈魚精靈的地方，已經離海四百英里了，而且在產卵之後，大馬哈魚爸爸和大馬哈魚媽媽都會死去；不過，他們的生命將在他們生下的很多小魚身上繼續，至少會有一些能長大成新的大馬哈魚。

雨滴跟大馬哈魚說了再見，他有點悲傷，不過不管怎麼說，魚寶寶們將會回到大海——儘管媽媽自己再也回不去了，而這樣的思考，讓雨滴再一次體會到了生命的奇妙。

雨滴有多愛小貓柳樹，我不大知道，不過，任何一個人都能通過自己心裏對這些柳樹的愛，來度量他對它們的愛。風精靈對雨滴輕輕說了一句話：「有的時候我覺得，灰色的小貓柳樹就是那些迷了路的小貓天使。」

在一些沒有水流唱歌的安靜地方，躺下做一些柔軟的夢是多麼美妙。在那裏，雨滴發現了水百合，發現它們把根紮進溪底的淤泥裏，而葉子漂浮在水面上。

雨滴也在一朵巨大的有金色雄蕊的白色花朵附近徘徊。在這些百合中間，風精靈來到雨滴耳邊，悄悄說起了水百合的親戚，蓮花精靈，說遠東的人們非常喜愛和尊敬這種精靈，說人們傳說了幾千年的關於釋迦牟尼佛一步步踏著這些神秘的花朵，漂浮著出現在世上的故事。

雨滴一邊看著蜜蜂和鮮花昆蟲飛到這些水百合上，一邊聽著所有這些故事。

一支長笛在什麼地方忽然吹響——「歐—卡—利，歐—卡—利」。雨滴聽著，琢磨著這會是誰？現在他又躲在什麼地方？「歐—卡—利」，又一聲，這次更近了，而接下來的一個瞬間，一個翅膀上有紅色的黑精靈，在蘆葦叢中那根最高的蘆葦上出現了。

雨滴靠近蘆葦叢，上面的那隻鳥開始「歐—卡—利」地自我介紹：「紅翼黑鶇鳥是我的名字，屬於鯖鯊科家族，我的表親是食米鳥、黃鸝、山鳥和草地鷚，我的家就在遠處那片長滿蘆葦和苔蘚的濕地上，我們的孩子馬上就要從草搭的搖籃裏的四個蛋裏出來了。歐—卡—利，那時候我會更忙了，歐—卡—利，可這樣我會更高興。」說到這兒，這隻翅膀上有紅色的「黑笛子」，起程朝濕地外面飛去。

濕地裏，一朵太陽花正在開花，雨滴很快找到了一些沼澤金盞花精靈，他向它們介紹了莎士比亞及其作品，「瑪麗的蓓蕾開始打開她們金色的眼睛」。雨滴還從風精靈那兒聽說，在河流和草原上，沼澤金盞花正在盛開。

這些精靈屬於金鳳花家庭。

現在，他已經離開了濕地，不過，只要往溪水下游走一點點，就能來到金盞花的表親——「黃金線」面前。黃金線，因爲它們美麗的根而得名。沿著溪水，他又遇見了：「新娘的花冠」、繡線菊的某個表兄弟、草莓、玫瑰和黑莓。

不久，雨滴遇見了一隻蚌。這隻蚌是吃藻的小粒長大的。經過對這些蚌一段時間的觀察，雨滴發現，蚌對淨化地表水源有很大的貢獻。他想知道，有多少讀過他的旅行故事的男孩和女孩，曾把蚌放在魚缸裏觀察過他們這項偉大的工作？

在池塘佈滿淤泥的底部，雨滴遇見一個有泥巴一樣顏色、皮膚又厚又硬的魚精靈，不過，這種魚沒有別的魚那麼多鱗，他是誰呢？他又叫什麼名字呢？——貓魚？有角大頭魚？還是鯰魚？

大頭魚問雨滴：「哪種魚是男孩子最喜歡的？」在美國，只有一種魚完全符合這種情況，這種魚的數量和國家裏的男孩子一樣多——那就是你們自己啊，有角大頭魚。「有角大頭魚」是他們的波士頓名字，在紐約和這個國家的其他地方，不論大小，人們都叫他們鯰魚。

鯰魚是一種有趣卻容易犯錯誤的魚，有一個胖胖的下巴，一個胖胖的總是需要努力填滿的肚子，光滑圓潤幾乎和人的皮膚一樣細嫩的皮膚，長長的鬍鬚和散開的腮鬚。同時，常常全副武裝，在手裏握著三把劍，總是做好隨時走上陸地來一場格鬥的準備。

鯰魚最喜歡水池，而且，當他勇往直前咬下釣鉤的時候，沒有半點愚蠢的恐懼，他會毫不猶豫地咽下魚鉤，會很快加入掛在池邊樹叉上的其他夥伴。不過，即使這麼不舒服，但至少和親戚們會合了——它從不會丟掉任何展示自己幽默感的機會。

他的大頭和膨脹的前額彰顯著大智慧，是惟一一種大腦裏有不同神經分區的魚，這種更嚴密的組織，是更豐富的思維活動的基礎，因此，他很清楚自己在幹什麼，因此從不抱怨。

如果你覺得他已經在陽光下死去一個小時了，那麼，試著往他的腮裏倒一點點水，奇蹟瞬間發生——他會立刻重新搖晃尾巴，發出感激的叫聲。

雨滴之前就知道，青蛙的卵會大量地聚集成果凍樣子的一堆，而蟾蜍則會把卵下成一串果凍。每當雨滴遇見青蛙或蟾蜍的卵時，他都希望這些卵已經孵好了，因爲，他很喜歡和那些小蝌蚪們玩。

濕地金盞花住在濕地裏，雨滴在這裏找到了它和它身旁的其他濕地精靈。金盞花屬於石楠家族，它的親戚是杜鵑花和楊梅。

在一個淺水池，他找到了精緻的小蚊蠅幼蟲，他們屬於搖蚊家族。正當雨滴想走近一點看望他們時，一些魚忽然張開嘴，把他們吞掉了。

雨滴往北邊的湖裏遊蕩，先是聽見，接著看見了潛鳥——孤獨的潛鳥，偉大的北方潛水者。

潛鳥笑著
飛翔著
去了下面
潛入
那個映著天空樣子的水底
——朗費羅

一片沼澤裏有兩個鶴科家族的成員——他們是咳嗽鶴和沙丘鶴。他聽見他們在一英里之外，像喇叭一樣的哭聲。

在池塘邊的蘆葦叢裏不停划槳的是泥雌雞，另外，很多人都知道，他們也被稱作美國黑鴨。雨滴看見她在淺淺的水灣裏潛水，游進蘆葦叢，加入一個歡笑的隊伍——一群和自己一樣的精靈，她迅速加入了他們的閒聊。

一個精靈，一步步優美地走到草叢的頂端，那是黑脖子鸊鷉，雨滴前天在湖的另一邊見過她。鸊鷉在整個香蒲叢周圍徘徊，他們是很專業的漁夫。

有的時候，會有一些海鷗被海島周圍的水流騙到這片水域。

蘆葦沼澤裏，一眼就能看見英武的福斯特燕鷗，他是裏海燕鷗、皇家燕鷗和普通燕鷗的親戚。

又一次見到一隻小鰻，雨滴想到了那首詩：

一隻年輕的鰻魚
住在一個海潮湧來的小水池裏

他像水滴那麼小
那麼圓滑柔軟
從行動看來像個笨蛋
不過
他的美德是完全無庸質疑的

——阿維爾

淺淺的一個水池裏，雨滴遇見了小狗魚草，聽說小風仙子奧利烏斯四小時十一分鐘之前，剛剛從這裏經過。湖邊蘆葦叢裏，有一個奇異的漂浮著的巢——一個用蘆葦稈做的搖籃，搖籃裏，躺著一種西方鳥生的四隻白蛋。雨滴在後來的旅程中，遇見了這種鳥的其他親戚：角狀鳥、有耳朵的鳥、雜色嘴巴鳥和某種世界上最小的鳥。在河邊的低地上，他遇見了斑點磯鷸精靈——這些沙地笛手的親戚，這些灰色的鳥們，他們的孩子叫「蹺蹺板尾巴」。

我聽見一陣低語
甜蜜而熱切
飄過綠色浪花的邊緣
水流在說一些輕快的事情
波浪正歡快地回答

——湯普森

雨滴，在五月的第一天，沿著池塘的邊緣巡查，在很多地方，都能找到小小的紡錘狀的蛋，黏在一根草的莖幹上。

他開始想，是誰把他們放在這個地方的。「沼澤蹺蹺板」媽媽告訴他，這些蛋是小「沼澤蹺蹺板」的搖籃。

六月的一天，在緩慢地穿過牧場的一次流浪裏，經過潛水灘裏的濕地金鳳花，在路邊的柳樹和榿木周圍盤旋時，他看見了燕尾蝶。

在沼澤地裏遊移，雨滴看見不遠的地方有兩個表兄弟——野螃蟹蘋果和服務莓，它們也被叫做棠棣。離開沼澤，沿著小溪往前，遇見了它們的第三個兄弟——西部山楂。所有的這些都屬於蘋果家族。

到處都能看見蠑螈精靈，一隻蠑螈從和癩蛤蟆的卵一樣大的一個棕色卵裏出來。雨滴看到這些新生的精靈吃長大了會變成蚊子的孑孓，當然，也看見他們吃別的水生昆蟲。

有一天，雨滴闖進了一個面貌古怪的群落。

可除了看見水蠆（我們常用來釣魚的小蟲）的幼蟲飛來飛去，再沒有別的東西。

從這些精靈身上，雨滴知道了，水蠆把他們的蛋下在那些離水面很近的樹葉上，幼蟲剛剛從蛋裏爬出來，就能立刻落到水裏，在水裏過完他們生命中的最初三年。三年之後，經過短暫的一段蛹裏的日子後，最終長大。

告訴雨滴這些事情的，是一隻在水裏待了二年零十個月的幼蟲，他說，自己很快就能從水裏出來了。

在來到河流轉彎的地方之前，雨滴看見翠鳥從頭頂飛過——一道白色和藍色的閃光，接著，一陣突然的跳入和躍起，等再一次看見他的時候，翠鳥已經停在了他的棲木上，吃著他的銀色閃光晚餐。

雨滴聽見他愉快的「喀噠喀噠」聲，心想：

他笑得這麼大聲
一點都不奇怪
他看上去這麼驕傲
一點都不奇怪
因為
有一個偉大的國王
賜給了他王權
讓他能享受一天
和自己一樣的尊貴榮譽

——湯普森

雨滴，從未因爲紅色而如此快樂，從未像現在這樣，爲了遠處溪流邊的天竺花而狂喜。

「天竺花用它紅色的花朵追求蜂鳥」，風精靈曾告訴過雨滴。而就在他朝它們靠近的時候，一隻蜂鳥正好停在一朵明媚的花朵上。天竺花希望雨滴帶給人類的孩子們這樣的消息：如果他們愛它，請把它留在它們被找到的地方，讓它就這樣開放；因爲如果不這樣，過不了幾年，一場嚴重的天竺花饑荒將會來到地球。

「我們中的很多都在還沒來得及把種子送到土地上之前，就被人們摘下帶走了，如果沒有種子被送到土地上，怎麼可能會再有天竺花精靈在地球上開放？」這個明亮的精靈告訴雨滴。

雨滴特別希望讀他的旅行日記的孩子們，能真的太愛這些可愛的天竺花精靈，讓它們在原來的地方開花。這樣，未來的歲月裏，才會有越來越多的天竺花來到地球，快樂地綻放美麗的花朵。

一個長滿青苔的河岸，住著「薄霧少女」。風精靈告訴雨滴，自己曾在一個類似的地方，發現過這些有裙狀花邊和珍珠般花瓣的精靈。它們是幌菊的表親。

雨滴在一條溪流的岸邊，找到了山谷百合家族的扭曲梗——戴著他綠白色的小鈴鐺，躲在美麗、閃亮的綠葉下。沿著溪流繼續往前走時，他又找到扭曲梗的表親——甘松，長著好多滿是星星的花朵，看上去特別像山谷野百合。

在一塊草地上，雨滴遇見了「草地泡沫」——草地上有一條小溪，忘了自己的方向，只能不停地左右徘徊，雨滴跟著它，也只能這麼到處遊蕩；在遊蕩的過程中，發現了正待在家的「草地泡沫」，整個草地被它們弄得全是奶油。

在池塘的水面上，漂著印第安池塘百合「水美人」。她的學名是星蓮。希臘和羅馬神話裏，她是住在山林水澤的美麗少女。她的萼片是黃色的。雨滴告訴了她海華沙（**朗費羅的長詩《海華沙之歌》的主角**）的獨木舟的故事：

> 在河上
> 像秋天裏的一片黃葉
> 像一朵黃色的水百合

在那個拐彎處，小溪正在睡覺，雨滴朝划蝽家族的水船夫走去，他正在水面上游泳。雨滴從溪底叫他。這個一生靠呼吸空氣活著的傢伙，屏住氣，離開水的表面，朝下往水的深處來了。而一個空氣做的薄膜套，裹在他身體上的每一根漂亮的頭髮中間，被帶了下來。

「我一直在觀察你，想看你到底能移動多快。這是你的家嗎？」

「是的，」水船夫回答，「這裏現在是我家了。去年，我住在一個池塘裏，不過暖和的天氣一來，它就乾涸了，而我和其他一些人，只能從那兒飛走，去找另外的水面。在路上，我們看見一些東西在閃光，非常亮，飛過去才發現原來是一個電燈。當我們在燈泡附近盤旋時，一個小姑娘走過來看我們，我聽見她說：『他們不是這兒的。』我敢肯定我們當時看起來笨拙極了，因爲在陸地上，我們遠沒有在水裏行動敏捷迅速。於是小姑娘抓住我們，第二天帶我們住進了這個所有的水都在做夢的地方。我想，她一定很明白一個水船夫的心對水的熱切渴望。」

雨滴一直在沉思——「你把你的卵生在水裏還是陸地上呢？」

「水裏，」水船夫嚴肅地說，「在水裏，水生植物的莖上。」

「那個把我放回水裏的小姑娘告訴我，在很遠的南方，我們那些把卵生在陸地上的表兄，被印地安人收集起來並用來製作吃的蛋糕。她讓我咬了一小口她叔叔買給她的這種蛋糕，我其實一點也不想嘗，不過，當她把我放進這兒的水裏時，我還是非常的高興，我很喜歡住在這兒。」

另一邊，有水獺在做一次漂亮的河岸滑行。雨滴第一次看見他們做這種動作時，他想：他們和男孩兒、女孩兒們玩這種遊戲的時候一樣快樂。一隻獺追著一條鰻，另一隻抓住了一條鮭魚。

「水獺媽媽和爸爸是無私奉獻的父母」，雨滴告訴風精靈，就像那天水獺告訴自己的那樣。他們的巢就建在堤岸和路邊，潺潺的溪水在溪岸附近打著圈轉彎，給這些精靈們帶來了很多每天需要的葉子，比如壇龍蕨。

那是草地芸香，花朵像綠色的麥穗染上了淺淺的紫色。雨滴知道風之花和金鳳花還有黃金線，都是她的親戚。

這兒有波紋，這兒有光束，這兒還有翻車魚。雨滴閒蕩著，密切注視著每一個閃過這片小領土的動靜。當太陽又一次出來，全新的一天來臨時，他還在河邊等待，等那個快做爸爸的翻車魚把即將出生的小寶寶的巢建好。

風精靈過來，在雨滴耳邊輕輕說：「麗洛會把巢的事情告訴他們的孩子的，還有好多別的精靈等著你去拜訪呢。」於是，雨滴繼續踏上旅程，在池塘邊緣逗留，找到了黃色的委陵菜精靈（洋莓屬的一種）。水面上，有一個噴泡沫的水精靈——黑褐色，食肉，在水面噴出泡沫的動作，總是爲孩子們帶去很多喜悅。

沼澤裏一個溫暖的一天，雨滴問遇見的一個水貂，他是否是水生族裏的一員。

「不，」水貂說，「我捕魚，游泳，也潛水，不過，我的真實身份是個獵人。今天一直在享受青蛙美餐，剛才又找到一隻蜥蜴和三隻蚯蚓。我還是一個偷窺者，喜歡年輕的鳥，喜歡吃他們。」

七月裏一個潮濕的一天，沿著一條流得很慢的小溪，雨滴找到了正在開花的射手花。它又叫箭頭，那些白色花瓣金黃花心的精緻小花，總是能給人類的孩子們帶來純潔和忠貞的信念。

只是一瞬間後，雨滴遇見了水蛇。有的是帶狀的，有的有條紋，有的上面有斑點，也因爲這些不同的特點，他們有各自不同的名字。

通過一些觀察，雨滴知道水蛇吃青蛙、癩蛤蟆和小魚爲生。他還知道，小水蛇不是從蛋裏出來的，而是胎生的。在整個八月和九月，他看見了無數的水蛇寶寶。

在一個非常非常溫暖而安靜的日子，他在路上遇見了蜻蜓——有的有透明清澈的翅膀，有的翅膀是藍色的，有的是紅的，全在頭頂的天空上翩翩飛翔。

到了水裏，雨滴在周圍看見了好多將會變成蜻蜓的蜻蜓幼蟲和將會變成蚊子的蚊子幼蟲。而抬起頭，就能看見成年的蜻蜓和蚊子在空氣中飛舞。

在夏天炎熱的正午
所有的樹木都很安靜

藍蜻蜓開始編織空氣
在太陽下來來回回
猛烈地橫衝直撞
向下扎進水草叢
停下來
紋絲不動地坐著
聽水冒出氣泡、奔跑
水平地搖動翅膀
在綠色帷幔的草叢上
在陽光裏做夢
我羡慕小溪
羡慕它向前滑行
穿過它美麗的堤岸
進入迷離的歌聲裏

——布萊恩特

在就快進入小溪的地方，雨滴遇見了海狸，這個勤勞的水壩建築師。從他這裏，雨滴瞭解了一些關於修水壩的學問，並且決定在冬天的時候，再到這兒來看看，這樣才能告訴人類的孩子們，冬天時候的海狸村是什麼樣子，冬天時候的海狸水壩是什麼樣子。

雨滴繼續他的旅程，海狸繼續吃他的百合根和綠嫩枝的晚飯。

蔓是門簾
花是地板
水流
始終在歌唱
——泰勒

在池塘滿是青苔的岸邊，有一個顏色和別的鴨子都不一樣的鴨子精靈，像是大自然媽媽用彩虹給他做過洗禮，或者在畫彩虹的時候停下來擁抱過他。

雨滴認識的一個孩子告訴他，這是木鴨。沼澤的盡頭有一棵老樹，老樹空蕩的身子裏，藏著一個木鴨的宮殿。搖籃其實就在木鴨媽媽的胸口下面，十個白色的蛋排成一排。雨滴想，下次看見這些從蛋裏出來的小傢伙，一定要給他們每人選一個名字。

在沼澤裏，他遇見了沼澤岑樹和黑岑樹，一些人把它們劈裂編成籃子。再往小溪下面走，看見紅岑樹和灰岑樹，所有的這些都屬於橄欖樹家族。

雨滴繼續被小溪帶往遠處，遇見了也正好在溪裏往前行進的水臭蟲。

「請你告訴人類的孩子們，請他們用我們專有的名字『負子蝽』叫我們！」他朝雨滴喊。

「他們怎麼才能知道你們就是『負子蜂』呢?」雨滴問。

「怎麼才能知道?天啊,我的實際大小、實際顏色的照片就在書裏,我的名字『負子蜂』就在下面。」聽他這麼一說,雨滴其實已經很清楚了,孩子們肯定會很樂意用他們的這個專有名字叫他們的。

哦,那些小小的彩虹鮭魚,雨滴是多麼愛喜歡他們啊!

我喋喋不休
喋喋不休地
流入
那條滿溢的河裏
人們可能會來
也可能會離開
而我將永遠
繼續下去

——丁尼生

河流往前傳送著愉快的聲音
敏捷地越過河岸的床
越過石礫和泥沙

跳下岩石
看上去
似乎正在製造出更多
屬於它自己的喜悅
——布萊恩特

在唱歌的流水轉彎處，那個爬滿青苔的岸上，全是壇龍蕨——「這些可愛的精靈」，雨滴每次向風精靈提起的時候，都這麼叫它們。

雨滴在他的旅途中看見過很多青蛙和蝌蚪，還有很多要變成蝌蚪的卵。他遇見過的青蛙有：豹青蛙、綠青蛙和牛蛙。

一條溝渠旁，長滿了貝殼花，人們很熟悉它的另一個名字：海龜頭。雨滴看著蜜蜂進入這些花朵，也看見巴爾的摩蝴蝶徘徊在這些花株周圍。後來他才知道，這些蝴蝶是來把深紅的卵生在貝殼花葉子的背面的，今後，他們的幼蟲將會在這株植物上生活。

在他的旅行中，他還遇見過龍蝦的近親——小龍蝦。一天，他看見一位小龍蝦媽媽的划水足上帶著好些蝦卵，心想，小龍蝦寶寶應該會一直附在媽媽的划水足上，直到他們自己有力量從殼裏出來。

小龍蝦和一些昆蟲精靈有一些遙遠的親戚關係，都屬於節足動物的大團體，蜘蛛、蜈蚣和千足蟲都屬於這個家族。雨滴希望所有的讀這本旅行日記的小孩子，都能把觀察小龍蝦之後學到的東西寫下來告訴他，比如發現小龍蝦的寶寶被養在池塘的底部，吃身體柔軟的小昆蟲。

旅行中，雨滴好幾次遇見鱉，發現他們平時總吃昆蟲和小魚。一次很偶然的機會，他看見一隻鱉正津津有味地在吃另一隻鰲的尾巴，或是腿，雨滴吃了一驚，馬上覺得應該告訴孩子們：一個小缸裏最好只放一隻鰲，以免他們吃掉別人的腿和尾巴。有很多不同的柳樹——黑柳樹、垂柳和所有其他柳樹。每當看見它們，雨滴都會想到這首詩：

它們
將從草叢裏跳出來
變成
水邊的柳

——希伯來大預言家以賽亞

接著，雨滴遇見了「背泳者」，仰泳蝽家族的成員，都是肚子朝天，用背游泳。雨滴立刻認出了他，因爲，曾有人用這種方式向雨滴描述過他：「你會看見一個傢伙，看起來很像水上船夫，不過，可以透過這一點區別——他游泳的時候，肚子朝上。」

雨滴說自己希望瞭解，他是從哪兒來的，和他的食物是什麼，背泳者回答：「我從一個蛋裏來，一個被我媽媽放在水裏生長的植物枝幹上的蛋，我吃其他生活在水裏的昆蟲……」

他的句子，被他的一陣匆忙捕捉一條小魚的行動打斷，雨滴覺得採訪也基本上可以結束了，背泳者卻開始接著說：「可我其實並不是一直住在這片水裏。一次，一個小姑娘把我從這條小溪底部的淤泥裏撿出來（**那是在冬天，更可能是春天**），把我帶回她家，放進一個四面都是玻璃的乾淨池子裏，魚缸——她是這麼叫那地方的。所有的事情在那一瞬間都變好了。

「對了，在那個養魚缸裏，實在住著不少居民，而在你的旅行裏，一定已經注意到了，就算我們有那麼多的空間，所有的地球居民也不那麼容易真正和平地住在一起。

日子一天天過去，魚缸裏的居民數量一天比一天少。我自己，也在『居民的消失』上出了不少力——一天早晨，就在小姑娘的眼皮底下，我吃了一條她非常喜歡的小魚。一顆眼淚從她的臉頰上流下來，接著是另一顆，這些眼淚在我頭頂的水面，濺開大朵大朵的水花。接著，一個相當大的東西從上面下來，伸到水裏（我想那是那種人們叫做『手』的東西）——接下來我還能意識到的事情是：那東西抓住了我，像要把我帶到什麼地方——很好，我很快發現自己又回到了這個泥巴水溝裏，這個屬於我……我……自己的地方。不過，那魚缸其實真的挺有趣……真希望能在裏面再住久一點。」

「親愛的，」雨滴說：「其實我覺得，那個『魚缸』的主意挺棒的，我也挺希望所有讀到這裏的小女孩和小男孩，都能有一個這樣的魚缸，但是一個養著性格相合的精靈的魚缸。」

銀色的雜草
黃色的花朵
長在
清澈的小溪邊
溪水奏出的音樂
總是鼓舞著我的孤單旅途

離小溪不遠，九月的一天，雨滴又一次看見那個擁有很多名字的花，那個七月曾第一次開花的寶石草，或者香膏草，或者水金鳳，或者銀葉子，在科學家那裏，它們叫鳳仙花屬植物。一隻蜂鳥正在往它們的喇叭裏飛，孩子們叫它們「蜂鳥花」。

爲什麼它有那麼多名字？

孩子們高興地爭著回答：「因爲它們的花朵，因爲早晨它葉子上的露水，因爲它播撒種子的方法，因爲當我們把它們放到水下時，它葉子上面顯出的銀色。」

在岸上的草叢中，雨滴瞥見一隻帶子蛇，他是蛇精靈裏最苗條的一個，吃蝌蚪、青蛙和蠑螈爲生。

九月的一個晚上，雨滴停在一片濕地的邊緣，對著那些泥巴裏的小洞叫著：「鷸，鷸，你在哪兒？」這些洞，讓雨滴覺得他一定就在附近，而事實上，他的確就在附近，正在泥裏到處翻蚯蚓，不過，因爲和周圍的環境太像，雨滴一開始沒找到他。

「我是來……」雨滴剛開始說，威爾遜鷸或者傑克鷸就把他的話打斷了，「我知道你爲什麼來這兒……我有一些親戚，鳥鷸、磯鷸、灰田鷸和麻鷸，都屬於鷸家族……我不會費力地去很遠的地方，基本上，我只爲我要吃的東西四處走動。我吃什麼呢？你可以到這兒來看看。」

雨滴走到他旁邊去看，看見他的食譜裏基本都是蟲子。當他把這個結論告訴威爾遜鷸時，他回答道：「是的，大體上我都吃多汁的鮮美蟲子，不過並不全是，我也喜歡美味的螞蚱和周圍的其他昆蟲。」

談話進行到這裏，關於「家的建造」還沒被提到，雨滴正在考慮自己該怎麼把這個問題帶出來，忽然想起來，求偶季節其實就在築巢季節之前，因此雨滴對鷸說：「早春的時候，我曾聽見風神伊奧利亞（注：即奧利烏斯）經過你的翅膀時吹出的口哨，就在你剛向你的愛人求完愛之後。」

「是的，另外，麗洛里奧也到過我在沼澤地上的家，當時我的愛人剛生下三顆蛋，她把你和你旅行的故事告訴過我。」——

——這也是爲什麼傑克鷸如此熟悉雨滴的行蹤。

雨滴還遇見了一條鰻，一條正在前往大海路上的光滑的鰻。問她爲什麼要去大海，她說要去海裏產卵。在年輕的時候，她就沿著河游進了這條小溪，而現在，她正要回到鹹水裏去。在河的入海口泥濘的堤岸上，她會放下已經受精的卵，並讓他們在那兒孵化。幾個月後，年輕的小鰻們出生了，並且將順著溪流，自己找到返回內陸河流的路。

那鰻媽媽會回去嗎?不，她不會第二次回到溪流裏，因爲在產下卵之後不久，她將很快死去。

雨滴陷入了沉思——在春天，他曾碰見過大鱗大馬哈魚游到溪水裏產卵，而在此之後，她也很快死去了。不過，像大馬哈魚媽媽一樣，鰻媽媽的生命也將在自己的孩子們身上繼續。

在旅程中，雨滴常會被太陽光精靈帶走，帶到雲朵裏，過一些時候再重新落下，並且繼續進行他在另一個地方的旅行。因此，有的時候，他從山溪裏到湖裏，再進入一些河流。不過，無論在旅行中的什麼時候，只要他找到任何住在水邊的精靈，他都會把他們一一介紹給人類的孩子們。

每當他看見鮭魚精靈圍著他們打轉，在他們中間玩耍時，總是想到一首從一個站在岸邊觀察鮭魚的小姑娘那裏學到的一首詩：

鮭魚在那邊的漣漪裏
敏捷地滑行
像一支銀色飛鏢
安全地進入荊棘的樹蔭下
並且偷偷嘲笑
釣魚者拙劣的技術

——布瑞斯

還是在沼澤地裏，雨滴找到了香蒲，整個沼澤地邊緣的泥，全被它們纖維狀的根畫上了線狀的裝飾圖案。它們聽見了雨滴的呼喚，轉過身和他說了會兒話。從它們那裏，雨滴知道了，是風和水幫助它們的種子孩子找到新的家。

他還在路上遇見過很多鴨子——野鴨、長尾鴨、紅頭鴨、藍嘴鴨、赤膀鴨和老婦鴨。

溪水邊，有一隻麋鹿精靈正在吃水菖蒲。他告訴雨滴，自己怎麼建造冬天的小屋，從哪裡找來那些非常可愛的百合根，自己夏季的洞穴在什麼地方；還告訴他有一個小姑娘，曾在他還是隻年輕的麋鹿時，來過這個仙境的家園，尋找他夏季的巢穴——可實際上，雨滴覺得他現在依然很年輕，一點都不老。

在一片海邊含鹽的草場上，雨滴看見了沼澤艾菊——「像是海上的薄霧被吹到這片草場上來」，很多精靈都出來了。沼澤艾菊屬於石墨家族，全身上下最美好的事物，是她薰衣草色的花朵。

雨滴繼續向前，來到了大海，深深的大海，遙遠的大海，最溫柔的是躺在海面上的光斑，還有那些住在裏面的精靈。這讓雨滴想寫另一本關於大海精靈的書。

第六章　田野上

什麼能比六月裏的一天更珍貴
如果曾經有過完美的日子
天父
溫柔地支起耳朵
傾聽
大地的曲調是否和諧
——洛厄爾

六月一日——田野帶著上帝的金黃色。

在它伸展開之前，似乎是昨天晚上，又似乎是好幾千年之前的晚上，陽光曾來逗留過一會兒，在田野的胸口，織了一塊金子般的布。

西邊土地上的花朵
有金色的花萼

在編成帶子的草皮上
在小風裏
搖晃
滿滿地裝上
所有月亮杯子能容下的
上帝賜予的榮譽

六月七日——昨天在田裏，今天在車前草的葉子上，我們一共找到了一百七十隻皮科克蝴蝶的幼蟲。兩個星期零四天之前，我們在車前草的葉子上，找到了很多暗綠色的卵，從它們裏面爬出來的毛毛蟲，似乎很喜歡待在這些葉子上。兩年前，我們餵養這些蝴蝶以便研究他們的生活習性，發現他們吃金魚草葉子。他們屬於蛺蝶家族。

在所有米提亞人的花朵中
我最愛這些白色和紅色的花
——喬叟

「巴巴——林克，巴巴——林克」——他絕對是在叫自己的名字，他是最可愛的一個田野精靈。你知道他是黑鳥、黃鸝的親戚嗎？我們是早就知道這一點的，還知道他喜歡吃昆蟲和一些種子。孩子們都很愛這首寫他的詩——前些天，我們把這首詩告訴了「巴巴林克」媽媽和她的五個孩子。

在荊棘和雜草上愉快地搖擺
在山腰或草地上
林克先生正在念自己的名字
巴巴——林克，巴巴——林克
拍打，拍打，拍打
我們的巢暖和而安全
藏在夏天的花兒們中間
切，切，切
而他的妻子
美麗而安靜
有樸素的棕色翅膀
在家裏耐心地度過日子
丈夫唱歌
她在草地裏孵蛋
巴巴——林克，巴巴——林克
拍打，拍打，拍打

六月八日——今天早上，六點之前，我帶著我的早餐走進田野。在牽牛花精靈中間度過了一段快樂的時光。蜘蛛的網在藤蔓中間，掛起寶石般的露珠。牽牛花的親戚中，有月亮花、菟絲子（它一點都不像我們美麗的牽牛花）。

六月九日——囊地鼠在田野裏忙著，鼴鼠精靈也正在抱怨他們的工作。囊地鼠是真的吃了那些我們很珍惜的植物的嫩根，而鼴鼠很好，只吃蟲子和昆蟲。

你是否曾經對這些生活在地底下的精靈——囊地鼠或鼴鼠的隧道進行過些許的探訪？

一整天，我們都在田裏找夜鷹的家，直到日落快要來臨的時候，仍然什麼都沒找到。最後，我們爬上牧場最東邊的那些大石頭上，在石頭中間，我找到了他們——先是兩個蛋，接著是一個夜鷹寶寶，再接著另一個蛋，接著，又是兩個夜鷹寶寶。我們一共發現了他們的十七個家。

夜鷹媽媽並沒建房子，但照樣生她的蛋，常常是兩個，在露天的土地或者在岩石中間，跟周圍的環境融合得那麼好，以至要發現它們都是非常困難的事。

夜鷹通常都有很大的嘴巴，而我很肯定，他們在空中飛行時，這是一個很大的優勢，讓他們能輕鬆地捉住所有的蒼蠅、螞蟻、蚊子和其他昆蟲。

我們在夜鷹的宿營地度過了非常美好的時光。回家之後，我們開始給所有的夜鷹寶寶選名字，雖然那些寶寶們都還在蛋裏，還沒出來。

雲在優美地飄蕩
搖籃放在夕陽的旁邊
一絲微弱的深紅光線

落在它編織的雪上
像是讓它的精神得到了安寧
緩慢地飄動
在每一個奇妙的動作裏
休息
在每一個夜的呼吸中
偶爾搖動
把旅行者們吹往美麗的西邊

——威爾森

六月十五日——我們都愛去金鳳花住的草地。爲什麼？因爲它看上去，就像太陽的孩子在這個月來這片草地上小住一樣。現在，那是一塊金色的草地。你想不想衝進去，和金鳳花們擁抱？我們想。

你知道金鳳花還有別的名字嗎？——杜鵑花、毛茛、黃油花和金杯。科學家叫它毛茛屬植物。你爲這些金鳳花精靈們組織過招待會嗎？你邀請過它們的親戚——唐松、獼猴草、燕草、耬斗菜或者風之花嗎？

六月十七日——今天，我在田地裏看見了角雲雀和她的三個孩子正忙碌地捕捉昆蟲。我看著他們的時候，她正飛在空中，唱著一首清脆的歌，到處揮灑著快樂。她是雲雀的一個親戚。

哦，聽啊！

野花們正在唱歌
美麗的歌裏沒有歌詞
她們把靈魂注入了音樂
通過鳥兒快樂的聲音傳播。
——露西・拉康

六月二十日——在田野裏，我有一個野草花園，在祖父的田地的角落裏。今天，我一直在那兒和草精靈的孩子說話——你有你的野草花園嗎？這樣做，能帶給一個人多麼大的快樂，比玩具更多的快樂。

風精靈在草精靈和其他小精靈來來往往的悄悄話中間，穿插奏出甜蜜的音樂，每個曾從自己的野草花園中的草精靈身旁走過的人，心裏都會擁有一首美妙的歌。

住在我的草花園裏的草精靈有：天鵝絨草、銀鬚草、高紅頂、漂浮甘露草、肯塔基藍草、狐尾草、松鼠尾巴草、點頭野黑麥、毛樣畫眉草、牧草和光線草。這些都是它們的俗稱，我也給它們選了只有我自己能懂的特別的名字。

儘管草
離開了古老的泥土宗教
長著黑麥的田野
卻依然擔負著所有的預言
——魏洛克

六月二十一日——哦，田野裏的牧草有了花蕾。

今天早上，我們讓風帶去了對它們的問候，之後，親自飛快地跑到田野裏，把我們的祝福又說了一遍。

我們告訴它們，它們的名字是怎麼來的——牧草（TiMothy Hanson）的稱呼，很明顯是從TiMothy Hanson先生那兒來的，這個人很多年前培育了這種草。而孩子叫它們「貓尾巴草」。

我們常常非常安靜地走路，用耳朵聽田野的音樂家的演奏。傾聽，能讓我們更清楚地感覺到自己和周圍小小地球公民之間的兄弟情誼。

誰是田野音樂家呢？——草地鷚、「巴巴林克」、「巴巴懷特」、紡織娘、晚禱麻雀和蟋蟀都是。

今天早晨，我們簡直快樂得冒泡，一刻都無法保持安靜——當我們走進田地的時候，聽見了「巴巴——懷特，巴巴——懷特」，他總是這麼直截了當地說出自己的名字，這個山鶉、松雞的表兄。

我們學過一首關於他的詩：

有一個圓胖的小傢伙
穿了件斑斑點點的外套
坐在一根Z字形的橫欄上
悠閒地吹著口哨
支撐黎明的時空
吹著吹著

婀娜多姿的穀物和地裏的蕎麥
都成熟了
「巴巴——懷特！巴巴——懷特！巴巴——懷特！」

六月十五日——哦，太陽的火舌舔噬著田野，在印第安畫筆花、紅漆碗花、猴子花和狐狸手套花開花的地方。一隻蜂鳥來了，今天，我們一共看見了四隻。我們還找到一些寄生在一棵植物上的毛毛蟲，他們很快就要變成斑點蝴蝶了。

地球
被縝密地編織好了
所有普通的矮樹叢和上帝
一塊兒燃燒著

六月十七日——我剛剛把毛毛蟲們放到草地上，就碰見了爺爺，只見他眼睛閃著光，用他獨有的溫和的方式說：「我今天早上就遇見妳正把牛帶到牧場上，現在又是小蝴蝶，下一次該輪到誰了？」

「下次該是圓胖子印第安船長蝴蝶的幼蟲吧。」

沒有一次帶來所有的毛毛蟲是有原因的，雖然他們都是吃草的，可要把毛毛蟲趕在一塊兒放牧，比趕一群牛來吃草難得多。

讓這批毛毛蟲在草地上吃一會兒，就要把他們帶回家了，還要一塊兒帶回更多的草，讓他們在家裏也有足夠的東西吃。現在，該輪到印度船長毛毛蟲來草地的時候了。

六月二十一日——草場外面，成百上千的卡馬夏百合正在怒放的那片濕地，是我們今天到過的地方。我們和那些穿著快樂藍色的百合一塊兒度過了美好的時光。

爺爺在百合花叢裏找到了我們，告訴我們，這些百合的鱗莖曾受到過印第安人的高度讚揚，還說熊也特別喜歡這些球形的鱗莖。

這些卡馬夏百合精靈，是密星鈴鐺和許多其他百合花的親戚。

六月二十九日——在一種小田鼠的巢裏，我找到了兩隻「暗襲臭蟲」。

七月十七日——一些白蝴蝶精靈從草地上空掠過，在苜蓿上盤旋。

在苜蓿的葉子上，我發現了一個蛋，在另一片葉子上找到了另一個——我們每年都會撫育七十到九十隻這樣的蝴蝶。在蝴蝶幼稚園看這些毛毛蟲們一點點長大，看他們吃苜蓿葉子，或者躺到葉子背面的葉脈上睡覺……都是些很令人愉快的時光。

所有的孩子都認爲，綠色的毛毛蟲是特別有趣的小傢伙，長大了都將會變成白蝴蝶。

你到苜蓿的葉子上找過白蝴蝶的卵嗎？

七月二十日——他有長長的後腿，這讓他毫無疑問曾成爲傑出的跳躍者。他還有一張如此莊嚴的臉，這個田野裏的螞蚱精靈。

他不像紡織娘，耳朵並沒有長在肘上，而是在翅膀下面，腹部的第一節上。你看過他清理自己的觸角嗎？在耶穌出生前五百年，有位詩人曾這樣寫道：

雖然並沒有喝酒
也沒有跳舞和唱歌
卻比最快樂的國王更快樂
你所看到的
所有田野
所有植物
都屬於你
你的汁液滋養了所有夏天的產物
孕育出所有的富饒
人們為你播種耕地
是你的農夫
而你是主人

——（西元前六世紀古希臘抒情詩人）阿克那里翁

七月二十二日——今天下午，九個孩子到田野去，爬上老籬笆，爲了能有更好的視野，看見田野裏的那些玉米花精靈。它們大多穿著藍裙子，也有一些穿著紫色或白色裙子。

我們在籬笆上看得越久，越熱切地想知道它們到底有多少，因此，我們乾脆開始數它們。可沒數多久，我們就全被父母送回家上床睡覺了。因爲在數玉米花的時候，我們不注意，把好些玉米踏倒了。

可奇怪的是，我們怎麼會沒有想到這個問題呢？不過，被送到床上，並不能停止我們對玉米花的思索——它們的學名叫矢車菊（來自古時候希臘神話裏神奇的人馬怪獸）。它們也叫「單身漢的鈕釦」，每一朵花都由好多朵小花組成。

溫暖的呼吸
從西邊吹到東邊
小麥纖細的頭垂得更低
像是在禱告
再來一次
在歡樂的遊戲中
更輕鬆地翻躍
他們彎曲身體、鞠躬
有規律地搖擺
從未休息
穿過陰影
穿過太陽
小麥繼續發出溫柔的沙沙聲

八月九日——在田野裏的一塊石頭下面，孩子們找到了「長腿爸爸」的蛋，他們又叫「祖父」、「老人」和盲蜘蛛。

去年，我們找到一些和今天一樣的蛋，並把它們帶回了家。直到春天它們才孵化，而盲蜘蛛寶寶是非常嬌貴的，白天的時候，他們總是很害羞，所以，我常常在晚上睡覺的時間之後，走下去看他們在幹什麼。

他們換皮膚的方法特別精彩，姑媽說我保留他們的小外皮，就像媽媽保留小孩子的衣服，而我們常常會因爲他們不小心弄掉了一條腿，但很快又長出另一條而大爲吃驚。

看他們清洗腿腳也是很有趣的。天，他們竟然有那麼長的腿。如果我們能按比例裝上像他們那樣的長腿，再用這樣的腿走路，我們的探險中，能旅行的距離一定可以遠很多，每天能得到的資訊一定能多很多。

爺爺說：「別想這個了。」（**我敢肯定他是擔心我晚上不好好待在家裏。**）

玉米奏出瑟瑟的交響樂
低沉地回應著風的甜蜜心願

八月十一日——在爺爺的草原上，我們發現了很多蘑菇精靈，它們就叫傘菌，學名：野生落葉松蕈。

叔叔出去撿了一些回來做晚飯，因爲它們很好吃。不過叔叔說了：「小孩子千萬別去嘗你們找到的蘑菇，有的蘑菇是有毒的，雖然不是每一個都有毒，不過，還是最好一個都不要嘗它們。」

我們很聽叔叔的話，因此絕不會這麼做，因爲我們都知道，叔叔總是知道什麼是好的，什麼是不好的。

八月十三日——現在，小孩子們幾乎每天都在麥地裏，每天都在這裏聽音樂。

當太陽和天空變得香甜

在快樂的中午
我們挺起胸膛
站在成熟的麥浪中間
聽風在麥田裏
演奏音樂

八月十五日——濕潤的草地裏長著頭盔花，現在開花了，蜜蜂和我們都在朝它們奔去。我們在周圍種了一些它們的親戚——貓薄荷、藍捲花、薄荷、野百里香和胡椒薄荷。

土壤裏蘊涵著力量
土地裏有歡笑和青春
被翻過的土壤
藏著撫慰和希望
瞧，我將把我的靈魂種在這兒
像種一顆種子
之後
它會向我走來
像一首花朵的歌

因為我明白
回到泥土是多麼美好
——斯特林堡

八月二十日——紫花苜蓿田——我們今天早上待過的地方。

紫花苜蓿精靈很有趣。你知道它們是甜豌豆、苜蓿、蘇格蘭金雀花的表親嗎？你知道紫花苜蓿是在耶穌誕生前幾百年，從一個叫米亞的亞洲古國被帶到希臘的嗎？

八月二十三日——ＪＢＳ和我剛做了一個徒步旅行，是的，我在漂泊旅行，和ＪＢＳ一塊兒。他坐在我圍裙上最大的一個口袋裏，在大部分的路途上都在睡覺，直到我往那個口袋裏裝滿了給十三個醫院的病人的食物。因爲口袋裏再沒有他的空間了。

你看，ＪＢＳ是個圓滾滾的胖田鼠，他和我歷經風雨成了好朋友。這個小胖子喜歡吃按照我喜歡的方法煮的玉米，不過，在媽媽發現這一點之後，禁止我再把玉米帶出去給ＪＢＳ。

我曾五次把他裝在口袋裏帶到飯桌旁，間或給他一些小碎渣。五次都很順利——我用一隻手吃飯，把另一隻手放在他的頭頂。

可是有一天，我實在是太需要用兩隻手去把一塊牛肉切開，而旁邊又不可能再有第三隻手去控制這個小動物，他的動物本性就讓他不顧一切地竄出來，開始啃我左邊盤子裏的玉米。可那根本不是我的食物，而是一個尊敬的客人的。

一場閃電般的暴風驟雨在我們的飯廳降臨了，而我被這場風暴製造的威力趕到了柴房裏，這裏積蓄了不少ＪＢＳ製造的電力。

ＪＢＳ在飯桌上的出現，通過淡褐色的榛樹棍，轉換成我屁股上疼痛的印記。我在床上躺了二十一分鐘，看上去像是被拋棄了。只剩下我田野裏來的小朋友JBS獨自在地板上爬來爬去，或者趴在窗臺上向外窺探。

八月二十七日——哦，所有田野裏的車輪精靈。孩子們真的喜歡它們，黃蜂、蒼蠅、甲殼蟲和蜜蜂也一樣喜歡它們。不過，農夫說：「這些麻煩的野胡蘿蔔侵佔了田地。」

「安妮女皇的緞帶」是它的另一個名字，是從它有花邊的花朵和穗狀的葉子上得來的。

仍然用我們虔誠的雙手挑選出
每年更新的禮物
好的總是美麗的
美麗的也總是好的

——惠蒂爾

太陽的昆蟲情人
你是空氣的水手
穿過空氣波浪的游泳者
正午光芒裏的航行者
六月的享樂主義者
你支配著所有的歡樂

——愛默生

土蜂來了，土蜂走了。

我在一個田鼠的舊巢裏，三次發現了新的土蜂僑民。在這些土蜂的家旁邊，長時間地觀察他們，每一分鐘都充滿了樂趣。在探索一些事情的「爲什麼」時，我目睹了一隻土蜂工人的保育工作。我相信小一點的土蜂工人的確是在照管土蜂寶寶，看起來，大一點的土蜂們都在忙著從外面採花蜜回來。有的時候，我也看見他們修理巢的外圍。

魁梧
假寐的土蜂
你的藝術在哪兒
我將獨自跟隨著前往觀賞
你帶著熱情
蜿蜒地航行
讓我在你身邊
做你的聽眾
聽你
在灌木和藤蔓上空歌唱

——愛默生

九月六日——看見兩隻藍色游蛇，從草地角落裏的兩顆蛋裏鑽出來。

十天前，我在那裏看見過七顆蛋，今天只剩兩顆了。

一封小瑪羅的信來了，他是伐木營裏的一個孩子，很喜歡跟我一塊兒做野外步行，他還喜歡我們的大教堂。

今天的這封信，基本上都是關於白喉嚨麻雀的。瑪羅從我們的俄勒岡搬到洛磯山那邊，他寫到的這個可愛的精靈，就是他在那兒新發現的。瑪羅是在田地邊緣的老籬笆附近的灌木叢裏發現這些麻雀精靈的，他們的喉嚨是白的，喜歡漿果和野草的種子。

詩人這麼寫他們：

他的魅力
從顫抖的歌聲中
刺破每一道山谷和溪流
在逃跑的河流的岸上
哦，歌唱，歌唱，歌唱
一個狂野歌手的歌
一個快樂靈魂的聲音
——露茜・拉康

瑪羅看見一隻小小的白喉嚨麻雀降落在一根纖細的野草梗上——到野草梗上來吧，所有的小鳥和所有的人們！

十月——昨天晚上，我聽見他們在叫：「奎迪，奎迪，奎迪。」一遍又一遍，他們喊著自己的名字，這些金色鴴科鳥、雪鴴和山鴴的親戚。

當秋天經過田野時，把野花移植到我們的野花花園的時候到了。

今天，我們把田地裏的藍色鳶尾、藍眼睛草和藍水手移種到了我們的快樂藍色花園，還從潮濕的草地上搬回了頭盔花和勿忘我。

十月六日——孩子們愛蟋蟀——大自然媽媽的小提琴手。

今年，我們養大了二十七隻。今天，我們又從田裏找到些。當我們聽見他們的說話聲時，感覺到的只有無窮的歡樂。

歡迎你的滴答聲
蟋蟀
冷靜歡樂的滴答聲
秋天剝去田野和叢林的外衣
把你帶到我的壁爐邊
在那裏
你加快滴答叫聲的速度
當黎明的薄霧變厚
不要苦惱
愉快幽默的蟋蟀
你的顫音永遠都能合拍

為了讓我暴烈的脾氣
恢復平靜
因此，蟋蟀
請在叢林壁爐或小門邊
滴答地唱著度過你小小的一生
——巴亞德・泰勒

十月二十三日——哦，戴西姐妹，今天我在田裏找到了它們。六月，我也曾在別的地方看見過它。它能在世界上如此堅定地存在著一點都不奇怪，因爲它常常花好幾個星期，把自己的種子散播各地。

它從歐洲來到我們身邊，人們說，它也住在亞洲和非洲。在名字上，它有好多種不同的選擇——狗茴香、五月草、豬欄、戴西、蒔蘿草和臭甘菊。對，它的味道的確不很好聞，不過小蒼蠅們一點都不介意，總是在它身邊來來去去。

十月二十七日——今天，我在田裏遇見了三個奇怪的矮子，接著又是另外三個，每個的名字都一樣——葉蟬。

八月份的時候，我的草花園裏的每一棵藍莕上都有一些小蛋。把它們帶回家裏的幼稚園，就從裏面鑽出了葉蟬寶寶，他們在最後長大之前，一共會換三次衣服。六月，我們還開過一個「葉蟬大會」，很多各式各樣的小矮子都出席了那次大會。

五月三日——下午，從學校回家的路上，我們在田裏停下，吮吸藍捲花花冠上的甘露。天知道，味道多麼好，所以，一點都不奇怪，蜜蜂那麼愛來找這些藍捲花。看著蜜蜂好幾分鐘後，我們停止了吸甘露，因爲覺得，那些甘露應該更多地屬於他們。

你看，他們幫助大自然媽媽，把花粉送到別的花上受精，把更多的種子寶寶送來世界。

藍捲花的另外幾個名字，也是人們熟悉的——大地之心、夏枯草和鹽硝，它屬於薄荷家族。

今天早上，我上學又遲到了，不過，我自己其實並不在意，因爲，我找到了一個三天以來我一直努力想找到的東西——草地鷚媽媽的家。

自從那天我第一次看見她急急忙忙穿梭在田野邊緣的草叢裏之後，我就覺得她的巢一定就在附近。的確一點沒錯，在一塊草叢中，果真有一個草做的巢，裏面有五個草地鷚寶寶。找到他們讓我特別高興，急忙找螞蚱給他們吃，以至於完全忘了時間，忘了學校裏早就開始上課了。

不過，因爲我昨天已經學完了今天該學的課程，老師在放學後只多留了我十五分鐘，然後和我一塊兒去看草地鷚寶寶。

我小心翼翼地讓她把一隻螞蚱給小傢伙們，可老師天生膽怯，拿一片草葉子包著螞蚱顫顫巍巍舉到小鳥嘴邊。小鳥剛有機會含到食物時，那個狡猾的螞蚱忽然從草葉子裏跳出去，逃走了。

五月十五日——一場可愛的陣雨降臨大地，空氣裏到處都是芳香的味道，田野是最香的地方。

我們開始找這些香氣的源頭。大大吸了一口氣，仔細地聞，用鼻子使勁尋找方向，最後，我們的鼻子停在了芳香春草上，很顯然，它就是我們尋找的東西。

一切都會變得歡快起來
當白晝重新醒來
金鳳花
將成為孩子們最珍惜的財富
——羅伯特・布洛溫

五月十九日——今天，我們去撿野草莓，在田裏發現了「貓耳朵」，在沼澤的邊緣發現了「貓尾巴」。一個人去撿野草莓，卻找到了那麼多別的東西，的確是件好玩的事。

我們都喜歡「貓耳朵」，它們真的很柔軟。我們喜歡坐在它們中間，把臉頰貼在它們柔軟的白色或紫色花瓣上，聽它們和土地以及土地裏的神靈對話。

「貓耳朵」屬於百合家族，是風信子和密星鈴鐺以及卜馬夏百合的親戚。我們還知道它們的另外三個名字——蝴蝶百合，星鬱金香，美麗大百合。

清晨
我看見兩朵雲
被升起的太陽
染紅
破曉的時候
他們繼續飄動
最後
融成一朵

五月十二日——哦，更遠更寬闊的地方，整個田野被鴉片家族優美的平蕊罌粟弄成了奶油色。這些植物是「上帝之金」的親戚，有高高舉在頭頂的花朵，低垂的蓓蕾和仙女般嬌媚的枝幹。
五月十七日——發現一個奎迪媽媽在玉米田裏自己的家中。這個家就在一棵玉米上面，沒有房子，蛋在地上，四個，上面都有棕色和黑色的點。我等不及奎迪寶寶破殼而出，今天就要給他們選名字。
五月二十七日——小梨形馬勃菌今天被我們找到了，它們的學名叫馬勃屬植物。你不認爲，大自然媽媽已經給了馬勃菌寶寶最可愛的搖籃了嗎？那些土地，那些全世界都能輕鬆找到的大搖籃。
六月五日——我在田裏給十七隻毛毛蟲尋找食物，如果一切順利的話，當他們長大，將變成盤旋蝴蝶。

眩暈，眩暈又清晰
在夢中的音樂裏暈眩
窗簾輕晃
風的低語
在小麥的波紋裏
那麼溫柔地搖動

七月一日——繁縷花依然在曠野上開放。
這些繁縷精靈屬於石竹家族，是剪秋蘿和麥仙翁的親戚。每年到這個月的末尾，我們都要爲小鳥精靈收集繁縷的種子，最喜歡這些種子的小鳥，是金絲雀和麻雀。
七月十五日——下午在田裏，我聽見了小小提琴手的奏樂——黑蟋蟀的歌聲。

孩子們和音樂家在一起，總能度過有趣的時光。我們在石頭底下和田裏的土塊下找到他們。你們看過他們長在前腿上的耳朵嗎？你把蟋蟀帶回家觀察過嗎？你知道應該把他們放在哪裡嗎？

拿一個花罐，在裏面種上草和苜蓿，在上面裝一個玻璃燈罩，再在頂上放一個蚊子網。我們的蟋蟀，首席和第二小提琴手，吃苜蓿和草，還喜歡啃甜瓜皮和蘋果。

七月十九日——你在田裏見過玉米麥仙翁精靈嗎？

玉米麥仙翁精靈，住在海的兩邊，學名麥仙翁，意思是曠野上的王冠。它們的親戚是肥皂草、石竹、星麥芽，真可以算是從海那邊過來的侵略者。

那些總有一天會變成蛾的毛毛蟲，特別喜歡玉米麥仙翁的種子，不過，農夫們可不喜歡這些種子。田野上的玉米麥仙翁對他們來說，僅僅意味著無數的雜草。

第七章　在森林裏（一）

春天喚醒了花園裏的美麗
像愛的熱情
照亮了
地球心中的黑暗
每一朵花和香草
正在從冬天靜止的夢裏
甦醒

三月九日——一個來自洛磯山脈那邊的精靈，今天在我們的大教堂裏開花了。

先說一說孩子們對楊梅樹的喜愛，那是我們爲什麼把它們放在教堂裏的原因，除了它們，我們還用森林裏最棒的冷杉樹做教堂的柱子，天空做它的屋頂。

去年，一些植物從遙遠的新英格蘭來，住進了我們在俄勒岡的大教堂。聖壇附近，就開著這些杜鵑花的可愛表親。

上帝創造了花

讓地球更美
讓男人充滿勇氣
一朵花身上的智慧
能讓人擁有力量、快樂
以及靈魂的甦醒

——華茲華斯

三月十二日——看上去，生活是依照「三」的規則進行的。比如一個秀美的正在森林裏開花的白色精靈。三片葉子，三片花瓣，兩對三片的雄蕊和三個細胞的子房——延齡草，它有一個好名字，屬於山谷百合家族。

三月十五日——再次回到森林，我看見了他，就棲息在一根樹叉上，打著呼嚕。我肯定他是個睡覺很吵的傢伙，這個磨鋸貓頭鷹。我不得不使勁拍打了樹幹好多次才把他叫醒。他還有一個名字——阿卡迪亞貓頭鷹。

去年的同一時間，我在啄木鳥從前住過的洞裏，找到了一個磨鋸貓頭鷹媽媽。她當時坐在六個白色的蛋上。我給她帶了她喜歡的老鼠。

三月十六日——我們發現了細辛，頭戴一朵花的野薑，看上去幾乎和周圍鋪滿的森林枯葉地毯一模一樣。

找到一個，就接著找到了其他的，但我們並沒有撿起它們，只是在旁邊等著看小昆蟲飛到這些花上。我肯定，這些昆蟲把花粉從這個野薑帶到那個野薑，是在幫它們施肥。它還有另外的名字——蛇根草、印度生薑和貓腳。

Azaro，西班牙來的瑪麗這麼叫它。從法國來的小菲利普叫它Asaret。

如此千變萬化
一百年裏的一百位藝術家
都不能複製的植物世界
奇蹟卻都蜷縮在
葉子和蓓蕾底下

——艾爾拉・威爾科克斯

四月二日——森林裏，巨大的冷杉樹的陰影下，銀蓮花在怒放。一個希臘老故事裏講到，風，在初春裏，曾把優雅的銀蓮花送到世間，以提前預告自己的到來。因此，我們喜歡叫他們「風之花」。它是毛茛家族的小成員，唐松草、沼澤金盞花和耬斗菜的親戚。

這些做夢的小花
在春天裏
被找了出來

三月三日——森林深處，森林星花正在盛開——在火針的地毯上空三到四英寸的地方，它們美麗的星形花朵附在細線一樣的莖幹上。

它們是紫繁蔞和仙客來的親戚。

四月十二日——「獵犬舌頭」花幾天前還微微帶點桃紅色，現在已經變綠了。

爲什麼呢？

它們應該已經被授粉了，它們總是會在授粉以後變成藍綠色。

是在一月的早些時候，我們第一次看見「獵犬舌頭」，看見它們的葉子正從森林的地毯下面努力往外伸。而它的名字的來由，只要看看它葉子的形狀就知道了。

四月二十一日——上帝的鐘聲今天在森林裏爲了一次禱告響起了。我發現了密星鈴鐺在小徑旁開花，和周圍的影子交相輝映，分外美麗。

它的花朵斑駁而多變，根都像小珍珠或者大米粒。貝母是科學家知道的它的名字，不過，對孩子們來說，密星鈴鐺是最可愛的名字——上帝的小祈禱花，讓我們時刻想念祂和祂的所有仁慈。

在隱居的大樹枝下
每一朵花的鈴鐺都在搖晃
把它們的芬芳播灑到
經過身旁的空氣裏
是田野安息日禱告裏的
一次歡呼

——史密斯

森林深處，我朝一位害羞的爵士鼓手精靈——松雞先生走去，他教了我們這首詩：

接下來是莊嚴的山鶉
展開他的環狀領
走上講壇
驕傲地環視周圍的灌木叢
用奇怪而低沉的嗓子
從緩慢和沉重裏開始
接著熱切焦急地跳動
以神經質的鼓翼結束
整個過程
比耳朵能做的最快估計
還快

我靜靜地穿過樹林，遇見松雞先生，停下來。

每年，我都愛去探望松雞寶寶——他們如此可愛，有的時候，我會把他們抱起來，他們看上去一點都不害怕，抬起頭，用他們明亮溫柔的眼睛望著我。

我也曾把他們帶走，餵養他們。在他們長大之後，其中的三個，仍然會時常回到森林深處那個自己出生的原木去。

他們很喜歡各種不同的漿果、昆蟲和螞蚱。我保留了一本記錄他們活動和習性的特殊筆記本。那是關於他們的日記。

寬闊的森林
用樹葉編織了一個天棚
歡迎它頑皮的對手再次回來
從它逐漸變暗的漂浮影子裏
湧出一股顫抖的訊號
——帕西瓦爾

從遙遠的南方來的，親愛的曾祖母，我親愛的外祖父的媽媽，今天一直在告訴我關於天竺花鳥的事情，她說：「長翅膀的上帝的紅寶石，一直不停地唱歌。」

當曾祖母還是個非常小的小姑娘時，黑人保姆把她帶到大農場裏，給她講田野和森林裏所有小居民的事情。她常常能看見天竺花鳥，她越長大，越喜歡到樹林裏去聽天竺花鳥唱歌。她是在四月，一個潮濕混亂的地方找到天竺花鳥的搖籃的，這個精靈是金翅雀、蠟嘴鳥、歌雀、交喙鳥和靛青頰鳥的表親。曾祖母很喜歡天竺花鳥，我也喜歡。

「什麼是鳥的聲音——
嗯，有拍子
不過詞呢

我們的詞呢
難道僅僅是再甜蜜一點嗎？」
鳥兒在一些更遠的地方歌唱
在暗淡的時光裏
在夢和黎明之間
孤獨地在熟睡的寂靜中
孤獨地在天空的避難所裏
人類的心和上帝天空的聲音
在你流動的珍珠般的筆記裏
記錄下歌唱世界的長篇史詩
和那些
讓我不再畏懼死亡的故事

今天，在日出的時候，我就出發去森林了。

和森林一起，我聽見了一種莊嚴的鈴鐺般的聲音——那是我們的大教堂歌手在唱，這個小歌手的歌把我的靈魂昇華，在我站在森林教堂裏聆聽的片刻，萬能的天父似乎離我更近了。

那個在他的歌聲中，把所有人類的孩子帶到更高精神領域的，是這個精靈——奧特朋（1785~1851，美國鳥類學家，畫家和博物學家）的隱居者畫眉。

感覺似乎是昨天，可實際上已經是七年前了，叔叔教給我們一首所有孩子都喜歡的詩：

在那莊嚴的時刻
我聽見
一首讚美詩
那麼甜美那麼清新地到來
每一個音符都那麼純潔
似乎是
來自天堂的一種遊吟藝術

在我們森林裏的野花花園，現在正開著另一個從洛磯山那邊來的精靈。它的名字叫「佈道壇裏的傑克」，不過現在，它不再住在我們最開始把它種下的大教堂裏了——我們發現它是一隻披著羊皮的狼。

為什麼這麼說，它的聖會裏大多數是小昆蟲和小蒼蠅，裏面的一部分沒能從它的佈道壇裏逃出來的，已經被它殺死在裏面。

真的，一個人怎麼也不會對一個長得如此虔誠的生物產生懷疑，這些莊嚴的馬蹄蓮百合的壞親戚，竟然會做出如此殘忍的事情。

四月十八日——今天，在蕨類植物居住的森林裏，「流血的心」在開放。

孩子們學過這首寫它們的詩：

在萬物成長的體育館裏
歡樂把它們排成一排
特意設計它們
從交叉的欄杆上垂下
結實的小腿伸向天空
踢在經過的小風身上
眩暈的頭藏在寬闊的領口裏
從底下倒著看世界
快樂的雜技演員盪著鞦韆
在春草延伸的樹林邊際

五月三日——珊瑚根在開花——它是蘭花家族的一個叛逆者。是的，它沒能遵循大自然媽媽規定的，所有正直的植物都應該遵循的尋找食物的方法，而是靠吸食死亡的和腐爛的其他植物的養料生存，因此被叫做腐生植物。

因爲這個原因，它們沒有葉子，它們的花呢，因爲上面紫色或褐色的斑點而很難形容。你知道它們爲什麼被稱做「珊瑚根」嗎？你知道任何一種其他的腐生植物嗎？

五月十二日——在苔蘚地毯那邊更遠的樹林地板上，在冷杉木針鋪滿大地的森林裏，它們開花了，開出了眾多森林花朵裏最美麗最可愛的花朵：卡里普索北方貝，科學家們這麼叫它們，我們也這麼叫。一片葉子一朵花——權威藝術家有最敏感的觸覺，我們有我們的卡里普索精靈。

這裏沒有一朵花
卻透露出很多感覺
它用無與倫比的鉛筆
畫出斑點
和上面的瑕疵

五月十三日——另一個從山那邊來的客人，去年秋天，一路從賓西法尼亞到我們在俄勒岡的野花花園來。這個「荷蘭人的煙斗」，野生薑的表親，被我們認爲是花園裏最有趣的成員之一。它現在在開花，開如此奇怪的花。泰迪，比「荷蘭人的煙斗」早兩年從賓西法尼亞來這兒，一直堅持認爲這裏有嚴重的不祥之兆。他這麼說：「『荷蘭人的煙斗』將很快顛覆你腦子裏從前對它們的判斷，你就等著瞧吧。」

我們等待著，等待著，看見有薄紗翅膀的小蒼蠅爬進「荷蘭人煙斗」的花裏，慢慢往裏爬，可再也沒有出來。那些入口上的小絨毛，讓他們爬進去的時候很容易，卻讓他們出來的時候非常困難，事實上是：他們根本不可能再出來了。

「他們不能出來了！他們不能出來了！他們將永遠不能出來了！」泰迪叫著。

心情沉重地回家，「荷蘭人的煙斗」在我們腦子裏的印象的確很快傾斜了，不過還沒有完全顛覆，因爲，我們決定明天再回去看個究竟。

後來，我們一次又一次地回去，直到花朵凋謝的那一天。從凋謝的花朵裏，小蒼蠅居然滿身黏著花粉爬了出來，居然興高采烈地再一次進入另一朵「荷蘭人的煙斗」，再一次在吃飽了花朵裏的花蜜以後，在「荷蘭人煙斗」花凋謝之後，全身離開。

我們親自看見了「荷蘭人的煙斗」並沒傷害它的客人，只是用簡單普通的方法，用自己的花蜜招待客人，也讓客人幫忙為自己播灑花粉。於是，我們有一點點的迷惑——該給它們一個什麼樣的評價呢？

「我想……」泰迪開口還想說些什麼，但並沒有繼續說下去，因為他和我們一起看到了結果，知道了真相。

五月——下雨了，我在這裏，在森林裏。在樹的中間，我很高興。

聽見葉子在喝雨水
聽見
最飽滿的葉子從頂上
給下面可憐的葉子
一滴又一滴雨水
綠色的葉子在自己身邊喝水
真是甜蜜的噪音

——戴維斯

五月十八日——海洋花在樹林裏開放，它的很多小花朵像羽毛一樣擠成圓錐形，是草莓、玫瑰的表親。

五月二十二日——站在高高的冷杉樹頂端，一個小小的精靈歌唱著五月的美麗和歡樂，然後拍著翅膀，飛到另一棵冷杉樹上，在小樹枝上小心地捕獵。他的頭頂點綴著一點點紅色，戴菊鳥是他的名字，他還是食蟲鳴鳥的親戚。一隻漂亮的戴菊鳥平時是很難遇到的，因爲他總是愉快地忙碌著。

五月二十二日——在山茱萸的嫩芽上，我找到了四個白綠色的蛋。幾乎是在和去年同樣的時間，同樣的地方，我找到同樣的蛋。這些吃茱萸花和柔軟的葉子的毛毛蟲會很快變成蛹，五個星期後，從蛹裏會飛出穿著快樂藍色的天藍蝴蝶。

五月——今天，當我溫柔地走在森林裏時，遇見了一些同樣小心邁步的人，是「築爐者」，又叫金冠畫眉，是很多鳴鳥的親戚。

你找到他奇妙的家了嗎?當你去找的時候，他在你心中會變得更可愛，因爲你會更瞭解他們的家庭生活，從而更接近這個天空中的小兄弟。

當我還是個很小很小的小姑娘時，叔叔教了我這首詩，現在，我想讓你也知道：

在春天遷徙的日子裏
當鳴鳥向北方飛去
飛向森林
飛向樹葉做的床
一位築爐者來了
踮起腳尖走在優美的葉子上
把爐築在葉子下面

用去年的橡樹葉鋪成弓形
再築起屋頂和牆壁抵禦雨點
一刻不停地喊叫
睜著火紅的眼睛
回應隱居者的頌歌
升起——跌落
像一陣風的一次呼吸
奇怪的音樂
近在身旁卻又那麼遙遠
那麼遙遠卻又近在眼前
不可思議
他悲傷的地叫喚
教我們！教我們！
他不停地哀求
向所有的，無所不在的一切請求
教我們！教我們！
莊嚴森林開始傾聽
並將做出回應

每天都會出現些陌生的光彩
每個小時都會有微妙的變化
有什麼必要懷疑我們清澈簡單的世界
不是個美麗而虛幻的奇蹟？

六月一日——極光，這個星期在我們的俄勒岡山脈逗留過。

近處和遠處的粉紅是盛開的杜鵑花。我們從中間走過，覺得似乎就在這短暫的瞬間，上帝的藝術家也正好經過這裏，把每天的新消息，所有關於快樂時光的思緒，傳達給這些花精靈們。

六月三日——我在樹林裏遇見了燕尾蝶精靈。

他穿成什麼樣子啊？乳白色和黑色，閃著藍色和橙色的亮光。

他怎麼旅行呢？用翅膀，用四個覆蓋著美麗羽毛、排列著漂亮圖案的翅膀。

他從哪兒來？從一片鼠李葉子上的一個小小的卵裏。

接著開始成長，是的，他在長大，在不停地吃啊吃啊、吃掉無數鼠李葉子後，從小毛毛蟲長成大毛毛蟲。

後來呢？後來，他變成了一隻蛹，在這個精靈搖籃裏繼續蛻變。終於有一天，從裏面鑽出一個有翅膀的精靈——一隻燕尾蝶。

六月五日——在大森林的邊緣，山坡上的虎耳草精靈中間，我找到了帕納賽斯蝴蝶，她們上面一對翅膀的尖是透明的。

當一個像我這麼大的孩子在山坡上的精靈中間徘徊時，喜歡邊看她們邊想——冬天的靈魂和春天的靈魂，給人類的孩子們帶來了關於它們友誼的見證和思索，並且把這些相互融合的神奇思緒，和著雪花，和著冰霜，和著翅膀上美麗又隱約的花朵顏色，交給世界。只有它的存在，才可能讓世界永遠在寧靜中歌唱。一年又一年，春天的靈魂和冬天的友誼更加深厚。

六月六日——它在開花，這個高雅的森林精靈——美國淫羊藿，它是俄勒岡葡萄、伏牛花、雙子葉和五月蘋果的親戚。

我們喜歡用它的另一個名字，叫它——「范庫弗」，這個名字是爲了紀念英國航海家范・庫弗船長而起的。我們很喜歡這個名字的發音，並且真誠地覺得，如果范・庫弗船長在這兒，他的心肯定會抑制不住地高興，因爲，有這麼可愛的植物用他的名字命名。

六月九日——在樹林裏的苔蘚地裏，遇見一對雙胞胎精靈——北方雙蕾花，它是雪果、莢蒾和金銀花的表親。這些雙胞胎花精靈，是用瑞典的植物學之父林奈的名字命名的。

陰暗的走廊裏
一張有香味的床下
小林奈垂著它的雙蕾花冠

第八章　在森林裏（二）

雜樹林在哪裡最綠
泉水在哪裡最閃亮
清晨的露水在哪裡躺得最久
我只知道
蕨女士在這裏長得最強壯
——瓦爾特・斯科特

六月十六日——山茱萸精靈開花了，它們是紅柳樹和串漿果的親戚，而其中最可愛的，要數四十英尺高的哨兵樹。

穿過森林的暗淡翡翠
在黑暗痛苦的陰沉裏
閃耀著一朵讓人驚奇的白雲
在茱萸花開放的地方
——格里・波特爾

在松樹頂端有一個房子，一個孩子們真誠希望它不在那裏的房子。裏面住著三個因殺害其他小鳥而著名的細腿鷹，有人這麼說細腿鷹：「他是穿羽毛的傢伙裏最殘暴的一個。」

五月蘋果花在我們的野花花園裏開放。是的，它是另一個從山那邊來的精靈，從明尼蘇達來，孩子們非常歡迎它們的到來。它是雙葉、淫羊藿和俄勒岡葡萄的表親。

這是一首關於它的詩：

是否有詩人
歌頌過一件
比成熟的五月蘋果花
更富麗堂皇的事情
它在指間滾動如黃金
在唇邊則溶化成甘泉

——瑞利

六月二十六日——哦，我在山上遇見一位美麗的精靈。
白色珊瑚樣的蘑菇，名叫珊瑚齒菌。
大自然媽媽的確也把她的隱花植物做得十分美麗。
七月三日——森林裏，蘭花、卡里普索花和它們的另一位親戚，響尾蛇車前草正在開花。

你知道它為什麼叫這個名字嗎?看看它的葉子,那就是答案。

七月五日——我們去山谷給兩所鳥幼稚園找大馬哈魚漿果,但到最後,只有一部分漿果被帶回了幼稚園,因為它們實在太好吃了,所以我們……

你看過那些非常像小白玫瑰的花朵嗎?它們其實真的是玫瑰的表親。

七月九日——我們一直在樹林裏採集野黑莓。野黑莓味道特別好,不過,最好不要在想填飽肚子的時候吃它們,因為你會發現,你永遠也不可能吃得夠。最好能在那種時刻想像一下,如果現在停止,而在下一個冬天再吃到它們,會有多麼美妙。

這樣克制住自己的貪吃欲望後,每天為媽媽和奶奶撿完漿果之後,我會再撿一些去賣,好用掙來的錢去買能查到很多東西的名字的自然書。

有的時候,天氣熱得可怕,還好森林裏的朋友們都很友好,我也儘量專心看我的書,這樣才讓我能稍微忘掉那無處不在的炎熱。

哦,我聽見的這個聲音
簡直就是從清晨長出來的幻想
一個兄弟的靈魂在一些甜蜜的鳥身上
一個姐妹的靈魂在一朵玫瑰花上
哦,我所發現的美麗
如此美麗
到處都是美麗

美麗在地上爬行
美麗在空中歌唱
所有的愛
所有的慈悲
上帝給了我們一切
——喬琪・米勒

七月十日——在森林心臟的深處，冷杉樹君主的腳下，開著一些敏感的精靈，它們是只有一朵花的鹿蹄草，是杜鵑、石蘭熊果樹和沙龍白珠樹的表親。

七月十七日——你曾對某些事情感到迷惑嗎？

我曾整整三年爲「印第安煙斗」感到疑惑，它們長在樹林裏，我總想知道爲什麼這些精靈沒有葉子，也沒有綠色，不像其他正直的植物從泥土裏得到食物，而是從腐爛甚至活著的植物身上掠奪汁液。

它們總是垂著頭，直到種子長成它們才抬起頭來。你知道這些白色「印第安煙斗」精靈是杜鵑花的親戚嗎？它們都屬於石楠家族。

七月十五日——我做了一次大自然徒步旅行。一路上，聽見一些關於地球的議論；看見一隻金花鼠站在一個樹墩上，另外十隻在遠一點的地方；還看見一些很高的，甚至比我還高的蕨長在濕地上；一隻「切克迪」在一棵老樹叉周圍，上上下下找蟲子；還有七隻長角甲殼蟲，一隻叫喚的木蛙，和另一隻在樹上睡著了的貓頭鷹。

而很多種花，在早一點的時候已經開過了，現在已開始撫育種子寶寶。只剩下「只有一朵花」的鹿蹄草蒼白虛弱的花朵，在這兒或者更遠的樹底下孤單地綻放著。

而森林裏的小河永遠不會停止歌唱。

今天，我看見一隻鼬鼠滑進一個洞裏，那個洞曾屬於地松鼠。現在，鼬鼠是一個在我心裏沒什麼好感的妖精——他簡直就是個殺手！爲什麼？他總是在殺別的小動物，就像那個古老精靈故事裏的「邪惡巨人」。雖然鼬鼠不是巨大的，大概只有十三至十五英寸長，可他卻掌握了最邪惡的方法——播種以後肯定會去收穫，付出一點肯定會索取更多。

一天，「快腳」（我的寵物白腳老鼠）和我正在森林裏散步，我們走得很輕，「快腳」從我口袋裏跑出來，在前面蹦跳著。一隻鼬鼠走了過來，一眨眼，我的「快腳」沒有了，被他擄走了。

我一點都沒興趣給他起別的名字，因爲，我一點都不覺得他們應該得到禮貌的對待。但偶而也有非常合適某隻的名字，比如我叫奪走我的「快腳」的那隻鼬鼠——「尼祿（古羅馬暴君）」。但他逃跑得那麼慌張，我肯定他連這個名字的第一個字都沒聽清楚。

一陣風起來
朝南方衝去
晃動著歌聲、低語和尖叫
和所有瘋狂的樹木一塊兒
互相追逐，競賽

七月二十八日——在樹林裏撿黑莓的時候，看見一隻橡膠蟒蛇。看見他在吃一隻小老鼠。

橡膠蟒蛇是誰?他是一條蛇，不是一條大蛇，因爲他連一英尺二英寸都不到。尾巴又短又粗，非常硬，他也不像其他蛇都很瘦，他胖得看起來像一塊橡膠。一些人叫他雙頭蛇，不是因爲他真的有兩個頭，而是因爲他的尾巴實在太硬了，總是讓人以爲他身體前後都是腦袋。

不過，他倒真是個很有意思的動物，害羞而溫柔。如果你願意找到歡樂，就去找他吧。

七月二十九日——你嘗過沙龍白株漿果嗎?那些森林地毯上或者沙龍白株灌木上的暗紫色漿果。我們今天在森林裏進行了一次長長的漂泊，就是因爲這些漿果太好吃了，甚至連我的兩隻寵物松鼠普林尼和西塞羅都非常喜歡吃。它們的花看上去非常像杜鵑花。

森林裏還有一隻浣熊，叫阿基里斯。阿基里斯是我的好朋友。你想，我在阿基里斯還是個孩子的時候就認識他了。他像很多其他的熊一樣，對閃光的金屬片很感興趣，甚至和他的親戚一樣，會因爲迷戀一塊閃光金屬片，掉入要命的陷阱。

這可怕的事情，真的就在我走後幾小時發生了。費了很大勁，我才把他從陷阱裡拉上來，帶到醫院裏。一開始，這個年輕的浣熊拒絕接受我們給他的治療，不過，當他的腿真的在醫院裏被治好後，他變得對我們非常溫柔。

阿基里斯是他的名字，這個名字在他傷好後，在他被我送回到森林裏之後，固定下來。

我們是非凡的密友，不過有的時候，我也會因爲他的胡鬧打他。他和我的大多數寵物一樣，都不被允許進客廳，可有的時候，他和所有其他的寵物一樣，都會在跟著我從樹林裏走回來後，繼續跟著我走進客廳。

一天，我打開食品櫃的門，拿出三明治和黃油，卻忘了關門。接著，我走上樓去（只去了一小會兒），當我準備出門的時候，才發現食品櫃的門還開著，便停下來關上門。我開始呼喚阿基里斯，可他沒有來，我開始在從院子到小溪邊的所有開滿花的地方找他。

如果在這些地方都找不到他，那他肯定是在忙著洗什麼東西——我的心開始「撲通撲通」劇烈地跳起來，後來，它稍微跳得慢了一點，因爲我看見阿基里斯忙著洗的，是那塊媽媽準備做晚餐的牛排——可叔叔今天要回來，這是他去阿拉斯加之後第一次回來。這塊牛排是他最喜歡吃的食物，而且肯定的，我們根本來不及在明天中午之前到鎮上另買一塊來。

不過，就算我當時腦子裏一片混亂，後來的十分鐘，卻因爲阿基里斯把牛排反覆浸泡在水裏又拿出來的滑稽動作而興奮不已。

接下來的另十分鐘，在另一種不同的興奮裏——媽媽也看見了阿基里斯做那些驚人的表演，看見他玩弄僅僅幾分鐘之前還在食品櫃裏的牛排。

阿基里斯被趕回森林，我挨了鞭子。更痛苦的是，在叔叔到家裏來的時候，我不被允許見他，而是被強行送到床上。

可是，可是……

不過，總算有一線希望，因爲當晚餐結束時，叔叔走進我的房間，跟我講了他小時候那隻寵物浣熊的故事，讓我忘了自己被強迫送上床還挨了打的事情。

（當然，我應該為沒關食品櫃門接受嚴厲的懲罰。如果我沒去拿三明治，一切就不會發生，不過，一個小姑娘在等待長大的過程中不犯錯誤是很難的事；特別是當妳到森林裏去流浪，實在沒法在必須回家晚餐的時間趕回家。）

哦，叔叔告訴我說，當他還是個小男孩的時候，也曾因爲給他的寵物浣熊牛奶玉米吃，而被送到床上過。

第九章　精靈托兒所和醫院筆記

這個星期，醫院裏住著九隻上星期失去尾巴的蝌蚪。我的幾隻水甲殼蟲和一些龍蒼蠅和石蠶的幼蟲，幫蝌蚪剪斷了他們的尾巴。現在，這些蝌蚪在醫院裏正在長他們的新尾巴。

今天，翠菊房間裏到處點綴著精靈的翅膀，全是棕色的珍珠月牙蝴蝶，他們曾經是被拋棄的寶寶。而我好高興撫養他們，這樣，我就有機會仔細地看這些小傢伙，從一顆顆黃綠色的小卵，到幼蟲孵出來，到今天，這個重大的日子——化蛹成蝶。

他們的胃口特別大，以至我們得不斷上路，找來更多他們喜歡的新鮮翠菊葉子。於是我想，在下一代蝴蝶出生前，我一定要給他們弄一間翠菊房間。而現在，這樣的一個房間已經開始使用了——只是上帝花園裏小小的一塊兒野地，不過特意種了很多翠菊進去，再用撿野黑莓掙來的錢，在周圍裝了一個屏風。

每一個珍珠月牙蝴蝶看上去都那麼幸福——在我們的翠菊房間裏沒有一丁點陰沉，所有的成員都那麼快樂。

八月十二日——今天，我們的醫院裏發生了一件神奇的事。

上個星期，我找到一隻一部分尾巴被碾碎的大吊襪帶蛇，我把她帶回醫院，放在一個隔離室裏。她一直在大吃蚯蚓，然後神奇的事發生了。今天下午我們去醫院的時候，在這隻蛇旁邊發現了很多吊襪帶蛇寶寶，加起來一共二十九隻吊襪帶蛇。

天啊，我們趕緊興奮地開始給他們取名字。

博比把《聖經》找出來，現在，我們已經用雅各布十二個兒子裏的四個，給其中四個小蛇起了名字（**我們並不覺得應該把**

他十二個兒子的名字都用完，因為除了這些新出生的蛇寶寶，我們還有另外四隻蜥蜴，二隻螞蚱和五隻癩蛤蟆要起名字）。

之後，詹姆斯拿出古代歷史書，我們選了二個巴比倫國王的名字，四個埃及國王的名字和二個敘利亞國王的名字。昨天，我把凱撒關於高盧戰爭的書忘在了樹上，簡把它取了回來。於是，我們又用了七個《高盧戰記》裏的人的名字。

我想在黃昏來臨之前，我們應該能把所有的名字都取好。

六月二十三日——現在，正是托兒所最繁忙的日子。

是這樣的，我想爲所有的男孩和女孩，記錄下這些精靈生活的故事。因此，我在森林和田野裏觀察他們，還從蛋和卵的階段開始撫育他們，以便能更好地瞭解他們的生活故事。

這些天，托兒所裏特別忙碌的原因是，很多蛋都開始破殼了。

前天，三隻鱉的蛋破殼了，而一整個星期內，蝴蝶和蛾的卵都在不斷孵化。昨天，兩隻蜥蜴的蛋孵好了，而今天，三隻蛇的蛋好了（有的蛇是從蛋裏孵出來的，有的是胎生的，比如吊襪帶蛇）。還有蛞蝓和甲殼蟲的蛋都正在孵化。好多天以前，癩蛤蟆和蠑螈的蛋就已經孵出來了，而現在，蜘蛛和潮蟲的蛋正在緊張地孵化中。

托兒所裏這麼忙，這麼多的小生靈正在來到這個世界，你不感到神奇和驚訝嗎？

如果事情能像我們希望的那樣進行（比如前面說的剛從癩蛤蟆卵裏出來的蝌蚪），在今天的下半段時間裏，我們的癩蛤蟆精靈的數量就會增加到一個嶄新的漂亮數字。目前，托兒所裏有三百七十一隻從癩蛤蟆卵裏出來的蝌蚪（在他們長大之前，我們不會給他們起名字——不過，已經把他們的名字事先選好了）。

我愛癩蛤蟆並和他們有著長久的交往。從我五歲那年開始，我就一直在餵養他們。日子一天天過去，我長大了，也更愛他們，更能瞭解他們真正美麗的一面。我有一些最最親愛的癩蛤蟆好朋友，他們跟著我在花園裏勞動，在我的口袋裏和我做長途野外旅行。

每一天我都覺得特別快樂，不論事情看起來多麼困難，世界都充滿了非常多神奇、美麗的小生命，不論我曾多少次地打過他們的屁股，我都仍然非常愛他們。我也相信，上帝能瞭解我對他們的這種永不止息的愛。

我的視野依然在生長
我的財富也更加豐富

今天在醫院裏，也發生了一場悲劇。

我的寵物浣熊，上個星期掉進了陷阱裏，今天我把他帶到醫院，換他腳掌上的繃帶。他一直很安靜，看起來似乎很滿意醫療帶來的撫慰作用，於是，我到一旁繼續照料上個星期受傷的兩隻寵物松鼠。

當我背過身子的時候，浣熊先生出於一貫的探索精神，很快發現那個帶著吸管的浴盆。我沒來得及接近他，他已經開始把這個吸管當晚餐大嚼起來。

哦，生活總是會隨時發生莫名其妙的臨時狀況。

第十章　尋找仙境之家的麗洛里奧

從前，有一個小姑娘，總是非常想知道新鮮事情，總是有無數諸如：田野、森林裏的人們是怎麼生活的，在哪兒修房子，房子是用什麼做的，用什麼餵他們的孩子之類的問題。想得越多，越肯定別的男孩和女孩肯定和自己一樣想知道這些問題的答案。

這個小姑娘的名字叫麗洛里奧。

有一天，在一個孩子們都熱愛的日落和黑夜之間，天色微明，日夜之子派遣麗洛去尋找「仙境之家」。從這個黃昏出發，在溫柔的時光呵護下，麗洛一走就是整整四年。

一天夜裏，她和知更鳥媽媽在一起，另一個晚上和草地鷚媽媽在一起，其他的晚上和其他的什麼人在一起——這些媽媽都疼愛這個小女孩，對這個尋找仙境之家的小姑娘都特別溫柔。而這樣一來，其他的男孩和女孩也就能通過她的經歷，瞭解更多不同的生活。

在我們的故事裏，麗洛是一個很小的姑娘，不足二英寸高，只有這樣，她才能被很多喜歡她的鳥媽媽擁抱在翅膀下。這些文字記錄了她訪問的五十多個家庭。

從這些記錄裏，你能更多地瞭解親愛的地球小公民的家庭生活，然後，就能開始自己去尋找他們的家園，親自動身去瞭解他們的生活。這些家庭的所在，建造房子的材料，家裏的寶寶，餵這些寶寶的食物……都在我用自己的雙眼一天又一天不停追隨她的行蹤之後，記錄在了這裏。

我現在很瞭解麗洛了，她也很瞭解我。我們從童年時候開始就是好朋友。

交喙鳥

交喙鳥在三月裏築巢，一棵雲杉就是她放搖籃的地方。她用雲杉的嫩枝和細小的樹皮作窩，裏面用馬的鬃毛和精細的小樹枝鋪墊。

麗洛來到這個家的時候，家裏有三個小蛋，淡綠色上有棕色的小點和紫灰色的小暗影。她在交喙鳥媽媽的翅膀下面住了四個晚上——現在，大自然媽媽剛走到三月，還沒有多少鳥築好了自己的巢。

和交喙鳥媽媽在一起的時候，她知道了歌麻雀、金翅雀和靛青頰白鳥都是她的親戚。接著，整個晚上，麗洛都在朝南方飛行，整日整夜，最後來到奧特朋（1785～1851，美國鳥類學家，畫家和博物學家）的長腿兀鷹的家裏。

巢在一棵橡樹上，是用小樹枝和雜草做成的，裏面有二個小蛋，麗洛給他們倆起名叫彼德和波利。他們是隼和鷹的親戚。黑夜過，黎明來了，麗洛開始朝北方飛，她是個屬於白天也屬於夜晚的孩子。

凶兆預言家

在三月先生和三月太太照看世界的最後幾個星期裏，「凶兆預言家」在一棵蘋果樹上建好了他的家庭體系。

麗洛在四月的第一個星期的一個晚上拜訪了他們。在樹上的一個空洞裏，她找到了五個蛋。

「凶兆預言家」先生帶著麗洛一塊兒覓食（晚上的時間對貓頭鷹來說就是白天）。在他們從田野和周圍的天空中飛快地滑過時，麗洛覺得一個小小的顫抖，從她的頭迅速傳到她的腳趾頭尖——其實她常常都希望能騎上一架飛機旅行，這樣會讓她覺得非常刺激。

預言家先生抓住了一隻老鼠，又一隻老鼠，然後把麗洛帶回到自己的太太那裏。預言家太太告訴麗洛，他們的食物大部分都是老鼠，這些傢伙如果不持續捕捉，會破壞很多小麥和其他的穀物食物。

「哦，」麗洛說，「你知道你正在幫助聯合國嗎？由於你阻止了老鼠吃更多的小麥，我們國家的男孩和女孩如果能再消耗的稍微少一點，就能送更多的食物給比利時和法國的孩子。」

就在這個時候，預言家先生出現在走廊裏——「捕鼠時間又到了，親愛的。」幾乎整個晚上，都是這個被稱爲「預言家」的尖叫貓頭鷹所謂的「捕鼠時間」。

第二天，麗洛匆忙上路，她決定立刻告訴其他的孩子們保護尖叫貓頭鷹的重要性。

我們是兩隻朦朧的貓頭鷹
住在同一棵樹上
她是我的愛人
也是樹的媽媽
我們是
美麗的貓頭鷹
有一個溫暖舒適的家
我們倆都非常聰明
因為我們的頭
就像你看見的那樣

有其他鳥的四個頭那麼大
你應該也會同意
我們的觸角讓我們看起來更聰明
在樹上坐下
我們並不在意多麼黑暗
夜晚就將來臨
可我們能看見
我們能看見
徜徉在森林裏
很適合她，也很適合我
我們是自由的
我們是自由的
把我們找到的財寶帶回來
帶回我們樹上的家

潛鳥

在一整晚辛苦的旅行之後，麗洛在黎明的時候，到達了潛鳥媽媽的巢。那是在北方的一個池塘邊，當時她正停下來休息，忽然聽見一聲奇怪的叫喊，麗洛很快知道那是潛鳥在叫。

她看見一隻潛鳥從天空落下，開始沿著池塘邊緣走路，她想起叔叔講的故事——傳說，在大自然媽媽創造潛鳥的時候，忘了給他們裝腿，在她發現這個錯誤時，潛鳥已經飛走了，於是，她撿起離自己最近的一對做好的腿，朝飛行的潛鳥扔過去，結果那雙腿沾得離尾巴太近了，而且還不是原本給潛鳥準備的那對。潛鳥精靈飛累了，想停下來站一站，卻發現那一雙腿根本不適合自己的身體，根本沒法順利而優美地走路……

麗洛看著潛鳥，眼睛證實了這個傳說的正確——潛鳥走路的樣子真的很古怪，像一個瘸腿而且衰老的老人，身子總是不能保持平衡，而是朝前匍匐著。不過，和潛鳥媽媽度過的兩天時光非常愉快，和她們一起的還有一個可愛的潛鳥寶寶。

必勝鳥

蘋果樹上有一個搖籃，不，應該不是知更鳥修的。這個搖籃是用雜草的莖、羊毛和麻線做的，襯裏是馬鬃毛、小根和草。裏面有四個小傢伙，對，他們已經孵出來了，麗洛叫這四個小必勝鳥提米，湯米，提利和泰尼。

晚飯的時候，必勝鳥媽媽給自己的孩子和麗洛準備了螞蚱和牛蠅回鍋肉丁，然後，緊緊擁抱著麗洛，睡了一個香甜的好覺。

蘋果樹成了宮殿
女王鳥在上面建造她的寶座
還有一個剛強的必勝鳥士兵
剛強地保衛他的領地
——格里·波特爾

榖倉燕子

她就在這兒，她就在這兒
燕子
晴朗的季節到來了
和平的一年
緊隨其後

——希臘燕子的歌

在榖倉的屋檐下，有人用很多裏面混著羽毛的小泥球做了一個搖籃。這個搖籃的建造者，是喜歡到附近來玩耍的榖倉燕子，他們在田野上很低地掠過，在榖倉周圍轉圈，以他們優美高雅的飛行姿勢聞名。

麗洛拜訪的這個家庭，有四個剛從點綴著棕色和淡紫色小點的白色蛋裏出來的小燕子。她給他們起了四個名字——荷馬，霍勒斯，霍頓和哈里。

棘魚

在一條斜伸出水面的蔓上，麗洛爬了很久，終於看見了在水草中間的棘魚精靈的家。

棘魚精靈是一條魚，最奇妙的是，棘魚爸爸正在修一個房子，一個爲棘魚媽媽產的小卵準備的房子。

在麗洛發現棘魚的房子之後，最想做的事就是再靠近一點。於是，她輕輕降落在一片水葉上，深深吸了口氣，沿著一條枝葉潛到水下去，幾乎已經到了棘魚的家了，只需要再多一點時間。

她升出水面，吸氣，再潛下，離房子很近了，可是，她又必須浮出水面呼吸，再潛下來。這次，她吸了非常大的一口氣，終於讓她在第三次的時候，到達了那個房子。

房子用很多水藻做的，麗洛覺得它是個非常神奇的宮殿，也是一個極美麗的搖籃。它被蘆葦緊緊地圍繞，在裏面有看上去像珍珠的美麗小卵。

棘魚爸爸忠實地看守他的搖籃，不希望任何入侵者出現，她知道他會一直守候在這裏，直到棘魚寶寶從卵裏鑽出來。

翠鳥

麗洛發現一塊黏土岸，對麗洛來說，在這個黏土岸最有趣的事情是上面的一個小洞。

她太想知道這個洞會通到什麼樣的地方了。她很肯定地覺得，這一定是某個人的家。爬上黏土岸，她踮著腳尖朝洞走去，看起來那應該是一個隧道的入口，某人家門前的走廊。

小心翼翼地，靜悄悄地，她在黑暗的隧道裏往前走，剛走了七步，突然有人從後面衝上來，並且飛快地超過她。她的心瘋了似的劇烈亂跳，顯然，這就是這個地方的主人了，她忐忑起來，不知道自己受不受歡迎呢？

聽見一個聲音，一個似乎裂開很多細縫的聲音，溫柔地叫著她的名字。跟隨聲音的方向，她飛快朝隧道盡頭跑去。現在，她正和那個從她身旁衝過的人面對面站著——這個家的主人，翠鳥媽媽，就是她在叫自己。因爲風精靈剛剛告訴在外面的她，麗洛到她家裏來了，她才匆匆趕回來。

麗洛在翠鳥媽媽這兒只待了一會兒就走了，因爲她看見了隧道盡頭的那六隻白色漂亮的蛋，想等小翠鳥出來以後再來。她一邊離開，一邊開始爲這些即將出生的孩子想名字。

青鳥

下午五點鐘。

她來到青鳥離地面十五英尺的樹梢上的家——一個用嫩枝、根、破布和雜草做的巢，看上去有點破爛，裏面有五個蛋。

十二天以後，麗洛又回到這個巢裏，發現有四個小寶寶正在努力睜開眼睛，剛剛出生九天。

那個早上，小傢伙們吃了螞蚱碎塊做的早餐。

知更鳥

麗洛坐在一塊寒冷的土地上，花園裏真的有一點兒冷。

剛剛來過一陣雨，現在她正坐著看蚯蚓。一隻知更鳥飛過來，給她的寶寶帶回去一隻蚯蚓，接著，她很快又回來了。這次，在她銜了一隻蟲在嘴裏之後，麗洛跳上了她的脊背。

穿過花園，四棵樹的距離，麗洛從她的背爬到了蘋果樹上知更鳥的搖籃裏。

用泥巴、小樹枝和草做的這個搖籃，裏面有三個三天前從三隻綠藍色的蛋裏出來的寶寶。

麗洛給這三個寶寶取了名字——穆麗爾，默林和瑪麗安。

麗洛到達前的兩個小時，晚飯就已經開始了，一直到現在還沒結束，現在知更鳥媽媽正在端上配著黑莓甜點的蚯蚓捲。

知更鳥的親戚是青鳥和隱士畫眉。

背。

藍知更鳥

有一天，麗洛坐在一棵橡樹的一片很小的葉子上冥想，遇見了正在回家路上的藍知更鳥爸爸。

小風精靈曾告訴過藍知更鳥爸爸，麗洛正在尋找「仙境中的家園」，於是，他在這棵橡樹上停下，讓麗洛爬上自己的脊背。

他們朝南邊飛去，飛過三百棵樹，越過田野，在小玫瑰花蕾和它快樂的爸爸媽媽住的那間平房上停下來。因爲這些玫瑰精靈們相親相愛，在它們的小家裏過著非常愉快的生活，因此，它們也希望離快樂的知更鳥近一些，於是在家附近的一根木樁上，給知更鳥修了一所房子。藍知更鳥爸爸和媽媽很喜歡這個地方，便在這裏定居了。

麗洛來到這裏的托兒所裏，藍知更鳥媽媽抱起她，介紹她的六個剛從淡藍色蛋裏出來的可愛的寶寶給她認識。晚上，吃過毛毛蟲餃子之後，麗洛緊靠在知更鳥媽媽的胸前，沉沉地睡過去了。

第二天早上一睜開眼，麗洛就覺得很餓，早餐時，和藍知更鳥寶寶一塊兒吃掉了很多毛毛蟲肉塊兒。而正餐居然在早餐結束後沒幾分鐘就開始了，他們又大吃了一頓象鼻蟲和螞蟻肉丁。

可愛的藍知更鳥精靈是隱居畫眉和知更鳥的表親。麗洛把一首關於藍知更鳥和他們的六個寶寶的詩講給了他們聽：

我們叫藍知更鳥
有琵琶一樣的翅膀
像一個銀色的力量
融入笑著的水流聲裏

春天甜蜜的雨水輕快地小聲說話
風和陽光的聲音
怒放的一切事情散發的香味
是一首四月的詩
是上帝賜予的天賦

鼴鼠

這是一個晚上，一個麗洛和鼴鼠共度的美好夜晚。

鼴鼠的家在森林裏的一棵樹上。去年，一對啄木鳥佔用了這個地方，現在，它又重新變回了鼴鼠的宮殿和家園，變成了這個有著一對夢幻眼睛的森林居民的育兒所。

麗洛是下午到托兒所去的，那時候，所有的小傢伙都在睡覺。鼴鼠媽媽告訴她：「在我們家族裏，白天是睡覺的時間。」那天晚上，他們「早餐」吃的是榛子。

蝙蝠

在夜晚的微光裏，麗洛遇見一隻蝙蝠，一個有絲一樣光滑的皮膚和薄紗般奇妙翅膀的可愛精靈。看著蝙蝠媽媽抓住一隻蚊子和一隻小蟲，麗洛好奇地想，不知道蝙蝠媽媽是否餵他們的寶寶這些。

黎明，她的感覺裏出現一個聲音，引領著她往遠處走啊走啊，走向一片長長的茂密灌木叢，在一根嫩枝的末端坐下來。就在這根樹枝上，往盡頭稍微再過去一點的地方，有兩個奇怪的嬰兒——蝙蝠媽媽七月出生的雙胞胎兒子。

蝙蝠媽媽不久也過來了，兒子們便黏在她的脖子上，麗洛也趕快爬到蝙蝠媽媽身上。和他們一塊兒離開，飛了一小段路，來到一棵樹上，麗洛發現蝙蝠寶寶並不吃昆蟲，而是吃媽媽的奶。

那一晚，她一直騎在蝙蝠媽媽的身上四處亂轉，而那對雙胞胎——米勒德和米利一直黏在媽媽的脖子上——這個晚上過得特別快樂。

「微普微爾」鳥

黎明停在薔薇色的夢境裏
或者
在一場小河水的騷動裏
當星光流動
水面上傳來了
「微普微爾」鳥愛的歌聲

春天裏的一個晚上，麗洛聽見一陣悲傷的呼喊：「微普微爾。」

那是在六月，她曾來過「微普微爾」鳥的巢。那不是個宮殿，蛋被放在地上的一堆乾樹葉中間，是兩個白色的蛋，上面有很大的斑點，還有棕色和紫色的條紋。

麗洛覺得「微普微爾」鳥可能不需要像別的鳥那樣的大嘴殼，因此他們的嘴很小。但他們又需要一張大嘴在晚上捕捉昆蟲，因此，他們的嘴其實能張很大。

在深沉的薄霧影子籠罩漂浮的地方
在森林的深處
我聽見你的音符
像一個迷路的靈魂
但
雖然被世俗束縛
仍然美妙而充滿魅力
神秘的「微普微爾」鳥

木鼠

那兒曾經是啄木鳥的家，現在屬於另外的人了，屬於一些有溫柔眼睛和柔滑皮毛的小東西。

麗洛來到這個曾經是啄木鳥托兒所的地方，見到了木鼠媽媽和她的三個寶寶，他們掛著稻草的搖籃在樹上排成一列。

很多小細節都讓麗洛覺得，木鼠媽媽很像飛松鼠（即鼯鼠）。她給這三個小傢伙取名菲利普，葆拉，波拉。

牛奶草

春天，牛奶花開花了，夏天，它們還在開。

有這麼一天，牛奶草寶寶正躺在它們的搖籃裏，麗洛正好從路邊經過，進去睡在它們旁邊。一整晚，她的夢都很柔軟，像絲一樣的夢，被放在牛奶草寶寶的搖籃裏。

第二天早上，麗洛爬出搖籃，在不遠的地方，她看見另一個美妙的搖籃，緊緊靠在這些牛奶草旁的一個老籬笆上。這些搖籃是綠的，上面有金色的點，裏面應該是君主蝶媽媽住的地方。

「其實，不過在很短的時間之前，還是在這樣的牛奶草上，她剛剛還是個吃著樹葉的毛毛蟲。」當麗洛坐在那兒想這個蝴蝶搖籃是多麼美好的時候，一個正要開始旅行的牛奶草寶寶叫她和自己同路。跟著這個牛奶草種子寶寶，麗洛坐在大自然母親為牛奶草寶寶準備的像絲一樣的氣球裏，開始向更遠的遠方飄蕩。

比利貓頭鷹

在一個地松鼠挖的洞裏，她找到了比利貓頭鷹。

是的，他們的家就在洞穴裏，而他們現在正坐在外面，讓陽光盡情地曬著自己。

洞裏有七個光澤閃亮的白蛋，麗洛想，如果能在小貓頭鷹從這些蛋裏出來的時候再回來，應該是非常愉快的事。

鵲

一天晚上，麗洛和一隻鵲住在一棵山楂樹上。

這個家是用泥做的，上面插著很多小樹枝、羽毛和草，周圍還插了一圈棍子，裏面有六個年輕的鵲。

每天的食譜都是由蟋蟀、螞蚱、漿果、蠐螬和小老鼠組成。和鵲在一起，讓麗洛想到了從前住在她家旁邊的那個小男孩，因爲，他就有一隻不停說話的鵲。

他還知道了烏鴉、星鴉、大烏鴉和青鳥都是鵲的親戚。

第十一章　在我們的大教堂裡

今天真是我們大教堂裏最美妙的一天。

你看，伐木場附近沒有教堂，可營地裏的孩子們卻在屬於自己的大教堂裏忙碌著。

溫暖的小風在那裏努力地祈禱祝福
讓所有上帝的生靈能體會到幸福

我們的大教堂就在森林裏，一塊充滿力量的地方。圓屋頂是藍色或灰色的，要看今天的天氣——屋頂就是天空；柱子又舊又灰，是高大的森林國王身體上美麗的灰色部分——它的枝幹則永遠是綠色的。

沿著孤獨的小巷
滿懷喜悅地閒蕩
聽樹木的心跳聲
在綠林的水池邊
令人愉快的小路旁

想想百合剛剛說了什麼話

——拉尼爾

教堂裏的地毯很柔軟也很舒適，孩子們總是從山谷的很多地方，收集來更多的苔蘚鋪在上面。

哦！
去和苔蘚交朋友吧
那些低處爬行的蔓和地衣
總是往高處
凝視每一片松樹的羽毛
輕盈快活地開著玩笑
在藍天下面
翻來翻去

教堂裏的靠背長椅是那些簇葉叢生，佈滿苔蘚和藤蔓的老原木。所有的變化都是從那個巨大的古老岩石開始的——藤蔓親切地纏繞著它，在它周圍生長著很多柔弱的花朵，這些花朵長在我們種下的苔蘚中間。

每一朵花都是我的信念

都是每一次呼吸裏
我所享受的美好空氣
——華茲華斯

沿著風的過道，進入我們崇敬的大房間，我們種下了很多蕨，還有很多金色和鮮紅色的耬斗菜。一條小溪，從我們大教堂的旁邊流過，一直不停地唱著同一首歌，讓所有孩子的心愉快不已——

微風在天空流浪
光
像夢的耳語
它穿過草叢
輕輕停下親吻小溪

在這裏，我們因爲對上帝的崇拜而相遇，雖然不是常常佈道，但每天都會有幾分鐘的冥想時間。

聽著！
唱詩班在歌唱
所有的鳥兒

在樹葉做的屋檐下
唱歌
聽
前面的聲音逃跑了
剩下的一定是沒有詞語的尊敬

現在，除了親愛的露營地的孩子們外，我們的集體裏還有其他一些人，偶爾會加入到禱告活動中來，通常出席的都是簡單的禱告。

我曾好幾次嘗試引領他們參加經常的、有秩序的主日活動，不過，他們似乎總是不能安靜地保持良好的舉止和行爲，因此，只能參加我在星期天的禱告。而「日常禱告」的意思是：每天，不管颳風下雨還是出太陽，都要鐵打不動——上帝也是這樣，在一整年的每一天裏，都要堅持做大教堂裏的工作。

當然，我知道上帝爲了現在和從前世界上的那麼多人，已經非常非常忙了。但無論我去哪兒，都堅信祂偉大的愛並向祂祈禱，爲自己能成爲這個偉大世界裏的一個微小部分而快樂。

尤利烏斯・凱撒，一周至少參加一次禱告，通常是晚禱告——在休息時，他總是把鼻子伸進我的口袋找小甲殼蟲吃。我用了很長時間才讓他明白，就算是一隻臭鼬，也必須在禱告或者讀聖經的時候保持安靜。

現在，我熟練地使用這個方法——在禱告或讀《聖經》結束後，獎勵尤利烏斯・凱撒兩個額外的肸蠐蟽，只有這樣，他才會在教堂活動的後半部分時間裏保持安靜。

每日都會來參加集會的成員還有：普林尼和亞里斯多德這兩個可愛的小精靈。他們已經因爲不能控制自己的行爲而多次被提醒——爲什麼大多數時候能保持安靜，可一旦有蒼蠅或昆蟲靠近，他們就會心慌意亂？而作爲癩蛤蟆，出現這種情況的機率更大。

然後是西塞羅和潘朵拉，兩隻親愛的金花鼠，以及班傑明・所羅門，可愛的田鼠——這些孩子們在集會上都特別專注，除了擺擺尾巴，其他任何多餘的事情都不會幹。

再下來是豪豬——邁克爾・安吉洛，偶爾會在禱告中迷失方向，因爲他總是掛念著鹽而心不在焉。有的時候，瑪麗・安托萬內特，一隻美麗的斑點雌鳥也會騎在我的肩膀上來參加禱告（因為去年一年的優秀行為，她在最後的評估裏得到了一個特權——可以每天參加儀式，也可以只參加星期天的儀式）。

這就是我們的生活
去除繁雜的社交活動
靜靜尋找
神秘樹林裏的說話聲
奔跑流水裏的書籍
石頭中蘊藏的萬物精神
和一切事物裏的精髓
——莎士比亞

風在松樹林裏激蕩

從樹枝裏搖晃出執著的音樂
然後
用低沉的、甜蜜的、微弱的聲音
幽靈般地告別
聆聽
然後
跟隨，跟隨
跟隨我

——雪萊

今天，當風暴國王經過時，我正在森林裏趕路。

風，他們的確在吹口哨，的確在尖叫，天都因此暗淡淒涼起來。可我就愛在這樣的天氣裏到森林裏散步，讓風吹在臉上，讓雨點滴在臉上。

大多數的小動物們在暴風雨來的時候都會躲起來，可蕨在大風裏，反而更用力地把葉子聚在一起，樹們彼此拉起的手握得更緊。

後來，整個大教堂簡直變成了一個巨大的管風琴，很多不同的旋律在上邊和諧地被奏響。

而一個人在進入暴風雨之前，應該有一顆對森林充滿了愛的心，如果不這樣，將沒有機會聽見這些偉大奇妙的交響樂。

這些音樂能把一個人的靈魂帶到風暴裏，再帶領他飛躍到風暴上面，進入和平和寧靜中——那些偶爾讓人覺得煩惱，讓人陷入窘境的事情會在在暴風雨裏漫步的時候離開，上帝的寬容和仁慈夾在暴風雨裏降臨森林，給人力量戰勝遇到的一切困難。

我想，羅伯特·伯恩斯也和我一樣，在傾聽大教堂裏的暴風雨交響樂時，得到了無限靈感：

「幾乎再沒有任何其他的地球存在形式，能給我帶來更多——我不知道是否能叫它快樂，不過，那些讓我靈魂昇華的東西，那些讓我爲之狂熱的東西，在聽見暴風雨在樹林裏咆哮，在平原上漫遊時得到的東西……比一個陰沉的冬天，在背風面的樹林裏散步得到的東西多太多太多。這是值得奉獻生命的最好季節，我的思想完全陷入對他的狂熱裏——這個在風的翅膀上散步的人。」

今天在森林裏，又一次聽見那首好聽的歌，它現在仍然在我的耳邊逗留、迴盪。在大教堂裏，上帝的歌讓生活更加甜蜜。夜色降臨大教堂，孩子們的心中沒有一絲恐懼，因爲上帝一直堅守在我們身邊，無論我們走到哪裡，他的愛始終圍繞在我們身邊。

靜靜地，一個接著一個
在天堂無窮無盡的草地上
開滿可愛的星星
那是
勿忘我天使

——朗費羅

上帝看起來離我們的森林大教堂那麼近。我想，他一定知道我們時刻都深愛著他。

我聽見風在樹林裏
演奏著天上的交響樂
我看見樹枝往下彎
像一把把
開啟偉大機器的鑰匙

——朗費羅

我們從住在大教堂裏的蕨精靈身上，學到了很多知識。它們有的在我們來大教堂之前，很久就住在這兒了，也有一些是我們從山谷、溝壑、峽谷裏帶進來的。

我想，蕨精靈也很愛我們的大教堂，在它們中間走過的時候，我們總是很溫柔，溫柔地和它們說話，並且聆聽它們的所有話語。

一天，一個喜歡蕨精靈的人和我們一塊兒在教堂裏散步，告訴我一首詩——說的是，在大海那邊的陸地上，一個也喜歡聽蕨的聲音的人，給人類的孩子們記錄下了蕨的話語，並用蕨精靈的嗓音，把這些故事告訴了整個世界。

我們這些伐木營地的孩子非常喜歡這些故事，把它們深深留在心裏。而你也將馬上知道它是多麼有意思，因爲，我已經把這首詩寫在了這裏：

繼續……

我躺在蕨中間
它們舉起葉子
無數的葉子
綠色的樹林裏
茫茫一片
像翅膀一樣
飛揚在空氣裏
它們的聲音依然從身旁經過
而我一直在聽、在看
雨下得很輕
輕得聽不見
我聽見的不僅僅是蕨的聲音
而是所有活著的生物
山脈和星辰
雲、森林、海洋的聲音
小溪在岩石之間翻騰
春天
從最高處

苔蘚做的大床上起來
風在正午的雨裏把草地變白
鳥兒在夜晚閃出瞬間的光芒
在一個孤獨的觀察者和月亮中間
飛逝
那麼溫柔
幾乎聽不見正在下雨
我只是靜靜地坐著
在綠色樹林裏的寧靜中
我發現了蕨的生長秘密
我看見它們精緻的小葉子在顫抖
呼吸仍在繼續
一個從沒被描述過
也從未被表達過的一生
在山川和星星的歡樂情誼周圍
永遠明晰地升起
誰能明白蕨舉起它們無數葉子的意義
誰能帶著它自然花園般的心往前走

誰就能通過它的靈魂
聽見所有造物的聲音
所有山脈和星星的聲音
所有人類的聲音
甚至那些溫柔的雨聲
抓住並擁有它們
迅速地用愛擁抱它們
再也不願失去它們

國家圖書館出版品預行編目資料

我們周圍的仙境 / 奧帕爾 . 懷特利(Opal Whiteley)作 ; 張宓譯 . -- 初版 . -- 臺北市 : 風雲時代, 2006 〔民95〕
面 ; 公分

ISBN 986-146-283-X (平裝)

874.6 95006237

現代系列

我們周圍的仙境

作　者　奧帕爾・懷特利
譯　者　張宓
出版者　風雲時代出版股份有限公司
出版所　風雲時代出版股份有限公司
地　址　105台北市民生東路五段一七八號七樓之三
網　址　http://www.books.com.tw
電子信箱　h7560949@ms15.hinet.net
服務專線　（〇二）二七五六—〇九四九
郵撥帳號　一二〇四三二九一
執行主編　朱墨菲
封面設計　蕭麗恩
法律顧問　永然法律事務所　李永然律師
版權授權　北京共和聯動圖書有限公司
出版日期　二〇〇六年六月初版

定　價　新台幣二四〇元

總經銷　成信文化事業股份有限公司
地　址　235台北縣中和市中山路二段三六六巷十號十樓
電　話　（〇二）二二四九—六一〇八
行政院新聞局局版台業字第三五九五號
營利事業統一編號二二七五九九三五